《中国家庭基本藏书》

新闻出版总署优秀畅销书奖
全国优秀古籍图书普及读物奖
第十七届山西省优秀图书一等奖
第二届山西出版政府奖
山西出版集团2008年度十种好书

全套藏书累计销售500万册

中国家庭基本藏书（修订版）

诸子百家卷

《诗经》 《楚辞》 《论语·大学·中庸》 《孟子》 《老子》
《庄子》 《荀子》 《韩非子》 《孙子兵法·尉缭子·鬼谷子》
《墨子》 《周易》 《山海经》 《吕氏春秋》 《三十六计》

名家选集卷

《三曹诗集》 《陶渊明集》 《王勃集》 《孟浩然集》 《高适集》
《王维集》 《李白集》 《杜甫集》 《岑参集》 《韩愈集》
《白居易集》 《刘禹锡集》 《柳宗元集》 《元稹集》 《李贺集》
《杜牧集》 《李商隐集》 《李煜集》 《柳永集》 《欧阳修集》
《王安石集》 《苏轼集》 《黄庭坚集》 《秦观集》 《周邦彦集》
《李清照集》 《陆游集》 《范成大集》 《杨万里集》 《辛弃疾集》
《姜夔集》 《元好问集》 《文天祥集》 《唐伯虎集》 《李贽集》
《三袁集》 《张岱集》 《傅山集》 《纳兰性德集》 《郑板桥集》
《袁枚集》 《龚自珍集》

史著选集卷

《左传》《国语》《战国策》《史记》《汉书》《后汉书》《三国志》
《资治通鉴》

综合选集卷

《唐诗三百首》《宋词三百首》《元曲三百首》《千家诗》《古文观止》
《汉魏六朝小赋骈文选》《唐宋八大家文选》《明清小品文选》

笔记杂著卷

《蒙学六种——三字经·百家姓·千字文·增广贤文·幼学琼林·格言联璧》
《颜氏家训·朱子家训》《世说新语》《曾国藩家书》《金刚经·坛经》
《菜根谭·小窗幽记·幽梦影》《浮生六记》《闲情偶寄》《近思录》
《徐霞客游记》《古代书信精选》

戏曲小说卷

《元杂剧精选》《西厢记》《牡丹亭》《长生殿》《桃花扇》《今古奇观》
《三国演义》《水浒传》《西游记》《红楼梦》《聊斋志异》《儒林外史》
《封神演义》《话本小说选》《文言小说选》

郑板桥集

中国家庭基本藏书 名家选集卷

一清一 郑板桥一著 毛妍君一解评

山西出版集团
三晋出版社

博学工作室

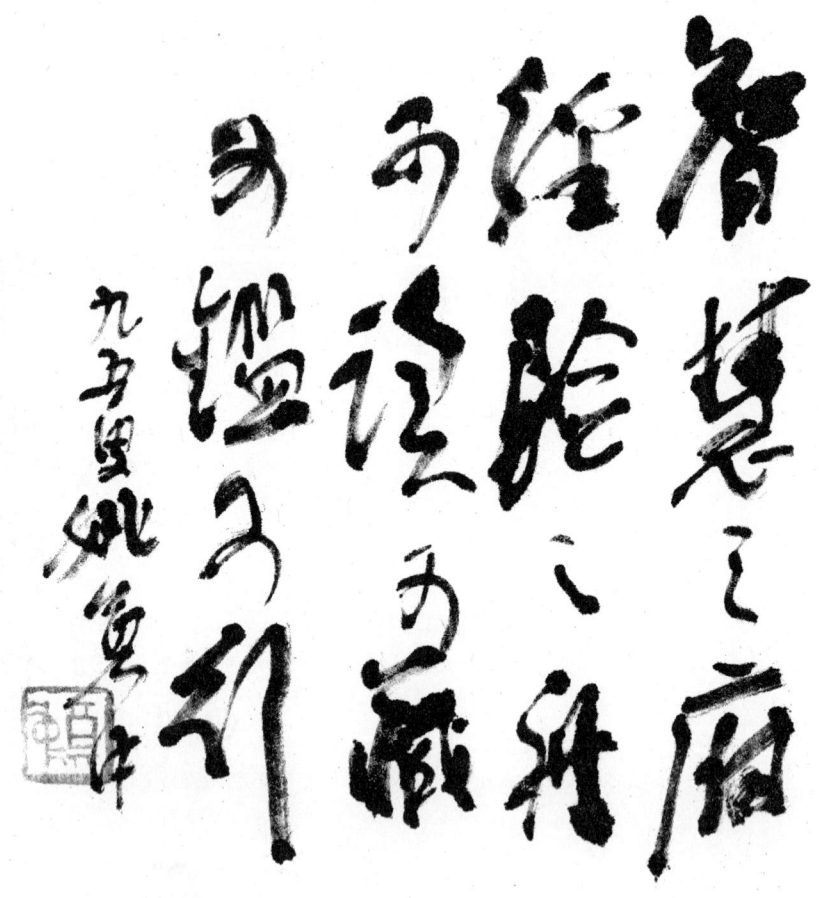

·山西大学教授姚奠中先生为《中国家庭基本藏书》题词

前言

郑燮（1693—1765），字克柔，号板桥居士、板桥道人，晚年署作板桥老人。出生于扬州府兴化县板桥里，清代杰出的艺术家。他的诗、书、画并称"三绝"，为"扬州八怪"之一。有《板桥诗钞》两卷、《词钞》两卷和《家书》行世。

郑板桥为人豪放不羁、兀傲不群，崇尚个性，反对繁文缛节，抵制虚伪世俗，以"狂怪"而著称。他一生起落沉浮，经历了卖画、做官、再卖画的曲折道路，一句"康熙秀才雍正举人乾隆进士"道尽了郑板桥无限的辛酸。当代绘画大师徐悲鸿曾评之曰："板桥先生为中国近三百年来最卓绝的人物之一，其思想奇，文奇，书画尤奇。观其诗文及书画，不但想见高致，而其寓仁慈于奇妙，尤为古今天才之难得者。"

郑板桥提出："理必归于圣贤，文必切于日用。"他主张文学作品应该有现实内容，反映国计民生的重大问题。板桥崇尚诗歌要表达真情实感，注意诗歌的创新性和现实性，他的诗歌正践行了自己的诗歌主张。板桥诗大都来自现实，反映民生社稷，绝少吟风弄月的应酬之作。他的诗写真性情，感情真挚，语言清新自然、活泼生动，极少引经据典，也不刻意用华美的辞藻，加之他生平历尽坎坷、为人狂放不羁，形成了他豪迈雄健、沉着痛快的诗风。他的诗歌往往痛快淋漓，感人至深，但不免也有粗率、直露、浮浅、失之于俗的缺点。

和他的诗一样，郑板桥的词也极有真性情，词风基本是以沉着痛快为基调，以"直搞血性"为宗旨。语言真诚坦率，质朴本色，风格酣畅淋漓。如清代陈廷焯《词坛丛话》中说："无一字不直截痛快。"

郑板桥还创作了雅俗共赏的道情十首。道情十首在思想上继承了道曲的艺术风格，以劝人觉世为宗旨，歌咏了渔、樵、僧、道、书生、乞儿和隐士等，看似俚俗，却又警世醒人，讽古喻今，对历史上的英雄豪杰作了一番"唤庸愚，警懦顽"的感叹，具有深沉苍凉的历史意识，受到清代以来有识之士的青睐和推崇。

郑板桥之文大多是他为官期间写给家人和朋友的书信，不谈政事、国事，只谈家事和书画艺术。特别是《板桥家书》，可以说是古代家书中的精品，其中有教子如何为人处世，如何读书为文，有讨论家庭琐事，内容虽然庞杂、琐碎，但能以小见大，言近旨远。他的文表达了他真实的思想及情怀，也反映了他一生的政治抱负、教育观念、人格追求、生活理想以及率真、超脱的人生境界。他的文接近口语，语言朴实真挚，与他的诗词比起来更加能够体现出其真诚坦率的性格。

郑板桥的题画诗文也极为出色，能够在闲言细语中阐述那些仅仅通过画面无法表达的艺术见解和内心感受，赋予画面更为深刻的内涵，增添了画的意蕴。

"诗书画三绝"的郑板桥以其独特的人格显立于世，上世纪90年代郑板桥成为研究的热点，学术界对郑板桥的研究成果颇丰，已经出版发行的研究著作多达五十部左右。但现有的研究主要关注郑板桥的书法和绘画艺术，而对于郑板桥诗词等文学作品的研究则重视不够。

此次我们解评的郑板桥作品，主要以下孝萱编、齐鲁书社出版的《郑板桥全集》为据，分别参照了岳麓书社出版的《郑板桥集》、巴蜀书社出版的《郑板桥文集》等书。在评注过程中我们参考了王锡荣选注的《郑板桥集详注》、陈书良注评的《板桥诗词撷英》、童小畅译注的《板桥家书》、安徽人民出版社的《郑板桥文集》等著作，获益良多，在此谨致以由衷的感谢。此次解评的作品，限于丛书的体例篇幅等各个方面的要求，我们选择了郑板桥的诗作127首，词作25首，道情10首，文30篇。文末附"郑燮传"、"郑板桥年谱简编"、"郑板桥著作主要版本"、"郑板桥研究重要著述"及《郑板桥集》名言警句"（正文中用着重号标出）。限于水平，其中注释、解析方面存在的谬误在所难免，希望得到方家与读者朋友的指正。

毛妍君
2008年6月于西安

试述郑板桥诗歌中的人格魅力（代序）

名家选集卷 郑板桥集·代序

张郁明　张岚蓓

郑板桥为清代著名的诗人、书画家。长期以来，人们对郑板桥的书画研究比较多，对其诗歌的研究比较少。就其书法而言，他不能和王羲之比；就其画而言，他也不能和石涛比。启功先生说过："现代人的眼里，有不知道王羲之、石涛的，却没有人不知道郑板桥的。"是什么原因使郑板桥有那么大的名声呢？我们认为，是郑板桥的诗歌及诗歌中焕发出的人格魅力，铸就了郑板桥书画的灵魂。

郑板桥（1693—1765）名燮，字克柔，号板桥，江苏兴化人。他出生于书香门第，从小受到比较好的文化熏陶，但是至他父亲这一代，家境败落，从小过着贫苦的生活。郑板桥三岁丧母，赖勤劳善良、刚毅朴质的乳母抚养长大。乳母的气质、性格对郑板桥的成长及性格的形成起了很大的作用。郑板桥出仕比较晚，四十四岁才中了进士，至五十岁才补了一个县官，在山东共做了十二年七品县令。为官期间，他本想一显平生之学，为国为民大干一番事业，但是他不善逢迎,又累顶上司,结果在六十一岁时被罢官。罢官后他回到扬州以卖书卖画为生,并成为"扬州八怪"中最为出名的代表人物之一,亦可谓入圣不成反成怪,实非郑板桥平生所愿。纵观郑板桥的一生,他首先是个诗人,然后才是一个书画家。他在《致弟墨》信中说:"写字作画是雅事,亦是俗事。大丈夫不能立功天地,字养生民,而以区区笔墨供人玩好,非俗事而何?愚兄少而无业,长而无成,老而穷窘,不得已亦借此笔墨为糊口之资,其实可羞可贱。"由此可见,郑板桥本人并不看重自己的书画,看重的是他自己的诗歌。

郑板桥的诗歌(包括词、对联)的创作大体上可分为三个阶段:去山东做官之前、山东做官期间、山东罢官后回到扬州卖书卖画三个时期。不同历史时期的诗歌反映了他不同的人格内涵。

一、郑板桥早期爱情诗中的人格特征

郑板桥第一时期的诗歌,主要是指他三十岁到四十岁中进士之前的诗词创作。在这一时期中,郑板桥衣食无处着落,情感屡遭挫折。其诗"啬彼丰兹(命运不好)信不移,我于困顿已无辞",是他这一时期生活的最好写照。中青年时期是人的情感极为丰富而又多变的时期,诗人情感世界的多姿多彩主要集中在爱情诗中,郑板桥也不例外。不过同样是表达爱情,郑板桥的爱情诗既不像柳永《雨霖铃》"今宵酒醒何处?杨柳岸,晓风残月"隐隐地潜藏着颓唐与无奈;也不像秦观《鹊桥仙》"柔情似水,佳期如梦,忍顾鹊桥归路"隐隐地潜藏着忧愁乃至淡淡的哀怨;更不像李商隐《无题》"春蚕到死丝方尽,蜡炬成灰泪始干"隐隐地潜藏着无怨无悔;而是另一种出人意外的以直抒胸臆式的表达方式——敢爱敢恨的方式发出灵魂的呐喊。他在《沁园春·恨》中写道:

花亦无知,月亦无聊,酒亦无灵。把夭桃斫断,煞他风景;鹦哥煮熟,佐我杯羹。焚砚烧书,椎琴裂画,毁尽文章抹尽名。荥阳郑,有慕歌家世,乞食风情。　单寒骨相难更,笑席帽青衫太瘦生。看蓬门秋草,年年破巷,疏窗细雨,夜夜孤灯。难道天公,还箝恨口,不许长吁一两声?癫狂甚,取乌丝百幅,细写凄清。

这首词是借唐传奇《李娃传》中传主郑元和爱情失落、乞食风情的故事,写自己情爱生活失落的悲愤和痛苦。因爱不成而生恨,于是把花、月、酒统统骂了一遍。还不解恨,于是便"夭桃斫断"、"鹦哥煮熟"、"焚砚烧书"、"椎琴裂画"。还不解恨,于是便骂天骂地,仰天长啸地反问:"难道天公,还箍恨口,不许长呼一两声?"这"天公"是万物的主宰,郑板桥在一阵狂怒之后,终于找到促使他生活颠踬、爱情失落的最根本的原因所在——天——社会。读后使人感到痛快淋漓、声泪俱下,使人觉得恨之有理,骂得应该,仿佛为自己伸了一个冤,出了一口气似的。《沁园春·恨》一反"温柔敦厚"、"发乎情而止乎礼仪"(孔子语)的诗教,以直露的方式大喊、大叫、大骂,发泄自己的爱与恨,这在中国诗歌史上也许是不多见的。词中有"青衫太瘦生"句,可知此时的郑板桥已中了秀才,正是雍正即位不久,大肆杀戮异己、大兴文字狱箝制人口之际,而郑板桥在此时竟敢把矛头怒指"天公"大骂,可谓"吃了豹子胆"。我们不能把它看成偶然的巧合,而应看做是由于封建礼制和社会生活双重压迫所致的像郑板桥这类知识分子精神失常、举止癫狂状态,从而使《沁园春·恨》跳出了一般爱情诗的卿卿我我、缠缠绵绵的老路,而赋予了以人性挑战封建礼教的社会意义,具有了敢爱敢恨人格方面的意义和魅力。这就是我们在《沁园春·恨》中所见到的郑板桥。

如果说《沁园春·恨》是反映郑板桥个人爱情生活的一面,那么在《顾世永代弟买妾事手书》一诗中则反映了郑板桥情爱观的另一面。其诗云:

  一夜花枝泣别离,东风无复订佳期。
  樱桃熟后凭人摘,梅子酸时只自知。
  何幸荆钗完凤契,免教破镜惹相思。
  人间处处风波在,莫打鸳鸯与鹭鸶。

此诗的起因出于这样的一个故事。一次郑板桥到一位名叫顾世永的朋友家去作客,见到顾家走廊上有一位女子在哭泣。好事的郑板桥上前询问,方知是顾世永刚刚为弟弟买回来的小妾。再一了解,又知这位女子是有夫之妇,且和其夫感情甚好,因遭婆婆忌恨而被卖出的。买主在买之前并不知道此事。当郑板桥将了解的情况转告其好友顾世永后,顾世永沉吟了一会,便义释了这位女子,并且"不责其值,且赠以金",促使被卖女子"荆钗完凤契"破镜重圆。郑板桥有感于好友的"义举"作此诗以颂其"德"。这首诗亦非一般的怜香惜玉的爱情诗可比,它有力地鞭挞了封建社会买卖婚姻的罪恶,诗中的"人间处处风波在,莫打鸳鸯与鹭鸶"诗句表现了郑板桥扶危济困,愿天下有情人终成眷属的情怀。读后不禁令人肃然起敬,感慨不已。从上述诗中不难看出郑板桥的博大胸怀及其人格魅力。这种人格魅力即在于以真诚的情感对待自己的爱情。不仅如此,他还能推及他人，以真诚的情感体察、呵护他人的爱情。

二、郑板桥中期为"天下劳人"而作诗歌中的人格特征

郑板桥第二时期的诗歌，主要是指乾隆七年至乾隆十八年在山东范县、潍县为县令时期的诗歌创作。郑板桥乾隆元年中进士，熬了七年才被放到山东做个七品小官。官虽小，仍然是一方父母官。这正是他一显平生之学"兼济天下"的大好机会。郑板桥在山东为官期间确实做了不少好事。如深入下层，抑富济贫；顶抗上司，开仓赈灾；资助贫困学子，促使成材等等。在这期间他为我们留下了许多感人的诗作，其中以《潍县署中画竹呈年伯包大中丞括》最为著名。其诗为：

衙斋卧听萧萧竹，疑是民间疾苦声。

些小吾曹州县吏，一枝一叶总关情。

这首诗写郑板桥案牍劳累之馀，以作画自娱时，忽然听到窗外的竹子在风中作响的细碎声，好似听到正在处于灾荒之中百姓饥寒交迫的痛苦呻吟。这寒风中瑟瑟抖动的竹枝、竹叶撞击声，敲碎了板桥的心，牵动着板桥的情。它表现了自幼受贫穷之苦、赖勤劳善良乳母养育的郑板桥的责任感和同情心。不过，在封建社会中有些官僚有时口头上也会吟唱些关心民瘼的词句，装点门面，实际什么好事也不做。而郑板桥不是这种伪善的官吏。他用自己的行为——为官之道、为官的实绩作出回答。这些我们可从他这一时期的诗歌作品中找到印证。

他初到山东时写了一首《悍吏》：

县官编丁著图甲，悍吏入村捉鹅鸭。

县官养老赐帛肉，悍吏沿村括稻谷。

豺狼到处无虚过，不断人喉抉人目。

……

在郑板桥的笔下，悍吏竟是步履所过寸草不生、人畜皆亡十恶不赦的强盗，可见其厌恨之极。在《逃荒行》中他写道：

十日卖一儿，五日卖一妇。

来日剩一身，茫茫即长路。

长路迂以远，关山杂豺虎。

……

>　　见人目先瞪,得食咽反吐。
>　　不堪充虎饿,虎亦弃不取。
>　　……

这首诗写大荒之年百姓逃荒之苦之惨,令人不忍卒读,撕心裂肺。如果郑县令不深入下层,是描绘不出这历史"画面"的,如果郑板桥不对灾民寄予莫大的同情,诗也不能如此地感人。他在《潍县竹枝词》中写道:

>　　绕郭良田万顷赊,大都归并富豪家。
>　　可怜北海穷荒地,半篓盐挑又被孥。

这是追究百姓穷困贫苦的原因:官商地主对土地的兼并和巧取豪夺。

在《思归行》中写道:

>　　金钱数百万,便宜为赈方。
>　　何以既赈后,不能使乐康?
>　　何以方赈时,冒滥兼遗忘?

这是揭露腐朽的官僚们借赈灾之名行贪污之实,大发国难之财。

有地主官商的兼并土地,有官僚的贪污腐败,终于官逼民反了。郑板桥在《潍县竹枝词》中又写道:

>　　二十条枪十口刀,杀人白昼共称豪。
>　　汝曹躯命原拼得,父母妻儿惨泣号。

从这些诗中,读者可能会吃惊地发现,一个封建社会的小官吏似乎会用阶级和阶级斗争的观点去分析、批判号称"盛世"的社会现实。这是其一。其二是,作为一方县令,手中有兵丁、有武器,但他不是挥动屠刀,高喊镇压,而是在好心地劝说:你们这样拼命原不是不可,你们拼死了,家中的父母妻儿又如何活下去呢?如果上述诗歌不是千真万确引自《郑板桥选集》,人们肯定不会相信郑板桥关心民瘼、仇视腐败的这些事实及其态度,但所引诗歌却是千真万确的实证,甚至直到今天我们还能看到他的影印墨迹。到此,我们大致可以体验到郑板桥"一枝一叶总关情"的底蕴了。从中我们不难看出郑板桥的平民主义思想,为"天下劳人"而歌而作的可爱之处——真心实意地爱护人民,设身处地为民着想,从中亦可加深我们对其人格内涵的认识。

早在二百多年前竟会出现郑板桥这样的"怪杰",尽管他的思想是那样不彻底,是从另一个侧面维护封建统治的,但还是不会为那个封建社会所容,他的仕途生活的结局也就可想而知了。

三、郑板桥晚年山水田园题画诗中的人格特征

至乾隆十八年,郑板桥的仕途生涯到了尽头,他的上司不再能忍受郑板桥的傲慢、耿介、狂放不羁,终于找了一个借口将郑板桥罢黜。所制造的借口是颇带有戏剧性的。郑板桥在山东做官以廉正爱民出名,而他的罪名恰恰是"贪污"——开仓放赈账目不清。

据曾衍《小豆棚札记》记载:郑板桥离开山东潍县时脚上没有穿鞋子,只着了一双布袜(意为不带走一丝泥土),骑着一头毛驴,手拨大阮,啸傲而去。后来他在一幅画竹的题诗上对山东罢官一事作了概括:

宦海归来两袖空,逢人卖竹画清风。

还愁口说无凭据,暗里赃私遍鲁东。

诗中的"两袖空"是向世人表白自己的为官清白。"画清风"是说明他罢官后的生活来源。"暗里赃私"是说明自己被人"暗里栽赃",是发泄自己被人诬陷的强烈不满。郑板桥自幼立下"修身、齐家、治国、平天下"的抱负,刻苦攻读,历经坎坷,奋斗了几十年,到头来还要背上"贪污"的黑锅去见祖宗,这是何等的辛酸。这首自嘲诗,实际上是反讽诗,是对"乾隆盛世"黑暗政治的强烈控诉。

郑板桥罢官后步入了晚年的生活。他晚年的诗歌在内容和形式上都有了很大的变化。早年所写的爱情生活诗不见了,山东做官时关心民生体察民瘼的诗少了,更多的是放浪田园山水的诗和题画诗。

二十年前载酒瓶,春风倚醉竹西亭。

而今再种扬州竹,依旧淮南一片青。

这是郑板桥于乾隆十八年春回到扬州卖画后的第一首诗,摆脱了官场的争斗、利欲,在诗酒中"再种扬州竹"(书画创作),以笔代耕,自食其力,是何等的潇洒自在。

咬定青山不放松,立根原在破岩中。

千磨万击还坚劲,任尔东西南北风。

这首诗以拟人化的手法写竹,是郑板桥晚年人格的写照。竹子坚劲有节,外实中虚,节节向上,立于岩石之中,它源于自然,只和天地精神往来;任尔狂风四起,终不能改变其坚定不移、独立不改的个性,是何等的气派和洒脱。

菜叶青,霜雪零,菜叶落,桃李灼。

别有寒暄只自知,骨头不比松枝弱。

又在自家挂的对联上写道：

　　　　白菜青盐粯子饭，瓦壶天水菊花茶。

诗中反映了晚年的郑板桥能守得住清贫，作画之馀，以种菜为娱，粗茶淡饭，乐在其中。

晚年的板桥老人更加"推廓"(看得开)了，更加风趣幽默了。六十六岁时二女儿出嫁，为其女作了一幅《兰竹石图》，其题诗为：

　　　　官罢囊空两袖寒，聊凭卖画佐朝餐。
　　　　最惭无隐奁钱簿，赠尔春风几笔兰。

这个玩笑开得不小，女儿的妆奁竟是一幅画和画上的几句诗。娇惯的女儿深知其父，出嫁时得到其父的诗画，一定非常高兴。这首诗甚为风趣。

郑板桥晚年诗歌中最令人忍俊不禁、回味无穷的，莫过于他的《润格诗》了。其诗为：

　　　　画竹多于买竹钱，纸高六尺价三千。
　　　　任渠话旧论交接，只当秋风过耳边。

这首诗前还有一段序文：

　　　　大幅六两，中幅四两，小幅二两，条幅对联一两，扇子斗方五钱。凡送礼物食物，总不如白银为妙，公之所送，未必弟之所好也。送现银则中心喜乐、书画皆佳。礼物既属纠缠，赊欠尤为赖账。年老体倦，亦不能陪诸君子作无益语言也。

郑板桥的《润格诗》能以俚语、俗语入诗，实际上是极深藏之浅出，极绚烂之平淡，乃是文学语言的最高境界。此诗文通晓明白、自然贴切，妙趣横生而又令人思索良多，实是难得的绝妙好词，亦是板桥晚年日趋平和、淡泊的人格自述。中国文人最耻于启齿的就是"钱"。一谈到钱就羞羞答答，转弯抹角，总好像见不得人似的。用一个字来形容——酸。或许有人说，郑板桥不酸？如果不酸，卖画就卖画，还说那么多干什么？是的，郑板桥也有那么一点"酸"。不过，郑板桥的这种"酸"和前者的酸有所不同。郑板桥的"酸"，"酸"得理直气壮，"酸"得心胸坦荡，"酸"出了情趣格调，"酸"出了人格风度——"我就是要钱。按劳取酬，按质论价。我不欺你，你也不要欺我。"这样看，郑板桥的"酸"就不能称之酸了，而应当叫做豪气、骨气。这倒是当今知识分子值得效法的了。

前人对郑板桥的一生有"三绝诗书画，一官归去来"的评价。这副联句把诗放在书画的前面，肯定了郑板桥的诗在其书画中的主导作用，应当说比较好地把握了郑板桥诗书画的艺术本质。同时前人对郑板桥的诗歌有"真气、真意、真趣"的评价。所谓"真气"是源于自然、天地的浩然之气；所谓"真意"是为国为家为"天下劳人"说话、办事、尽力的意志和胸怀；所谓"真趣"指郑板桥诗歌中焕发出的人情、格调以及语言的幽默、诙谐。评论家对郑板桥的评价没有局限在形式与内容方面，而是将其架构在人格、精神方面，可谓站得高、评得深，为大手笔。纵观郑板桥早中晚三期的诗歌，有这样的特征：早期的爱情诗主要表现为情真，中期的诗歌主要表现为意真，晚期的诗歌主要表现为趣真，一个"真"字为其根本。作为一个人，其品德、人格最为人们推崇的说到底只有一个字——真。真，大致表现了郑板桥诗歌和人格的两面性。就缺点方面来说，他的诗歌过于直露，人格方面过于凌厉。但问题是两面的，由于真，可以直抒性灵，通晓易懂；由于真，可以使我们能更好地把握他的人格特征。一个人如能真诚地对待生活，真诚地对待社会，真诚地对待事业，真诚地对待他人，也真诚地对待自己，万事毕矣。如一个人真的做到了上述这些，他（她）将是这世界上最具有魅力、最受人欢迎的人。郑板桥及其诗歌中的人格魅力大概就在于此吧。

张郁明，1942年生，江苏扬州人。扬州教育学院艺术系教授，中国书法家协会会员，清代扬州画派研究会副会长。

张岚蓓，1972年生，江苏扬州人，现就职于扬州市政府接待办公室。

以上"代序"为行文需要，编者对原文略作修改，并删去注释。

目录

前言 /001
试述郑板桥诗歌中的人格魅力(代序)
　　（张郁明　张岚蓓）/001

◎ 诗

钜鹿之战 /001
自遣 /003
诗四言 /004
偶然作 /006
送友人焦山读书 /007
扬州(四首选一) /009
寄许生雪江三首(选二) /010
闲居 /011
宗子相墓 /012
七歌(七首选四) /013
哭犉儿五首(选二) /017
村塾示诸徒 /018
淮阴边寿民苇间书屋 /019
铜雀台 /020
泜水 /021
赠瓮山无方上人二首 /022
追忆莫愁湖纳凉 /024

目录

峄山 /025
山寺 /026
赠博也上人 /027
喜雨 /027
弘量上人精舍二首 /028
题画 /029
悍吏 /030
私刑恶 /031
抚孤行 /033
别梅鉴上人 /035
再到西村 /036
除夕前一日上中尊汪夫子 /037
芭蕉 /037
梧桐 /038
山中雪后 /039
题画 /039
莫为 /040
小廊 /041
赠潘桐冈 /041
观潮行 /044
弄潮曲 /045
韬光 /047
偶成 /048
饮李复堂宅赋赠 /049
题团冠霞画山楼 /051
题游侠图 /052
赠张蕉衫 /053
赠国子学正侯嘉璠弟 /053
燕京杂诗 /055
呈长者 /057

瓮山示无方上人 /058
访青崖和尚,和壁间晴岚学士虚
　亭侍读原韵(四首选二)
　　/059
山中夜坐再陪起上人作
　　(四首选一) /060
又赠牧山 /061
李氏小园(四首选一) /062
野老 /063
赠金农 /064
细君 /064
雨中 /065
贫士 /066
行路难(三首选一) /067
又一首仍用前起句 /068
范县呈姚太守 /068
塞下曲三首 /069
村居 /071
怀无方上人 /072
怀程羽宸 /073
招隐寺访旧(五首选一) /074
长干女儿 /075
比蛇 /075
脆蛇 /076
绍兴 /077
客焦山袁梅府送兰 /078
六朝 /078
江晴 /079
文章 /080
金莲烛 /081

目录

山中卧雪呈青崖老人 /081
僧壁题张太史画松 /082
音布 /083
范县 /086
喝道 /087
范县诗(十首选三) /088
历览(三首选二) /090
有年 /091
怀李三鱓(二首选一) /092
止足 /093
孤儿行 /094
渔家 /097
逃荒行 /097
还家行 /100
效李艾山前辈体 /103
署中无纸书状尾数十与佛上人 /103
和学使者于殿元枉赠之作(四首选二) /104
小园 /105
瓜洲夜泊 /106
题破盆兰花图 /107
题屈翁山诗札,石涛石溪、八大山人山水小幅并白丁墨兰,共一卷 /108
恼潍县 /109
赠陈际青 /109
真州杂诗八首并及左右江县(选二) /110
潍县竹枝词四十首(选七) /111

竹 /115
竹 /115
竹石 /116
为无方上人写竹 /117
潍县署中画竹呈年伯包大中丞括 /117
予告归里,画竹别潍县绅士民 /118
兰 /119

◎ 词

渔家傲(积雨新晴江日吐) /121
蝶恋花(一片青山临古渡) /122
浪淘沙(秋水漾平沙) /123
浪淘沙(宿雨昨宵晴) /124
贺新郎(墨沈余香剩) /125
贺新郎(抚景伤飘泊) /126
贺新郎(竹马相过日) /127
贺新郎(旧作吴陵客) /129
贺新郎(小立梅花下) /130
贺新郎(十载名场困) /131
贺新郎(五色嘉瓜美) /132
青玉案(十年盖破黄绸被) /133
菩萨蛮(留春不住由春去) /134
沁园春(花亦无知) /135
沁园春(飞镜悬空) /136
踏莎行(中表姻亲) /138
虞美人(盈盈十五人儿小) /139
念奴娇(周郎年少) /139
念奴娇(桥低红板) /141

念奴娇(劳劳亭畔) /142
念奴娇(辘轳转转) /143
念奴娇(暮云明灭) /145
唐多令(绝塞雁行天) /146
满江红(我梦扬州) /147
瑞鹤仙(山河同敝屣) /148

◎ 小唱

道情十首 /150

◎ 文

板桥偶记 /157
板桥自叙 /159
板桥自序 /161
十六通家书小引 /163
尺牍自序 /164
雍正十年杭州韬光庵中寄
　　舍弟墨 /165
焦山读书寄四弟墨 /166
仪真县江村茶社寄舍弟 /168
焦山别峰雨中无事寄舍弟墨
　　/170
仪真客邸复文弟 /172
再复文弟 /173
范县署中寄舍弟墨第三书 /175

范县署中寄舍弟墨第四书 /177
范县署中寄舍弟墨第五书 /179
范县署中寄郝表弟 /180
范县署中复四弟墨 /181
潍县署中寄舍弟墨第一书 /182
潍县署中与舍弟墨第二书 /184
潍县寄舍弟墨第三书 /185
潍县寄舍弟墨第四书 /187
潍县署中与舍弟第五书 /188
潍县署中寄舍弟墨 /190
潍县署中寄四弟墨 /192
潍县署中寄四弟墨 /193
潍县署中寄内子 /194
潍县署中寄四弟 /195
潍县署中寄四弟 /196
词钞自序 /198
竹 /199

◎ 附录

清史·郑燮传 /200
郑燮小传 /200
郑板桥年谱简编 /201
郑板桥著作主要版本 /209
郑板桥研究重要著述 /209
《郑板桥集》名言警句 /212

◎诗

钜鹿之战

【题解】

此诗为咏史之作，诗人不以成败论英雄，歌颂项羽钜鹿之战时顶天立地的英雄气概，并为他的最后失败结局而深深惋惜，表达了作者对项羽的钦佩，显示了作者刚强的个性、狂放的气质和强烈的感情。钜鹿之战：秦末农民起义军摧毁秦主力的一次战役。公元前207年（秦二世三年），秦将章邯率军攻赵，以重兵围钜鹿（今河北平乡西南）。楚怀王任命宋义为上将军，项羽为次将，率起义军救赵。宋义在途中逗留不前，项羽果断杀死宋义，率军渡漳水，破釜沉舟，只带三天的干粮，表示血战到底的决心。在钜鹿激战多次，大破秦军，章邯率余众二十八万在殷墟（今河南安阳西北）投降，决定了秦朝覆灭的命运。详见《史记·项羽本纪》。

　　怀王入关自聋瞽，楚人太拙秦人虎。
　　杀人八万取汉中，江边鬼哭酸风雨。
　　项羽提戈来救赵，暴雷惊电连天扫，
　　臣报君仇子报父，杀尽秦兵如杀草。
　　战酣气盛声喧呼，诸侯壁上惊魂逋，
　　项王何必为天子，只此快战千古无。
　　千奸万黠藏凶戾，曹操朱温尽称帝。
　　何似英雄骏马与美人，乌江过者皆流涕！

怀王入关自聋瞽，楚人太拙秦人虎——这两句是说：楚怀王昏庸无能被诱骗入秦，楚军缺乏战斗能力而秦军勇猛如虎。怀王，即楚怀王熊槐，被秦昭王诱骗入秦，扣留不放，客死秦国。聋瞽：聋，耳朵听不见。瞽，眼睛看不见，指昏庸无能。

杀人八万取汉中，江边鬼哭酸风雨——这两句是说：历史上秦军曾杀死楚军八万人攻占汉中之地，当时的惨状真是令鬼神哭喊，连风雨都感到伤心。这两句形容秦军对楚人的战争惨烈的状况。酸：悲痛。酸风雨：形容悲痛的景象。公元前312年，秦楚激战于丹阳、蓝田，楚大败，死伤八万，秦攻占楚汉中地。

项羽提戈来救赵，暴雷惊电连天扫——这两句是说：项羽（杀死宋义后被任命为上将军）率兵到钜鹿来救赵国，威震楚国，名闻诸侯。项羽：名籍，字羽，下相人。祖父项燕为楚名将，在抵抗秦将王翦攻楚时，兵败自杀，次年（公元前222年）秦灭楚。秦末陈胜、吴广发难，项羽随叔父项梁以八千子弟兵在江东起义，在反秦战争中勇猛果敢，功绩卓著，灭秦后自称西楚霸王。在楚汉相争时被刘邦所败，自刎于乌江。

臣报君仇子报父，杀尽秦兵如杀草。战酣气盛声喧呼，诸侯壁上惊魂逋——这四句是说：当楚军攻打秦军时，各诸侯国将领吓得惊魂未定，都作壁上观，项羽怀着国恨家仇带领楚军所向披靡，杀死秦兵如同斩草一般，在战场上楚军气势高昂、杀声震天。壁上：指作壁上观。别人交战时自己在一旁观看，比喻坐观成败。惊魂逋：指吓得魂飞魄散。逋（bū），逃亡。

项王何必为天子，只此快战千古无——这两句是说：项羽何必要做天子，像这样痛快的战役也是古今罕见的。这两句写钜鹿之战雄伟壮观场面，对项羽英勇善战予以热烈歌颂。

千奸万黠藏凶戾，曹操朱温尽称帝。何似英雄骏马与美人，乌江过者皆流涕——这四句是说：象曹操、朱温这样奸黠凶戾的人也做了皇帝，但作为一代英豪，项羽是千古所无的，他这样的英雄和骏马美人足以万世称豪、彪炳史册，以至于经过乌江的人想到这些都会伤心流泪。黠（xiá）：聪明而且狡猾。戾（lì）：凶暴。朱温：五代时梁太祖，梁朝的建立者。英雄：指项羽。美人：指项羽的爱妾虞姬。公元前202年，项羽在垓下被刘邦包围。项羽与虞姬在帐中饮酒，涕泗而歌："力拔山兮气盖世，时不利兮骓不逝！骓不逝兮可奈何，虞兮虞兮奈若何！"军破，项羽自刎而死。

郑板桥为人豪放不羁、傲兀不群，加之平生历尽坎坷，怀才不遇，他的诗歌豪迈雄健、沉着痛快。此诗开头十句写历史，笔墨飞动，再现了钜鹿之战的壮阔场面。后面六句是议论，"项王何必为天子，只此快战千古无"是立论中心，表现了作者豪迈的性格和不拘于俗见的眼光。《板桥集》中还有几首咏项羽的诗，如《咏史》云："项羽东归只废才。"《项羽》云："新安何苦坑秦卒，灞上焉能杀汉王？"对项羽不用贤才和暴戾行径进行了批判，此诗则是从另外的角度来写。叶衍兰等《清代学者像传》说郑板桥"诗近香山、放翁，吊古诸篇，激昂慷慨"，正好用来评价此诗。诗歌音节铿锵、刚劲有力，硬语盘空，一股豪壮之气激昂澎湃于其中，使人读后胸中生起豪情万丈。

自　遣

　　《国朝耆献类征·郑燮小传》中说："(燮)日放言高谈，臧否人物，无所忌讳，坐是得狂名。"这首诗充分表现了作者不与世俗妥协的狂放性格，抒发了作者疏狂傲世的思想感情，对世俗的虚伪进行了尖刻的讽刺与抨击。全诗痛快淋漓，愤激而不乏风趣。自遣：自我遣兴，是古代诗词中常用的题目。

　　　　啬彼丰兹信不移，我于困顿已无辞，
　　　　束狂入世犹嫌放，学拙论文尚厌奇。
　　　　看月不妨人去尽，对花只恨酒来迟。
　　　　笑他缣素求书辈，又要先生烂醉时。

　　啬彼丰兹信不移，我于困顿已无辞——这两句是说：这世道真的是不公，我对困顿已无话可说。啬彼丰兹：薄彼厚此，谓世道不公，这是板桥对于困顿的自我宽解之辞。啬，薄。丰，厚。信不移：确是不可移易之理。困顿：劳累、疲惫，指人生道路上的失意。无辞：无话可说。

　　束狂入世犹嫌放，学拙论文尚厌奇——这两句是说：我尽量约束自己清狂的性格来对待世事，可是还被人嫌恶为"放荡"；我佯装笨拙地评论文章，仍然被人厌弃为"新奇"。阮元《广陵诗事》载郑板桥曾借韩愈解嘲的话刻了一方印："动得谤，名亦随之。"可以参证。束狂：自我约束，不使放纵。嫌：谓被别人嫌弃。学拙：自学朴拙，不事尖新。厌：指被他人讨厌。

　　看月不妨人去尽，对花只恨酒来迟——这两句是说：无知音则宁愿孤独，不移操守。

　　笑他缣素求书辈，又要先生烂醉时——这两句是说：可笑那些求书的人，却一反过去成见，必等我喝得大醉更加狂放时才肯来。缣素：书画用的白色绢绸。

　　据《清朝野史大观》卷十载，扬州有一位盐商，自己求字画不得，便在郑板桥将要经过的一片竹林中备下狗肉美酒。郑板桥果真路过，一见大喜，吃喝已尽，盐商拿出事先备好的纸张，板桥"一一挥毫意尽"。一般富商大贾虽"饵以千金"而不得的板桥字画，就被这个盐商轻易得到了。此诗即在作者醉后写作，诗歌激昂慷慨、痛快沉着，集中体现了板桥的"狂怪"性格，表现了他对庸俗的社会风气的愤慨。钱振锽曾

评价:"郑板桥'看月不妨人去尽'句,非绝顶性灵说不出。此公诗,虽学浅,而气清神爽。"(《诗话》卷上)

诗四言

这是一组带有浓厚寓言色彩的讽刺诗。四首诗各言一事,但总起来却表达一个完整的主题思想:鞭挞那些虚伪造作、口是心非的大奸大恶之人,戳穿他们的伎俩。

(一)

夜杀其人,明坐其家,处分息事,咤众毋哗。
主人不知,托为腹心,无奸不直,无浅不深。

(二)

仁义之言,出于圣口,奸邪窃似,济欲忘丑。
播谈忠孝,声凄泪痛,咍诳贤明,况汝愚众。

(三)

当春不华,蓄意待秋,秋又不实,行将谁尤?
苴蔓藏蛇,梧桐哕凤,象分性别,各以类贡。
况汝棘刺,鸱鸮避之,乃思鸾凤,槁死不知。

(四)

求利于地,丝枲稼穑。求利于天,锄欲植德。
求利于物,网罟钓弋。求利于人,面曲背直。
有禽其心,有兽其力,诋贤玩愚,寝危卧仄。
天亦汝怜,大道不塞。

夜杀其人,明坐其家,处分息事,咤众毋哗——这四句是说:夜里杀了人,白天却公然坐在主人家中。处理事情只求平息事端,还要大声呵斥众人的议论。处分:处置、处理。咤(zhà):大声呵斥。

主人不知,托为腹心,无奸不直,无浅不深——这四句是说:主人不了解情况,还把他当做心腹。奸人总是装成很正直的样子,看来似浅,实际深藏祸心。

仁义之言，出于圣口，奸邪窃似，济欲忘丑——这四句是说：仁义之言，是出自圣人之口；而奸邪之人伪作仁义之言，为满足私欲而不知羞耻。窃似：装得很像。

播谈忠孝，声凄泪痛，咍诳贤明，况汝愚众——这四句是说：奸邪的人，装出十分真诚的样子，大谈忠孝之道，贤明都被戏弄蒙骗，又何况是愚人。咍（hāi）：讥笑、戏弄。

当春不华，蓄意待秋，秋又不实，行将谁尤——这四句是说：（棘刺）春天不能开花，存心等待秋天，等到秋天又不能结实，到底该责怪谁呢？华：同"花"，开花。蓄意：存心、早有此意。尤：责怪。

茸蔓藏蛇，梧桐哕凤，象分性别，各以类贡——这四句是说：丛生的蔓草中藏着蛇，梧桐树能引来凤凰，事物外形本性虽各有别，可是都是物以类聚。茸蔓：丛生的蔓草。哕（huì）：鸟鸣。象：指物的外形。性：指物的本性。贡：进。这里当"聚"解。

况汝棘刺，鸱鸮避之，乃思鸾凤，槁死不知——这四句是说：对于棘刺，连猫头鹰都要避开它，更何况凤凰。这个道理，棘刺到枯死恐怕也不会明白。

求利于地，丝枲稼穑。求利于天，锄欲植德——这四句是说：想要获得大地的恩赐，就织布种田；想要获得上天的恩赐，就应该去私欲，积美德。丝枲稼穑：指织布种田。枲（xǐ）：麻。锄欲植德：去私欲，积美德。

求利于物，网罟钓弋。求利于人，面曲背直——这四句是说：想要获得物质的好处，就要用各种方法去取得。想要获得人的好处，就要违背直道行邪道。网罟钓弋：三种捕捉禽兽鱼类的工具。罟（gǔ）：网的总名。弋（yì）：带绳的箭。面曲背直：谓行邪道而违背直道。

有禽其心，有兽其力，诋贤玩愚，寝危卧仄——这四句是说：奸人有如禽兽，非毁圣贤，欺弄百姓，乐于干冒险的勾当。寝、卧：安于、乐于。危、仄：危险、倾侧。

天亦汝怜，大道不塞——这两句是说：天虽一时容忍你，但惩恶彰善的大道却饶不过你。不塞：指不会不作为。

第一首诗，写一个杀人强盗装成好人，贼喊捉贼，骗得被害人的信任，让他来主持善后事宜。第二首诗，写奸人口称仁义，哄骗众人，以达到满足私欲的目的。第三首诗，讽刺恶人企图得到好结果的妄想。第四首诗，指出恶人到头来绝不会有好下场。这组诗对旧社会有极大的概括性，从某种意义上说，它也是对清朝统治者以卑鄙手段攫取全国政权的逼真写照。

偶然作

这首诗评论了当时的文风,诗中批评了名士和小儒的华而不实的恶滥文风,强调文章的"疗世"作用。偶然作:传统的杂诗题目。

英雄何必读书史,直摅血性为文章,
不仙不佛不圣贤,笔墨之外有主张,
纵横议论析时事,如医疗疾进药方。
名士之文深莽苍,胸罗万卷杂霸王,
用之未必得实效,崇论闳议多慨慷,
雕镌鱼鸟逐光景,风情亦足喜且狂。
小儒之文何所长,抄经摘史鸮枭强,
玩其词华颇赫烁,寻其义味无毫芒,
弟颂其师客谈说,居然拔帜登词场,
初惊既鄙久萧索,身存气盛名先亡;
攀碑刻石临大道,过者不读倚坏墙。
呜呼! 文章自古通造化,息心下意毋躁忙。

英雄何必读书史,直摅血性为文章——这两句是说:写文章不一定要读那么多的书籍,直截了当抒发自己的情感和见解,下笔自然而成文章。英雄:指有经国济世之才的人。摅(shū):阐发、抒发。血性:血肉性情,指个人的真情实感。

不仙不佛不圣贤,笔墨之外有主张——这两句是说,不囿于儒、释、道三家之说,于文章笔墨之外另有济世安邦的主张。仙、佛、贤圣:指道、佛、儒三教。笔墨:这里指文字技巧。

纵横议论析时事,如医疗疾进药方——这两句是说:英雄文章的本色是要纵论天下时事,就如同医治疾病要用对症的药方。

名士之文深莽苍,胸罗万卷杂霸王——这两句是说:那些名人的文风大都貌似深奥、有学问,兼有王霸治国之术。莽苍:野色迷茫的样子,这里形容深邃莫测。杂霸王:糅合霸道与王道于一炉的政治主张。

用之未必得实效,崇论闳议多慨慷——这两句是说:名士之文大多是持论高远、慷慨激昂的大话,但用起来未必有实效。崇论闳议:说大话、吐空言。

雕镌鱼鸟逐光景，风情亦足喜且狂——这两句是说：名士状写虫鱼花鸟、自然风光的文章，其中所包含的情趣也足以使读者感奋、激动。镌(juān)：刻镂。

小儒之文何所长，抄经摘史饾饤强——这两句是说：小儒的文章以什么取胜？仅仅是引经据典，堆砌辞藻罢了。小儒：指学识浅薄的书生。饾饤(dòudìng)：亦作"斗钉"，供陈设的食品，比喻堆砌辞藻。强：擅长、取胜。

玩其词华颇赫烁，寻其义味无毫芒——这两句是说：细细品味（小儒的文章）只觉得词采华美，却华而不实、毫无意义。赫烁：光芒闪耀的样子。

弟颂其师客谈说，居然拔帜登词场——这两句是说：（这些小儒的文章）因为被弟子称颂、被门客到处谈论，竟然举起大旗登上了文坛。拔帜：举旗。

初惊既鄙久萧索，身存气盛名先亡——这两句是说：小儒之文登场，起初很惊人，不久就显出低劣，久而久之就被人们淡忘了。这些小儒人虽然还在，气依旧盛，可是名声已经不行了。既鄙：不久显出低劣。久萧索：终于萧条冷落。

辇碑刻石临大道，过者不读倚坏墙——这两句是说：虽然小儒的文章被刻于石碑上，并运至大道之旁，但过路的人都不读它，只是把它当做一堵坏墙可以靠着休息。辇：搬运、运载。

呜呼！文章自古通造化，息心下意毋躁忙——这两句是说：文章一事非同小可，它阐发着大自然的真理，一定要平心静气，万万不能草率从事。通造化：参与自然的创造化育。息心下意：平心静气。

诗中把文章分为三等：英雄之文、名士之文和小儒之文。郑板桥最推崇英雄之文，因为它"纵横议论析时事"，并提出医治时世之方。所谓"纵横议论析时事"即反映、表现"帝王之事业、百姓之勤苦、圣贤之精义、英杰之风猷"的内容和主题，也就是要为社会、国家和百姓而作。并且这种诗文在表达上"直摅血性"，有雄豪之气。所谓"直摅血性"，即要求写作要表现自己真实的感情和见解。

诗中无情地痛斥了那些以脱离现实、玩弄文字而名盛文坛的人物，批评了名士和小儒互相吹捧的恶习，表现了作者对文章的卓越见解。诗歌气势雄浑、语言沉着痛快，鼓荡着沉郁之气。

送友人焦山读书

这首诗是送友人去焦山读书所作。焦山：原名谯山或樵山，在江苏镇江市东北的长江之中，相传东汉焦光曾隐居于此，故名。郑板桥中进士以前，多次在此读书。

焦山须从象山渡,参差上下一江树;
高枝倒挽行云住,低枝搏击江涛怒。
枯藤盘挐蛇走壁,怪石崚嶒鬼峡路。
日落烟生江雾昏,微茫星火沿江村,
忽然飞镜出东海,万里一碧开乾坤。
夜悄山中更凄肃,鹳鹤无声千树秃。
邻屋时闻老僧咳,山魈远在云端哭。
几年不到大江滨,花枝鸟语春复春。
抱书送尔入山去,双峰觅我题诗处。

焦山须从象山渡,参差上下一江树——这两句是说:由江北至焦山,须先渡至江南,然后再由象山渡至焦山,整座山长满了高高低低的树。象山:一名石公山,因形如双象,故又名象山,位于镇江市东北江岸,隔水与焦山相望。

高枝倒挽行云住,低枝搏击江涛怒——这两句是说:山树高大的枝干耸入云霄,好像要挡住云的去路,低矮的树枝拍打在江面上,又好像在与江涛搏斗。

枯藤盘挐蛇走壁,怪石崚嶒鬼峡路——这两句是说:枯藤在峭壁上盘缠,好像蛇在行走;怪石突兀,如同鬼怪蹲踞在峡谷之旁。形容怪石突兀、形势险恶的峡谷。盘挐(ná):屈曲牵引。崚嶒(léngcéng):高峻突兀的样子。峡:当作"夹"。

日落烟生江雾昏,微茫星火沿江村——这两句是说:太阳落下后,暮霭渐渐地弥漫在江边,隐约看见江边村落的点点灯火。微茫:即"隐约"。星火:指灯火。

忽然飞镜出东海,万里一碧开乾坤——这两句是说:突然间月亮在东海升起,辉映万里,天池澄碧。飞镜:月亮。乾坤:天地。

夜悄山中更凄肃,鹳鹤无声千树秃——这两句是说:夜间鹳鹤无声,树木悄无声息,山中显得更加凄凉肃杀。鹳(guàn):栖息在水旁的大型水鸟,形似鹤。

邻屋时闻老僧咳,山魈远在云端哭——这两句是说:不时能够听到近旁的老僧咳嗽的声音,从云端远远传来山怪哭泣之声。这里是渲染山中的凄肃气氛,以有声状无声。山魈(xiāo):一种栖息在高山上的大猿猴,叫声如婴儿哭嚎,古人认为是山中怪物。

几年不到大江滨,花枝鸟语春复春——这两句是说:几年都没有到长江之滨,山中应是花香鸟语,又是几度春秋了。

抱书送尔入山去,双峰觅我题诗处——这两句是说:拿着书送你进山,在双峰处寻找我当年题诗的地方。双峰:焦山峰名,作者旧日曾题诗于此。

全诗用浪漫主义的手法描绘了焦山的树、雾、夜景等风光景物,极力刻画了焦山景色雄奇的特点。诗歌开头六句描写路途艰难,作者用"倒挽"、"搏击"、"盘拏"等动词将静的枝藤写得气势飞动,生动异常。中间四句写山中明月初生,十分皎洁可爱。接下去四句写夜深,万籁俱寂,又十分凄凉可怕。最后归结到送别。作者在短短的诗篇中,转换了迥然不同的三种意境,摇曳多姿,引人入胜。

扬州(四首选一)

郑板桥除了中进士之后在山东做过十几年县令外,一生其余活动都在扬州,此诗淋漓尽致地描绘了扬州之繁华与沧桑,也表现了作者对世态炎凉的痛苦体验。扬州:位于长江下游北岸,隋时名"江都",炀帝所开大运河经此,自古为"淮盐"总汇,商业发达,繁华富庶。炀帝曾数幸江都,遗迹传说至今尚存。

　　画舫乘春破晓烟,满城丝管拂榆钱。
　　千家养女先教曲,十里栽花算种田。
　　雨过隋堤原不湿,风吹红袖欲登仙。
　　词人久已伤头白,酒暖香温倍悄然。

画舫乘春破晓烟,满城丝管拂榆钱——这两句是说:画船乘着春光在晓烟中穿行,丝管繁弦声中的扬州城到处飘荡着着榆荚。画舫:装饰华丽的游船。丝管:指各种乐器的音乐声。榆钱:榆荚,状如钱而成串,故称。

千家养女先教曲,十里栽花算种田——这两句是说:很多人家养女儿都要先教会她们音乐;连绵不断的花圃就算是农民的耕地了。这两句写出了扬州文化的发达,市容的美丽,也描写了市民生活的奢靡。《扬州画舫录》云:"扬人无贵贱皆戴花,开明桥每旦有花市。盖城外禅智寺,城中开明桥,皆古之花市也。近年梅花岭、傍花村、堡城、小茅山、雷塘皆有花院,每旦入城聚卖于市。每花期于对门张秀才家作百花会,四乡名花集焉。"

雨过隋堤原不湿,风吹红袖欲登仙——这两句是说:片片雨丝飘过隋堤,原野上并没有湿,风吹着美貌女子远远看去如同仙女一般。隋堤:为隋时所开运河之堤,堤上栽满杨柳,这里指扬州附近之堤。红袖:代指艳装女子。

词人久已伤头白,酒暖香温倍悄然——这两句是说:在这温酒香浓的环境中,诗人不禁感慨自己年华老大,越发忧愁起来。词人:谓能文词之人,作者自指。悄然:忧愁。

扬州是个繁华的商业城市,上层统治者在此纵情声色,过着骄奢淫逸的生活。郑板桥写了四首七律,描绘了扬州春、夏、秋、冬四季的风俗景物,抒写了诗人游冶的感受,吊古伤今,充满凄凉的情调。此诗是这组诗中的第一首,描写了扬州瘦西湖上画舫的景色。诗歌抓住了扬州风物的特点来描摹,对当时扬州秀丽的风光、繁华作了细致描写,还表现了文人墨客在青楼遍地、红袖香温环境中的哀怨心态,同时也反映了作者的隐忧。

寄许生雪江三首(选二)

这是两首赠友之作。郑板桥曾在江村设席教馆,他对江村的山光水色、风土人情非常喜爱。许雪江:当是板桥设塾江村时的学生许樗存。

(一)

诗去将吾意,书来见尔情。三年俄梦寐,数语若平生。
雨细窗明火,鸦栖柳暗城。小楼良夜静,还忆读书声。

诗去将吾意,书来见尔情——这两句是说:从来信中可以看出你的深情,而我的这首赠诗也带走了我的厚意。这二句颠倒了句序。将:带去。

三年俄梦寐,数语若平生——这两句是说:分别了三年恍然就像做了一场大梦;书信中的寥寥数语,如同见到了平生的音容。三年:指许生跟从诗人学习的时间。俄:不久。数语:指书信中的话。

雨细窗明火,鸦栖柳暗城——这两句是说:我思念着你,窗外雨声淅沥,突然发现灯火转明,而暮鸦栖宿逐渐日暮城暗。这二句用"暗城"来陪衬"明火",化用了杜甫《春夜喜雨》之"野径云俱黑,江船火独明"。

小楼良夜静,还忆读书声——这两句是说:当午夜降临,小楼沉浸在一片阒寂之中,我不禁回忆起当年读书的情景。

（二）

不舍江干趣，年来卧水村。云揉山欲活，潮横雨如奔。
稻蟹乘秋熟，豚蹄佐酒浑。野人欢笑罢，买棹会相存。

不舍江干趣，年来卧水村——这两句是说：难以忘怀在江岸边的情趣与欢乐，经常就睡在水边。江干：江岸、江边。

云揉山欲活，潮横雨如奔——这两句是说：云推揉着山峰，山峰好像要活起来，在急雨中潮水奔流，横冲直撞。

稻蟹乘秋熟，豚蹄佐酒浑——这两句是说：稻子、螃蟹在秋天成熟了，用猪蹄来下新酒。

野人欢笑罢，买棹会相存——这两句是说：等到秋收与农人欢聚之后，我就雇船去探望你。野人：指与作者交往的村人，也是诗人的自谦。买棹：雇船。相存：探望、访问。

第一首主要写思念之情。"雨细"一联体物细微，只有陷入深思的人，才会突然发觉天色已暮，因而对细微的景物变化有新鲜感，表达了作者对江村的一往情深。

第二首主要写诗人的隐居生活，叙作者近况并示相访之意。亲切质朴，一往情深。诗人笔下的乡村风景如诗如画，"云揉"一联十分生动，云推揉着山峰，山峰好像要活动起来，急雨中的潮水澎湃汹涌，把江村新鲜活跃的景色表现得如在目前。乡村的人们质朴善良，乡村的空气清新怡人，"稻蟹乘秋熟，豚蹄佐酒浑"一联栩栩如生地再现了江村的风土人情，那种淳朴的生活让郑板桥难以忘怀。此诗形象生动，神韵隽永。诗人将乡村田园生活描述得如此富有诗情画意，目的是为了寄托自己对自由自在美好生活的向往，同时反衬出官场的污浊，体现出其"怒不从流"的高洁品质。

闲　居

诗人于二十三岁成家，诗中有"弱女"字样，此诗可能作于三十岁左右设塾真州时，描述了文人雅士闲居时的乐趣。

懒慢从来应接疏，闭门扫地足闲居。

荆妻拭砚磨新墨,弱女持笺索楷书。
柿叶微霜千点赤,纱厨斜日半窗虚。
江南大好秋蔬菜,紫笋红姜煮鲫鱼。

【新解】

懒慢从来应接疏,闭门扫地足闲居——这两句是说:自己生性懒散,与宾客向来交往稀少,于是闭门扫地过着闲居的生活。

荆妻拭砚磨新墨,弱女持笺索楷书——这两句是说:妻子为我擦拭砚台、磨好新墨,小女儿拿着信笺要我写楷书。此两句套用了杜甫《江村》中:"老妻画纸为棋局,稚子敲针作钓钩。"荆妻:古人对他人称自己妻子的谦词。荆钗布裙本是旧时贫家妇女的装束,故有此称。

柿叶微霜千点赤,纱厨斜日半窗虚——这两句是说:柿子叶经轻霜打后呈现一片红色,从纱厨向外看去太阳已经西斜,窗外渐渐朦胧。纱厨:即碧纱厨,安放在床上的纱罩,夏日用来避蚊蝇。

江南大好秋蔬菜,紫笋红姜煮鲫鱼——这两句是说:秋天正是江南蔬菜丰收的好时节,可以用紫笋红姜来煮鲫鱼啊。

作为文人,郑板桥也追求生活的情趣和世俗的享受。此诗中充满了闲适自在的情调,作者将柿叶、蔬菜、紫笋、红姜、鲫鱼等日常菜食入诗,表达了对自然生活的向往,充满闲适的情调。

宗子相墓

【题解】

这是一首写景诗。郑板桥家乡兴化环境幽美,明代"后七子"之一宗臣读书及墓葬所在的百花洲就在兴化,此诗中的景色悲慨凄凉。宗子相:即宗臣,字子相,江苏兴化人。嘉靖时进士,文学家,明"后七子"之一。诗文主复古,散文《报刘一丈书》揭露了官场丑恶,较有名。有《宗子相集》传世。

寥落百花洲,老屋破还在。
远水如带环,东风吹野菜。

寥落百花洲，老屋破还在——这两句是说：百花洲上冷冷清清，老屋虽然残破仍存在。百花洲：据《兴化县志·城池图》，百花洲在兴化南关外，四面环水。又据《古迹》"百花洲"条："明邑人宗周与其子臣读书处……臣殁于闽，归葬其下，立嗣祀之。"

远水如带环，东风吹野菜——这两句是说：远处的河水如同一条玉带环绕，东风吹动百花洲上的萋萋野草。环：围绕。

这首诗歌的画面极为简单：寥落的水中之洲上有一间破屋，野菜遍布，在风中摇摆不已；一条河流如带，环绕水中。诗中的景物经过诗人的精心选择和安排：破屋、野菜、远水，安排在同一个画面，而"寥落"、"如带环"等则鲜明地涂上了诗人的主观色彩。在画面的布局营造上，仍然采取远视角，大量留白，整首诗呈现出古澹、空灵的画意。

七歌（七首选四）

这组诗是作者于康熙六十一年（1722年）在真州江村时作，诗人当时三十岁。此年，板桥的父亲立庵病故，家中生活极其困苦，作者写下了这组反映自己贫寒孤苦生活处境的叙事诗，心境凄怆，出语悲切，分别歌咏了自己的亲人、师友，回忆了昔日的困苦生活。

（一）

我生三岁我母无，叮咛难割襁中孤。
登床索乳抱母卧，不知母殁还相呼。
儿昔夜啼啼不已，阿母扶病随啼起；
婉转噢抚儿熟眠，灯昏母咳寒窗里。
呜呼二歌兮夜欲半，鸦栖不稳庭槐断。

我生三岁我母无，叮咛难割襁中孤——这两句是说：我三岁的时候母亲就去世了，母亲临终前对还是婴儿的我放心不下，痛苦地托付给别人。叮咛：指燮母死前对家人的嘱咐。襁:襁褓,包小孩的被子。

登床索乳抱母卧,不知母殁还相呼——这两句是说:我像往常一样爬上床抱着母亲要吃奶,不知道母亲已经去世,仍一个劲地呼喊着母亲。

儿昔夜啼啼不已,阿母扶病随啼起——这两句是说:过去做儿子的经常夜里啼哭不止,母亲听见儿子的啼哭声就抱病起身。扶病:抱病。

婉转噢抚儿熟眠,灯昏母咳寒窗里——这两句是说:母亲轻柔地抚慰孩子睡熟,房中灯光昏暗,能听见母亲在寒夜中咳嗽的声音。噢(yǔ):噢咻,逗小孩的声音。

呜呼二歌兮夜欲半,鸦栖不稳庭槐断——这两句是说:呜呼!放声悲歌长夜过半,庭院中的槐枝折断,鸦鸟也难于栖身。槐断鸦惊用来隐喻失去母亲的孤儿无依无靠。

(二)

几年落拓向江海,谋事十事九事殆。
长啸一声沽酒楼,背人独自问真宰。
枯蓬吹断久无根,乡心未尽思田园。
千里还家到反怯,入门忸怩妻无言。
呜呼五歌兮头发竖,丈夫意气闺房沮。

几年落拓向江海,谋事十事九事殆——这两句是说:多年来我在社会上落魄失意,所做的大部分事情都不成功。落拓:穷困失意,即落魄。殆:原意为"危险",此处指不成功。

长啸一声沽酒楼,背人独自问真宰——这两句是说:我在酒楼上放声长啸,在没人的地方我独自质问上天。真宰:宇宙主宰者,此处指天。

枯蓬吹断久无根,乡心未尽思田园——这两句是说:我就像被吹断根的枯蓬一样随风飘转,可是我思念家乡的感情始终没有断绝。

千里还家到反怯,入门忸怩妻无言——这两句是说:千里迢迢回到家后反而感到羞怯,相见后妻子反而羞惭得无言以对。这句化用宋之问《渡汉江》中"近乡情更怯,不敢问来人"诗意。忸怩:羞惭不安的样子。

呜呼五歌兮头发竖,丈夫意气闺房沮——这两句是说:呜呼!放声悲歌头发直立,大丈夫的意气在闺房中顿时沮丧了。沮:沮丧。

（三）

　　我生二女复一儿，寒无絮络饥无糜；
　　啼号触怒事鞭朴，心怜手软翻成悲。
　　萧萧夜雨盈阶阤，空床破帐寒秋水。
　　清晨那得饼饵持，诱以贪眠罢早起。
　　呜呼眼前儿女兮休呼爷，六歌未阕思离家。

【新解】

　　我生二女复一儿，寒无絮络饥无糜——这两句是说：我有两个女儿和一个儿子，（家里贫困得）冷了没有被子盖，饿了没有饭吃。絮络：棉被、棉衣等。糜：粥，指粮食。

　　啼号触怒事鞭朴，心怜手软翻成悲——这两句是说：儿女由于饥寒啼哭不止，使我心头烦怒，想用鞭子抽打他们；但是又感到心疼，手也举不起来了，转而感到一片悲凉。

　　萧萧夜雨盈阶阤，空床破帐寒秋水——这两句是说：连绵不断的秋雨浸没了阶石，空荡荡的床上挂着残破的帷帐，让人深感秋雨的寒冷。阤(shì)：台阶两侧所砌斜石。

　　清晨那得饼饵持，诱以贪眠罢早起——这两句是说：清晨哪里会有饼给孩子们吃呢？我只能骗孩子们不要早起多睡一会。

　　呜呼眼前儿女兮休呼爷，六歌未阕思离家——这两句是说：呜呼！眼前的孩子们不要呼唤父亲，长歌未了我已悲痛得想要离家谋生。未阕：歌未终了。

（四）

　　种园先生是吾师，竹楼桐峰文字奇，
　　十载乡园共游憩，壮心磊落无不为。
　　二子辞家弄笔墨，片语干人气先塞。
　　先生贫病老无儿，闭门僵卧桐阴北。
　　呜呼七歌兮浩纵横，青天万古终无情。

　　　　种园先生，陆震；竹楼，王国栋；桐峰，顾于观。

【新解】

　　种园先生是吾师，竹楼桐峰文字奇——这两句是说：陆种园先生是我的老师，竹楼、桐峰二位的文章写得非常好。种园先生：《兴化县志·文苑》载："陆震，字仲子，一字种园。……少负才气，傲睨狂放，不为龌龊小谨。震淡于名利，厌制艺，攻古文辞及行草书。……诗工截句,诗余妙绝等伦,郑燮从之学词焉。"竹楼、桐峰:二人是板桥少年同窗好友。据《兴化县志·文苑》载:"王国栋,字殿高,一字竹楼。乾隆六年付榜,工诗,尤善书。客居扬、通、润等州,每日求书者甚多。尝与黄慎、李鱓等往还酬唱。著《秋吟阁诗钞》。"又据《文苑》载:"顾于观,字万峰。"桐峰可能是其别号。

十载乡园共游憩,壮心磊落无不为——这两句是说:在家乡十年,我们都一起游玩休息,大家都是志向远大、襟怀坦荡,想要干一番事情。作者十六岁从陆学词,二十六岁设塾真州江村,中间经过十年。磊落:襟怀坦荡。

二子辞家弄笔墨,片语干人气先塞——这两句是说:竹楼、桐峰二人离家以笔墨为生,只能低声下气地求人。干:求。气先塞:低声下气的样子。

先生贫病老无儿,闭门僵卧桐阴北——这两句是说:种园先生贫病而且老而无子,闭门卧病在家。桐阴北:指陆家住地。

呜呼七歌兮浩纵横,青天万古终无情——这两句是说:呜呼!七歌浩气纵横,上天是这样无情!

唐代杜甫作《寓居同谷县作歌七首》,自述遭遇,长歌当哭。在结构上,七首相同:首二句点出主题,中间叙事,末二句感叹。郑板桥学习了杜甫诗的形式,在而立之年对自己的生存状况作了一个回顾。语言朴素,感情真挚动人,悲凉慷慨,一股无法抑制的愤懑之情激荡其中。

第一首诗悼念母亲。板桥的生母汪夫人,在板桥三岁时就去世了。她在病重之际,听到儿子夜啼,还挣扎着起来照顾儿子。"登床索乳抱母卧,不知母殁还相呼"的细节惨痛异常,令人潸然泪下,若非亲身经历者不能道出。"灯昏母咳寒窗里",也是诗人少时睡眼惺忪常见的情景,现在只是无限悲伤的记忆了。"鸦栖不稳庭槐断"写庭院中的槐枝折断,鸦鸟也难于栖身,隐喻失母的孩子无依无靠。三岁丧母,这是板桥心中很大的惨痛,他的诗文中屡有提及。此诗的最大特点就是平实如话,感情真挚动人。

第二首叙述自己外出谋事一事无成的遭遇。"长啸一声沽酒楼,背人独自问真宰",把一个抑郁不平的才士形象描写得生动鲜明,与辛弃疾《水龙吟》中"把吴钩看了,栏杆拍遍,无人会,登临意"有异曲同工之妙。

第三首描写了儿女的穷困生活,写尽了一个慈爱父亲的辛酸与无奈。空床、破帐、漏屋、裂墙,穷寒困厄之状如在目前。"啼号触怒事鞭朴,心怜手软翻成悲",由怒到怜转悲,充满真挚的父爱,内心刻画曲折细腻,一波三折,令人感慨不已。"诱以贪眠罢早起"一句,心酸之极,催人泪下。

第四首诗记叙了作者与陆震先生的师生及学友的情意,也描写了他们的穷困境遇,诗歌悲凄慷慨,感人至深。原本才华横溢、"壮心磊落无不为"的朋友,如今只能"片语干人气先塞",而自己的老师,更是"闭门僵卧桐阴北"。这样就不仅仅是郑板桥个人的自怜自叹,而上升到两代正直士人的困窘落魄、怀才不遇的感叹。诗歌结尾无可奈何地对当时封建制度埋没人才的现象发出感叹。这些对岁月流逝的感怀,对世道不公的愤慨,怎让人不欷歔不已呢?

哭犉儿五首(选二)

这组诗是雍正二年(1724)甲辰,板桥三十二岁时,其子犉儿夭亡,诗人为哭悼儿子犉儿所作。犉(rún)儿:即板桥长子,为原配徐氏所生。板桥有二子均早卒。三十岁时所作《七歌》云:"我生二女复一儿。"此即犉儿。另《潍县署中与舍弟墨第二书》云:"余五十二岁始得一子,岂有不爱之理?"此儿是妾饶氏所生,后亦夭亡。

(一)

天荒食粥竟为长,惭对吾儿泪数行。
今日一匙浇汝饭,可能呼起更重尝!

天荒食粥竟为长,惭对吾儿泪数行——这两句是说:在荒年时有粥吃就是好饭了,我面对我的儿子惭愧得流下了眼泪。长:优越。

今日一匙浇汝饭,可能呼起更重尝——这两句是说:今天我用菜饭祭奠你,还能把你重新呼唤起来尝尝吗?浇饭:古时上坟用菜饭祭奠死者,祭毕即浇洒坟头。

(二)

坟草青青白水寒,孤魂小胆怯风湍。
荒涂野鬼诛求惯,为诉家贫褚镪难。

坟草青青白水寒,孤魂小胆怯风湍——这两句是说:坟头芳草萋萋,河水泛着寒意,我的孩子的魂儿孤单又胆小,害怕湍急的流水和风声。

荒涂野鬼诛求惯,为诉家贫褚镪难——这两句是说:荒郊野外的野鬼惯于勒索,只能告诉他们家里贫困没有那么多纸钱。这二句诗人设想幼儿死后,因为家境贫困在阴间还会受到野鬼的欺凌。诛求：责求、勒索。楮锪（chǔqiǎng）：纸钱，旧时风俗祭祀时焚化的纸钱。楮，木名，可做造纸原料。

　　爱子是人之天性，幼子死去无疑给诗人带来极大的痛苦，加之因为家庭贫困，更使诗人对死去的儿子有很深的愧疚之情。这两首诗中作者以极其凄婉的笔触倾诉着内心的哀痛。第一首诗描写了板桥的自责，他感觉未尽人父之责，愧对儿子，没能在其生前给他一个宽裕的生存环境，"今日一匙浇汝饭，可能呼起更重尝"，写出了诗人揪心的愧痛和对幼子的无限爱怜之情。
　　第二首诗纯为设想，作者想象着犉儿这样的幼小生命孤零零游荡在荒野孤坟之中，狂风怒吼，厉鬼嘶鸣，犉儿幼小的灵魂又怎么能够应付阴间野鬼的欺凌？此情此景，怎能不让板桥感到撕心裂肺的疼痛？诗歌语气凄婉，真切感人。由此也可以想见郑板桥一家的现实生活处境。

村塾示诸徒

　　此诗为康熙五十八年（1719）己亥，郑板桥二十七岁时在江村所作。板桥二十六岁设塾于真州之江村，第二年写作此诗。诗歌抒发困顿失意之感，表示愿过渔隐生活。

　　　　飘蓬几载困青毡，忽忽村居又一年。
　　　　得句喜拈花叶写，看书倦当枕头眠。
　　　　萧骚易惹穷途恨，放荡深惭学俸钱。
　　　　欲买扁舟从钓叟，一竿春雨一蓑烟。

　　飘蓬几载困青毡，忽忽村居又一年——这两句是说：我到处飘零了几年还是一介穷儒，很快在江村就过了一年。青毡：指儒生的家传旧物。《晋书·王献之传》："夜卧斋中，而有偷儿入其室，盗物都尽。献之徐曰：'偷儿，青毡我家旧物，可特置之。'群偷惊走。"这里借指穷儒。
　　得句喜拈花叶写，看书倦当枕头眠——这两句是说：我想出了好诗句喜欢拿花叶来书写，看书累了就把书当做枕头睡觉。
　　萧骚易惹穷途恨，放荡深惭学俸钱——这两句是说：萧条冷落容易勾起穷途末路之恨,随随便便都感到愧对教书的俸禄。萧骚:风雨吹洒树木声。

欲买扁舟从钓叟,一竿春雨一蓑烟——这两句是说:我想要买一叶扁舟,像钓渔翁一样,在如烟春雨中去垂钓。

康熙五十四年(1715),板桥与徐氏结婚,其后育有一男二女。生活负担日益加重,板桥无奈在真州江村以教馆授徒来糊口。江村虽然风景秀丽,但为生计所迫的板桥仍然常有寄人篱下的痛苦,在此诗中,作者坦率地向生徒表明自己的心迹,抒发自己难以名状的痛苦和落寞,流露出向往归隐的思想。

淮阴边寿民苇间书屋

这首诗描写了书屋的僻静和主人夜吟的情景。淮阴:县名,在江苏省北部。边寿民:名维祺,一字颐公,号苇间居士,淮安(在江苏省中部偏北,古名山阳)人。工诗词,尤精书画。善泼墨芦雁,创前古所未有。不求富贵闻达,日以作画为务。

边生结屋类蜗壳,忽开一窗洞寥廓。
数枝芦荻撑烟霜,一水明霞静楼阁。
夜寒星斗垂微茫,西风入幉摇烛光。
隔岸微闻寒犬吠,几拈吟髭更漏长。

边生结屋类蜗壳,忽开一窗洞寥廓——这两句是说:边生的房屋狭小如蜗壳,书屋开了一窗后,立刻使狭小的房子与寥廓的天地相通。类蜗壳:古人常用蜗壳比喻居室的狭隘、简陋。洞,通。寥廓:空阔。

数枝芦荻撑烟霜,一水明霞静楼阁——这两句是说:几枝芦荻在雾霭中摇曳,晚霞照耀着河水,楼阁沉浸在一片静谧之中。

夜寒星斗垂微茫,西风入幉摇烛光——这两句是说:夜凉如水,星星放出微弱的光芒,西风吹入帘中使烛光摇曳。幉:同"簾",布帘。

隔岸微闻寒犬吠,几拈吟髭更漏长——这两句是说:隔着岸边能够依稀听到孤独的犬吠声,而边寿民在寂静的长夜中苦苦吟诗。拈髭(niǎn zī):古人作诗常拈髭冥想。唐代卢延让诗云:"吟安一个字,拈断数茎须。"拈,用手搓转。

这首诗宛若一幅淡淡着墨的山水画,以环境来衬托人物的飘逸丰姿,烟霞芦荻、烛光寒犬,把山村景物展现得颇有诗意,写人物只有最末一句,虽着墨不多,而边生淡泊、勤奋的形象,跃然纸上。诗中用环境的渲染来衬托人物,犹如《诗经·蒹葭》中伊人的写法,生动别致。

铜雀台

题解

这首诗为咏怀古迹之作。铜雀台是历代诗人咏古诗的常用题材,通过吊古,诗人对曹操指令用人作"活殉"的做法进行了讽刺,表现了诗人的人道主义思想。铜雀台:古都邑名,在邺城(今河南临漳县境内),是汉献帝刘协建安十五年曹操安排修建的,乃曹操宴会歌舞的场所。台上有房屋一百二十间,铸造了一个大铜雀安放在屋顶。

铜雀台,十丈起,挂秋星,压寒水。
漳河之流去不已,曹氏风流亦可喜。
西陵松柏是新栽,松下美人皆旧妓。
当年供奉本无情,死后安能强哭声?
穗纬八尺催歌舞,懒慢盘鸦鬓不成。
若教卖履分香后,尽放民间作佳偶,
他日都梁自检烧,回首君恩泪沾袖。

铜雀台,十丈起,挂秋星,压寒水——这四句是说:铜雀台,有十丈之高,从下抬头望去台子挂着星星,从台上向下望台子仿佛盖住了寒水。

漳河之流去不已,曹氏风流亦可喜——这两句是说:漳河之水流淌不已,曹操的风流也令人可喜。

西陵松柏是新栽,松下美人皆旧妓——这两句是说:曹操墓地的松柏是新栽下的,那些在墓地祭奠曹操的诸女都是曹操生前侍奉过他的歌妓。西陵:曹操的墓地。曹操《遗令》曰:"汝等时时登铜雀台,望吾西陵墓田。"松下美人:指当年于墓地祭奠曹操的诸女。旧妓:指在曹操生前侍奉曹操的歌妓。

当年供奉本无情,死后安能强哭声——这两句是说:那些被迫侍奉曹操的女子,对曹操原本无感情,所以在他死后怎么能够为他而哭呢?

穗纬八尺催歌舞,懒慢盘鸦鬓不成——这两句是说:舞帐悬设,催促着丝竹歌舞,她们在懒懒散散地梳妆打扮。据曹操《遗令》:"吾婕妤妓人,皆著铜雀台。于台上施八尺床、穗帐,朝晡上脯糒之属,月朝十五辄向帐作伎。"曹操下令在他死后,众歌妓定期在穗帐前作歌舞表演。穗(suì)纬:带穗的帷帐。盘鸦:古代妇女的发式。

若教卖履分香后,尽放民间作佳偶——这两句是说:曹操如果教人在自己死后,将这些宫女都遣放民间,她们都能得配佳偶。卖履分香:曹操《遗令》云:"余香可分与诸夫人;诸舍中无所为,学作履组卖也。"李善注:"舍中,谓众妾。众妾既无所为,可学作履组卖之。"组:履饰。

他日都梁自检烧,回首君恩泪沾袖——这两句是说:(如果那样)日后宫女们一定会自动地烧香纪念他,回想起曹操的恩德都会泪流沾袖。都梁:都梁香,兰草的别名。古诗:"博山炉中百合香,郁金苏合及都梁。"

铜雀台是曹操宴会歌舞的场所,西陵是曹操的墓地,以往的诗人大多描写铜雀旧妓对曹操的感情,而板桥此诗则反其意而用之,为受奴役者鸣不平。诗歌开头六句正面写铜雀台之高大雄伟,富有气势,其中用"挂"、"压"写出了仰观铜雀台、从铜雀台俯视的不同视角的感受,虽为想象,却很妥帖。七、八两句是过渡句,后面是议论。郑板桥是一个很有爱心,具有人道主义思想的诗人,他认为"当年供奉本无情,死后安能强哭声",为受奴役者喊出了不平。历来吟咏铜雀台的诗篇不在少数,像这样闪烁着人道主义光芒的佳作则是极少的。

泜　水

这是一首咏史诗。泜(chí)水:即今泜河,在河北省南部,源出内丘西北,东流入滏阳河。《史记·张耳陈馀列传》:汉三年"遣张耳与韩信击破赵井陉,斩陈馀泜水上。"即此。一说,即今槐河。

　　泜水清且浅,沙砾明可数。漾漾浮轻波,悠悠汇远浦。
　　千山倒空青,乱石兀崖堵。我来恣游泳,浩歌怀往古。
　　逼侧井陉道,卒列不成伍。背水造奇谋,赤帜立赵土。
　　韩信购左车,张耳陋肺腑。何不赦陈馀,与之归汉主?

泜水清且浅,沙砾明可数——这两句是说:泜水清澈且浅,水中沙石清晰可见。

漾漾浮轻波，悠悠汇远浦——这两句是说：水流荡漾着轻波，连绵不断地汇入远处的河流。

千山倒空青，乱石兀崖堵——这两句是说：众山倒映水中呈翠黛之色，群山乱石兀立岸边如墙壁之状。

我来恣游泳，浩歌怀往古——这两句是说：我来这里尽情地游泳，放声高歌缅怀往古。浩歌：高歌。

逼侧井陉道，卒列不成伍——这两句是说：狭窄的井陉道上，士兵无法排成行伍。逼侧：一作"逼仄"，狭窄。井陉(xíng)：今河北省西部井陉县，县北有井陉山，山上有关名陉关（又名土门关）。又县西有故关，乃井陉西出之口，是太行山区进入华北平原的孔道。此下八句，咏汉初张耳、韩信于井陉口破赵的故事。

背水造奇谋，赤帜立赵土——这两句是说：（韩信）在背水设下奇计，攻占赵地，树立起汉的赤帜旗。据《史记·淮阴侯列传》，刘邦命韩信与张耳领兵数万，东下井陉击赵，赵王歇与成安君陈馀聚兵井陉口拒守。韩信背水列阵，诱赵兵全部出击，另发二千轻骑视赵营空虚，尽拔赵帜立汉赤帜，赵兵乱，遂败。陈馀被斩于泜水上，赵王歇亦被擒杀。

韩信购左车，张耳陋肺腑——这两句是说：韩信悬赏活捉李左车，（相较之下）张耳心胸就有些鄙陋。初，赵广武君李左车曾建议出奇兵偷袭汉军辎重，但陈馀不听，遂使韩信计谋得以实现。《淮阴侯列传》载，汉军破赵之后，"信乃令军中毋杀广武君，有能生得者，购千金。于是有缚广武君而致戏下者，信乃解其缚，东乡坐，西乡对，师事之。""张耳、陈馀皆魏大梁人，初结生死交，后破裂。张耳归刘邦，陈馀辅佐赵王歇。"详见《张耳陈馀列传》。陋肺腑：谓心胸鄙陋。

何不赦陈馀，与之归汉主——这两句是说：（张耳）为何不赦免陈馀，与之一起共事刘邦？

郑板桥写了不少咏史诗，从这些诗中可以看出郑板桥对于历史有自己独到的见解。此诗从泜水入笔，叙述韩信击破赵井陉，斩陈馀泜水上这一段历史故事。前六句写景，中间两句承上启下，引出下文的议论。后面八句表达作者的看法，惋惜两个生死之交的朋友最后反目成仇。诗歌语言流畅，质朴自然。

赠瓮山无方上人二首

这两首诗大约作于乾隆初年，板桥在京城参加会试的期间。瓮山：在今北京颐和园内,清乾隆时赐名万寿山。无方:僧人,初住西庐山,后北至京师瓮山,住瓮山寺,板桥游庐山时与之相识,结为友。上人:对僧人的尊称。《圆觉要览》云:"内有德智,外有胜行,在人之上,曰上人。"

(一)

　　山裹都城北,僧居御苑西。雨晴千嶂碧,云起万松低。
　　天乐飘还细,宫莎剪欲齐。菜人驱豆马,历历俯长堤。

　　山裹都城北,僧居御苑西——这两句是说:瓮山位于都城的北面,和尚住在御苑西面。山:瓮山。在京北偏西。御苑:乾隆时名清漪园,清末始扩建为颐和园。瓮山在它的西边。

　　雨晴千嶂碧,云起万松低——这两句是说:雨过天晴,群山一片碧绿,白云泛起,显得山中的松树都低了。

　　天乐飘还细,宫莎剪欲齐——这两句是说:(在山上听到)宫中的音乐缥缥缈缈地传来,(看到)御苑中的草坪经修剪后显得齐齐整整。天乐、宫莎:均指御苑中物。天乐:皇家所演奏的音乐。宫莎:宫中的草坪。莎(suō):草名。

　　菜人驱豆马,历历俯长堤——这两句是说:从山上远远望去,农夫骑着如芥豆的马,还能够清清楚楚地俯视长堤。豆马:从远处望去,马小如芥豆。荆浩《画山水赋》:"丈山尺树,寸马豆人。"历历:分明的样子。

(二)

　　一见空尘俗,相思已十年。补衣仍带绽,闲话亦深禅。
　　烟雨江南梦,荒寒蓟北田。闲来浇菜圃,日日引山泉。

　　一见空尘俗,相思已十年——这两句是说:当年与您一见就消除了世间的俗事,到现在已经相距十年了。作者三十二岁初会无方于江西庐山,至赠此诗已逾十年。

　　补衣仍带绽,闲话亦深禅——这两句是说:衣服经补过仍然带有补丁,无方闲谈时也带有禅意。两句写无方衣着俭朴,道德甚高。

　　烟雨江南梦,荒寒蓟北田——这两句是说:忆昔江南烟雨中相会的情景已渺茫如梦,如今我们在荒僻寒远的蓟北种作。江南:指庐山。据《怀无方上人》诗:"伊昔茅棚晒秋药,我混屠沽君种作。"则作者再遇无方之时,无方正从事采药、种作,故云。蓟北:古蓟地在今北京市西南,这里指燕京。

闲来浇菜圃,日日引山泉——这两句是说:每天引来山泉,闲来就浇灌菜园。

板桥一生喜欢交游,其中又多有僧、道等世外高人,他们对板桥的思想和性格都有一定的影响。板桥在给这些朋友的诗中,也时常流露出逍遥遁世的情怀。第一首诗主要刻画山僧居住环境的优美、生活的幽静和自适。第二首诗描写了无方上人禅机深妙,又描绘出其寄情小园的适意之境,表达了作者对友人的怀念,对友人安贫乐道、远避尘俗的品性表示钦许。

追忆莫愁湖纳凉

这是一首追忆旧地的诗。莫愁湖在江苏南京三山门外,相传为莫愁旧居。莫愁是古乐府中所传美女,《莫愁乐》:"莫愁在何处?莫愁石城西。"

江上名湖号莫愁,纳凉先报楚江秋。
风从绿箬梢头响,云向青山缺处流。
尚忆罗襟沾竹露,可堪清梦隔沙鸥。
遥怜新月黄昏后,团扇佳人正倚楼。

江上名湖号莫愁,纳凉先报楚江秋——这两句是说:江上有名湖名叫莫愁,秋凉最早从这里传至整个长江。楚江,指长江。因战国时楚国包括两湖、两江、浙江等地,故称流经楚地的长江为楚江。

风从绿箬梢头响,云向青山缺处流——这两句是说:风吹过翠竹梢头发出响声,云向青山低矮处流动。箬:通"箬",竹名。

尚忆罗襟沾竹露,可堪清梦隔沙鸥——这两句是说:回忆起(我们)当年纳凉到深夜,衣服都沾上了竹叶上的露水,可惜如今我只能在梦中见到水边的沙鸥了。

遥怜新月黄昏后,团扇佳人正倚楼——这两句是说:我想象着有着月亮的黄昏,一定有持着团扇的美人在倚楼顾盼。团扇逢秋见弃,喻美人迟暮失欢。

起首四句暗写追忆纳凉的情景,"尚忆"句点明是追忆,"可堪"句点明作者距莫愁湖很远,所以很自然地引出"遥怜"二句。作为一首写景诗,此诗风格旖旎,优游闲适。

峄 山

题解

这是一首写景诗。乾隆十七年(1752),郑板桥第三次游峄山,此时郑板桥已年过花甲,诗人因见峄山古迹,而生出世之想,又应白云宫张阳泰道长之请,书《峄山》长诗相赠,此诗后来被石镶于长春宫西壁。峄山:又名邹山,在山东省邹县东南,古属徐州。

徐州五色土,乃在峄山下,凸凹见青黄,崩裂堕赤赭。
偃蹇十里石,蓄怒卧牛马,苔斑古铜铸,黑骨积铁冶。
耆然触穹苍,千峰构云厦。曲径回肠盘,飞泉震雷泻。
古碑断虫鱼,老屋颓甓瓦。秋河舀可竭,寒星摘盈把。
悲乌百群叫,孤鹤万年寡。结茅此间住,万事夐可舍。
山中古仙人,或有骑龙者。

新解

徐州五色土,乃在峄山下,凸凹见青黄,崩裂堕赤赭——这四句是说:徐州的五色土就在峄山之下,凹下、凸起的地方是青黄色,崩裂之后就是赤红色。五色土:《尚书·禹贡》:"海岱及淮惟徐州……厥贡惟五色土。"蔡忱注:"徐州之土虽赤,而五色之土亦间有之,故制以为贡。"赭(zhě):红土。

偃蹇十里石,蓄怒卧牛马,苔斑古铜铸,黑骨积铁冶——这四句是说:山岩耸拔,形状怪异,如同愤怒的牛马卧倒。石上苔迹斑斑如同古铜,苔下之石如冶铸的铁块。偃蹇(yǎn jiǎn):高耸的样子。卧牛马:谓石状如卧倒的牛马。

耆然触穹苍,千峰构云厦。曲径回肠盘,飞泉震雷泻——这四句是说:山石仿佛就要挨着苍天,千峰形成了高入云天的大厦。山上的小道曲折如回肠盘旋而上,飞泉如同轰隆的雷声飞泻而下。耆(xū)然:耆为象声词,指箭破空发出的声响。云厦:高入云天的大厦。

古碑断虫鱼,老屋颓甓瓦。秋河舀可竭,寒星摘盈把——这四句是说:古碑上的字迹已经看不清了,老屋颓败到处是断壁残垣。银河浅得仿佛能够把水舀干,天上的寒星仿佛能够伸手可摘。虫鱼:文字。甓(pì):砖。

悲乌百群叫,孤鹤万年寡。结茅此间住,万事夐可舍——这四句是说:山中成群的乌鸦哀鸣,孤鹤在此更是孤独。若是在此山中居住,所有纷繁芜杂的事情都能够抛弃。棼(fén):纷乱。

山中古仙人,或有骑龙者——这两句是说:山中古老的修道者,也许有骑龙升天的吧。骑龙者:道教传说谓得道者可以骑龙升天。

诗中描写峄山的景色,表达了自己归隐的愿望。诗歌前面四句总写峄山的高峻耸拔,接下来八句,用比喻的手法夸张地描写山岩高耸、怪异与古老。下面八句描写山中事物的古老破败、人迹罕至。最后两句作者表达了自己渴望在山中归隐的想法。此诗用语怪异,作者有意选用硬、冷的字眼表现出峄山的奇崛险怪与出尘绝俗。此诗在板桥诗中别具一格。

山　寺

这首诗写山寺荒凉残败,与世隔绝。

　　山顶何年寺,寒墙补破云。古钟雀巢钮,断石藓成文。
　　僧话从教译,炉香久不焚。回风吹柿叶,凄响正纷纷。

山顶何年寺,寒墙补破云——这两句是说:山顶有不知何年的寺庙,庙墙破败不堪。"寒墙"句应为"寒云补破墙",为押韵而"墙"、"云"倒置。

古钟雀巢钮,断石藓成文——这两句是说:古钟久已不用,故麻雀在钟钮上作巢,断碑上长满苍苔好像文字。

僧话从教译,炉香久不焚——这两句是说:老僧久与尘世乖隔,话语与时不通,由外人随意来揣度译释,香炉中也久不焚香。从教:任凭。

回风吹柿叶,凄响正纷纷——这两句是说:风吹动柿树叶子,发出一片凄凉的声音。

此诗描写了破败荒凉的古寺。开篇点明不知何时的一个寺庙,而且是"寒墙补破云",墙是残破的,但是由寒云来补,寺庙就有了出尘的感觉。中间四句,回应题目中的"古"字,描写了寺中物之古,人之罕至。最后两句以秋风吹响落叶描写寺之寂寥。整首诗渲染出荒凉寂静的氛围。

赠博也上人

这是一首赠友诗,表现了诗人闲适恬淡的心境。上人:对僧人的尊称。

闭门何处不深山,蜗舍无多八九间。
人迹到稀春草绿,燕巢营定画梁闲。
黄泥小灶茶烹陆,白雨幽窗字学颜。
独有老僧无一事,水禽沙鸟听关关。

闭门何处不深山,蜗舍无多八九间——这两句是说:闭上门哪里不是深山呢?小屋不多只有八九间。蜗舍:形容屋室仄陋如蜗牛壳。

人迹到稀春草绿,燕巢营定画梁闲——这两句是说:人迹罕至,春草碧绿,燕子安心地在房檐筑巢。

黄泥小灶茶烹陆,白雨幽窗字学颜——这两句是说:黄泥小灶煮茶学习陆羽的境界,下雨时安静地在房内学写颜体字。陆:陆羽,唐人,著《茶经》。颜:颜真卿,唐代大书法家,封鲁郡公,人称颜鲁公,字体称颜体。以上六句是写幽居情事。

独有老僧无一事,水禽沙鸟听关关——这两句是说:只有老僧博也身无一事,静静地听着水鸟的鸣叫声。老僧:指博也。水禽沙鸟:野鹜沙鸥之类。关关:水鸟鸣叫声。

此诗表现了作者的出世情怀。首句"闭门何处不深山",作者以远离纷嚣尘世的心态来体悟博也上人的出世轻快,感悟出只要与世俗保持一定的心理距离,则人间处处皆深山。《板桥集五家评》认为此句"神似放翁"。颔联写景,一如春草、飞燕可以任情自在,颈联描写博也上人在这样的环境中心境恬淡安然。尾联进一步点明博也上人远离尘嚣的情致。

喜 雨

这是一首喜雨诗。

宵来风雨撼柴扉,早起巡檐点滴稀。
一径烟云蒸日出,满船新绿买秧归。
田中水浅天光净,陌上泥融燕子飞。
共说今年秋稼好,碧湖红稻鲤鱼肥。

宵来风雨撼柴扉,早起巡檐点滴稀——这两句是说:夜间风雨摇荡着柴门,早晨起来沿着房檐走,雨滴越来越稀少。巡檐:沿着屋檐。点滴稀:雨停了,屋檐的滴雨越来越稀少。

一径云烟蒸日出,满船新绿买秧归——这两句是说:雨后太阳出来路上水气蒸腾,满船的鲜绿色原来是农夫买秧苗归来。

田中水浅天光净,陌上泥融燕子飞——这两句是说:田中水浅天色明净,原野上泥土松软燕子飞翔。此两句化用杜甫《绝句》:"泥融飞燕子,沙暖睡鸳鸯。"泥融:泥土湿润松软。

共说今年秋稼好,碧湖红稻鲤鱼肥——这两句是说:大家都说今年秋天的庄稼一定长得好,会是稻谷丰收、鲤鱼肥美。

历来的喜雨诗很多,名篇也不少,但背景多是山光水色。如杜甫《春夜喜雨》:"随风潜入夜,润物细无声",细致入微地描写了喜人的春雨。郑诗没有正面写雨,以愉快的笔触描写了雨后清新的物态:清晨雨歇、云蒸霞蔚、燕子翻飞,广阔的水田一片天光水色,小河中的船只来往穿梭,载满了碧绿的稻秧。人们掩饰不住喜悦之情,仿佛看到了"稻丰鱼肥"的好收成。作者选取了农夫的视角,描述的是农人喜爱的图景,表现了他们的审美情趣。

诗句中"一径云烟蒸日出"中的"蒸"用得很妙,写出了雨后初晴空气的湿度。笔法新颖别致,新鲜自然。诗歌结尾由及时雨联想到丰收美景,喜悦之情油然而生,同时可以看出作者的重农思想。

弘量上人精舍二首

这两首写景诗,表现出板桥对幽静佛居向往之情。精舍:僧人居处、修行之所。

（一）

渺渺秋涛涌树根,西风落叶破柴门。
蛮鸦日暮无人管,飞起前村入后村。

渺渺秋涛涌树根,西风落叶破柴门——这两句是说:秋天的潮水涨到了树脚下,只见西风中的落叶和破落的柴门。

蛮鸦日暮无人管,飞起前村入后村——这两句是说:黄昏中无人惊扰乌鸦,它们在村中飞来飞去。蛮鸦:大嘴乌鸦。

（二）

山门夜悄不能呼,冷烛秋船宿苇蒲。
残月半天霜气重,晓钟鸡唱满东湖。

山门夜悄不能呼,冷烛秋船宿苇蒲——这两句是说:夜里静悄悄地不能大声敲寺院的大门,只能在清冷的月光中睡在芦苇丛中的渔船之上。山门:寺院的大门。冷烛:比喻月光。

残月半天霜气重,晓钟鸡唱满东湖——这两句是说:一轮残月挂在半天上,夜里的霜气浓重,清晨的钟声敲响,鸡也跟着鸣叫,声音响彻湖面。

这两首诗,第一首写精舍周围淡泊宁静的环境。在这样远离尘嚣的幽居环境中,僧人的心境淡泊而宁静。第二首诗写作者夜至精舍,宿于湖上待晓。郑板桥与许多僧道之人都有交往,从这两首诗中可以看出他的佛教情结。诗中取景喜好清、冷、静、寂,表现出尘绝俗的意境。

题　画

这是一首题画诗。

秋山秋树秋水,苍瘦秃落清駃。

旧曾游望依稀,渺渺雁行沙嘴。

【新解】

秋山秋树秋水,苍瘦秃落清骙——这两句是说:(画上)有秋天的山、树和河流,还有苍老精瘦脱毛的驴骡。秃落:毛羽脱落的样子。清骙(jué):毛色纯净的驴骡。骙,驴骡,亦称撅嘴骡,牡马与牝驴所生。

旧曾游望依稀,渺渺雁行沙嘴——这两句是说:仿佛曾经游览过,远远望去看到成行的大雁和狭长的沙嘴。沙嘴:陆岸向海中突出的狭长沙地。

【新评】

这首诗堪称诗中有画。整个画面非常简洁,近景有萧瑟秋风下的山、树、水,还有老瘦的动物,远景则是成行的大雁和沙嘴。寥寥几笔,兴味盎然。

悍　吏

【题解】

这首诗写县吏压迫勒索村民百姓,尖锐地揭露了统治者贪婪、凶残的豺狼本性,道出了当时社会中严重的阶级对立情况。

县官编丁著图甲,悍吏入村捉鹅鸭。
县官养老赐帛肉,悍吏沿村括稻谷。
豺狼到处无虚过,不断人喉抉人目。
长官好善民已愁,况以不善司民牧。
山田苦旱生草菅,水田浪阔声潺潺。
圣主深仁发天庾,悍吏贪勒为刁奸。
索逋汹汹虎而翼,叫呼楚挞无宁刻。
村中杀鸡忙作食,前村后村已屏息。
呜呼长吏定不知,知而故纵非人为。

县官编丁著图甲,悍吏入村捉鹅鸭——这两句是说:县官把所辖人口编好户口簿,凶恶的小吏带着户口簿进村连鹅鸭都不放过。丁:丁口,即人口。图:图籍,此处指地图和户口簿。甲:泛指代词,等于说"某某"。

县官养老赐帛肉,悍吏沿村括稻谷——这两句是说:县官养老有皇帝赐给的丝帛和肉食,悍吏们则挨村挨户地搜刮稻谷。括:搜刮。

豺狼到处无虚过,不断人喉抉人目——这两句是说:豺狼经过的地方没有白白放过的,不是掐断人的喉咙就是剜掉人的眼睛。豺狼比喻恶吏。抉:剔出,剜掉。白居易《杜陵叟》:"虐人害物即豺狼,何必钩爪锯牙食人肉。"

长官好善民已愁,况以不善司民牧——这两句是说:县官好行善,但由于悍吏作恶,人民已经发愁了,何况那些不善的人来做地方长官呢?司民牧:指做管理治民的地方官。

山田苦旱生草菅,水田浪阔声潺潺——这两句是说:旱田长草,水田无禾。两句诗描写遭到了旱灾或水灾,指灾年。菅(jiān):草名。

圣主深仁发天庚,悍吏贪勒为刁奸——这两句是说:朝廷发放赈灾粮,恶吏们却从中贪污舞弊。天庚:京都的粮仓,此处指官仓。

索逋汹汹虎而翼,叫呼楚挞无宁刻——这两句是说:恶吏们为虎作伥,气势汹汹地催讨租税,大声呵斥、鞭挞百姓没有一刻停息。索逋(bū):搜索逃亡之人或催讨逃租之事。虎而翼:为虎作伥,比喻更加作恶。楚挞:用刑杖责打。楚,古刑杖。

村中杀鸡忙作食,前村后村已屏息——这两句是说:村里人忙着杀鸡为恶吏们准备食物,整村人都害怕得大气不敢出。屏(bǐng)息:不敢大出气。

呜呼长吏定不知,知而故纵非人为——这两句是说:长吏们一定不知道恶吏们的所作所为,如果知道了还放纵他们一定不是人干的事情啊!这是作者的愤激的反语,实际是抨击长吏的知而故纵。长吏:长官。非人为:不是人所应做的。

这首诗直接针对现实,选取了悍吏下乡搜刮的场面来刻画。诗中的悍吏横行霸道,所到之处鸡犬不宁,百姓或"叫呼楚挞"或胆战心惊。诗人并没有涉及最高统治者,他说"长官好善民已愁,况以不善司民牧",直指官场的黑暗,抨击了县官的伪善,指出这种惨剧是上级纵容下级的结果。诗歌最后一句"正话反说",怒斥这些残酷的悍吏压榨百姓的罪恶,对他们进行了无情的揭露和鞭挞。诗歌语言明白如话,思想意义深刻,继承了杜甫和白居易批判现实主义的优良传统,这是极其可贵的。

私刑恶

这首诗深刻地表现了恶吏肆无忌惮、滥施刑法的罪恶,与《悍吏》合读,清代吏役之恶可见一般。

自魏忠贤拷掠群贤,淫刑百出,其遗毒犹在人间。胥吏以惨掠取钱,官长或不知也。仁人君子,有至痛焉。

官刑不敌私刑恶,掾吏搏人如豕搏,
斩筋抉髓剔毛发,督盗搜赃例苛虐。
吼声突地无人色,忽漫无声四肢直,
游魂荡漾不得死,婉转回苏天地黑。
本因冻馁迫为非,又值奸刁取自肥,
一丝一粒尽搜索,但凭皮骨当严威。
累累妻女小儿童,拘囚系械网一空,
牵累无辜十七八,夜来锁得邻家翁。
邻家老翁年七十,白梃长椎敲更急。
雷霆收声怯吏威,云昏雨黑苍天泣。

小序的意思是:自从魏宗贤使用酷刑拷问正直官员以后,滥用的刑罚不胜枚举,他的危害至今流传人间。衙役们用严刑拷打的办法获取不义之财,长官们或许不知道。那些正直君子们对此感到深恶痛绝。魏忠贤:明代宦官,肃宁(今河北肃宁)人,万历时入宫,后掌管东厂,天启间勾结熹宗乳母,专断国政,称九千岁。魏忠贤当政时,曾使用各种酷刑穷治反对他的东林党人和正直官吏。崇祯即位后被黜,畏罪自缢。淫刑:滥用的刑罚。胥吏:旧官府管理文案的小吏,这里泛指衙役。惨掠:残酷拷打。掠,拷打。

官刑不敌私刑恶,掾吏搏人如豕搏——这两句是说:官家的刑罚不如私刑那么残酷,掾吏们打人就像打牲畜一样。掾(yuàn)吏:古时属吏的通称。豕搏:本应作"搏豕",为押韵倒置。

斩筋抉髓剔毛发,督盗搜赃例苛虐——这两句是说:恶吏们追盗搜赃一贯都采用苛刻残暴的刑法,斩筋抉髓,剔除毛发,无所不为。督盗搜赃:督治盗贼与搜索赃物。例:历来,一贯。

吼声突地无人色,忽漫无声四肢直——这两句是说:突然听到大吼一声吓得被刑之人面无人色,忽然又没了声音四肢发直。突地:穿入地里。无人色:指被刑讯之人吓得面无人色。忽漫:忽然。此句以下具体写督索苛虐之状。

游魂荡漾不得死,婉转回苏天地黑——这两句是说:游魂摇荡还不得死,慢慢地苏醒过来感到天地发黑。回苏:苏醒过来。天地黑:头晕目眩,觉天地发黑。

本因冻馁迫为非，又值奸刁取自肥——这两句是说：本来因为挨饿受冻被迫作坏事，偏又碰上奸人搜刮民脂民膏。

一丝一粒尽搜索，但凭皮骨当严威——这两句是说：一条线、一粒米都被搜刮干净，只剩下自己面对严刑拷打。一丝一粒：一条线，一粒米。当：对着、向着。

累累妻女小儿童，拘囚系械网一空——这两句是说：家中的妻子、女儿和小儿子也被绳索绑成一串，家中所有人都被关押、上刑。累累：用绳索绑成一串。拘囚：关押。系械：带上刑具。

牵累无辜十七八，夜来锁得邻家翁——这两句是说：与案件无关的许多人也被牵连治罪，甚至晚上还捉去了邻居家的老头。

邻家老翁年七十，白梃长椎敲更急——这两句是说：邻居家的老头已经七十多岁了，被刑杖打得更是严酷。白梃长椎：两种敲击的器械，都是刑具。

雷霆收声怯吏威，云昏雨黑苍天泣——这两句是说：在酷吏淫威面前，雷霆与苍天也惧怕吏役的威势而收雷泣雨。用夸张的手法针砭了恶吏的无法无天。

郑板桥一贯同情被逼为盗的穷苦百姓。《范县署中寄舍弟墨第二书》云："不知盗贼亦穷民耳，开门延入，商量分惠，有甚么便拿甚么。若一无所有，便王献之青毡，亦可携取质百钱救急也。"

这首诗以现实主义白描手法为主，揭露了恶吏们滥用私刑，严刑逼"盗"追赃，并且滥刑无辜的残暴行径。诗中把受刑者死去活来的惨状描写得令人不寒而栗，表现了诗人对于滥用私刑者的极大愤慨和对无辜百姓的同情。诗歌结尾两句则说连老天爷面对恶吏们的酷刑都胆怯不已，也无能为力。这样的写法有很强的感染力，读来感人肺腑。作者站在广大平民百姓的立场上，真实客观地叙述了百姓被逼为盗的真实原因是"本因冻馁迫为非，又值奸刁取自肥"，对百姓穷困而又尴尬的生存境况，寄予了深深的同情。这种认识是很深刻的。

抚孤行

这首诗描写了寡妇教养儿子的苦辛，再现了一个勤劳、善良、坚韧的古代妇女形象。

十年夫殁扃书麓，岁岁晒书抱书哭。
缥缃破裂方锦纹，玉轴牙签断湘竹。

孀妇义不卖藏书，况有孤雏是遗腹。
　　四壁涂鸦嗔不止，十日索墨五日纸。
　　学俸无钱愧塾师，线脚针头劳十指。
　　灯昏焰短空房黑，儿读无多母长织。
　　败叶走地风沙沙，检点儿眠听晓鸦。

【新解】

　　十年夫殁扃书簏，岁岁晒书抱书哭——这两句是说：丈夫已经去世十年了，从那以后就把丈夫的书箱锁了起来，每年晒书的时候就会想起死去的丈夫。殁：去世。扃(jiǒng)：关闭，锁住。书簏(lù)：用竹篾、柳条或藤条编成的书箱。

　　缥缃破裂方锦纹，玉轴牙签断湘竹——这两句是说：丈夫遗留的书籍因年月久远都已经开始残破了。缥(piāo)：淡青色的帛。缃(xiāng)：浅黄色的帛。缥缃：古时常以缥缃作书囊或书衣，在这里指书卷。玉轴：书画卷的轴心。牙签：旧时藏书者系于书函上作为标志，以便翻检的牙制签牌。

　　孀妇义不卖藏书，况有孤雏是遗腹——这两句说：寡妇还要供遗腹子上学，在这样困难的情况下仍然坚持不肯卖出丈夫的藏书。孀妇：寡妇。孤雏：指幼小无父的孩子。

　　四壁涂鸦嗔不止，十日索墨五日纸——这两句是说：孤儿在家中墙壁上到处乱写乱画，寡妇假装生气也不能制止。他一会要墨，一会要纸。涂鸦：形容字法拙劣，胡乱书写。十日、五日都是概数，指经常的意思。

　　学俸无钱愧塾师，线脚针头劳十指——这两句是说：孩子上学没有钱交学费，面对老师感到愧疚，寡妇只好多做些针线活，靠微薄的收入供孩子读书。

　　灯昏焰短空房黑，儿读无多母长织——这两句是说：灯光昏暗，房子空荡荡的，儿子不懂得母亲的辛苦，还调皮玩耍不认真读功课，而母亲一直在做针线活。

　　败叶走地风沙沙，检点儿眠听晓鸦——这两句是说：窗外风吹动枯叶，发出沙沙的声音，寡妇将孤儿安顿睡熟后，已经快天亮了。检点：指收拾、安顿。

　　郑板桥家境贫寒，自幼丧母，一生坎坷，因此他十分同情寡妇孤儿。在此诗中，诗人歌颂了一位勤劳善良、吃苦耐劳的下层妇女，她在丈夫亡故后承受了巨大的精神压力，不仅要靠自己做针线活来支撑家庭、供养遗腹子上学，而且在最艰难的时候也不肯卖掉丈夫的藏书，这种坚韧的精神令人感慨不已。此诗笔法细腻，细节真实感人，意境凄婉深远。

别梅鉴上人

这是一首留别诗。据道光刊本《泰州(海陵)志·寺观》:"弥陀庵,一属光孝寺;一在南山寺东南,兴化郑燮有诗。"即指此。梅鉴上人:弥陀庵住持僧人。郑板桥于雍正初年和十一年两次客居海陵,都住在他这里。

海陵南郭居人少,古树斜阳破佛楼。
一径晚烟篱菊瘦,几家黄叶豆棚秋。
云山有约怜狂客,钟鼓无情老比丘。
回首旧房留宿处,暗窗寒纸飒飕飕。

海陵南郭居人少,古树斜阳破佛楼——这两句是说:海陵南郭很少有人居住,只见古树、斜阳和残破的佛楼。海陵:古县名,西汉时所置,治所在今江苏泰州,明朝并入泰州。梅鉴上人的庙宇当在这里。

一径晚烟篱菊瘦,几家黄叶豆棚秋——这两句是说:小路上笼罩着黄昏时的炊烟,篱笆旁的菊花细弱,秋天家家豆棚的叶子变黄。

云山有约怜狂客,钟鼓无情老比丘——这两句是说:云山与我订立了再会的盟约,而在寺庙无情的钟鼓声中你将要终老一生。狂客:作者自指。《清史·郑燮传》:燮"日放言高谈,臧否人物,以是得狂名"。钟鼓:指僧人礼佛诵经时所奏的乐器。比丘:梵文的音译,俗称和尚。

回首旧房留宿处,暗窗寒纸飒飕飕——这两句是说:回头看自己留宿的房中,窗外天已经黑了,冷风吹着窗纸发出飒飒飕飕的声音。

雍正十一年(1733)秋,板桥客居海陵的弥陀庵。住持弥陀庵的是梅鉴上人,与板桥早有交往,此次重逢,甚是相得。梅鉴上人不修边幅,常着一身破僧衣,又酷爱诗文,常请板桥题诗写字。二人闲散的气质非常相投,交情不一般,所以这首留别诗与一般的留别诗有所不同,没有依依送别的描写,而是带有几分孤寂的情调。作者通过描写景物来表现自己的心情,诗中选择了古树、斜阳、破佛楼、晚烟、篱菊、黄叶、豆棚、云山、钟鼓、旧房、暗窗、寒纸一系列格调凄清的意象,传达出内心的凄凉与孤寂。"一径晚烟篱菊瘦,几家黄叶豆棚秋"一句,很好地渲染了全诗闲淡平静的气氛,让人感到作者内心虽然孤寂,却是非常安然。彭廷梅评此诗:"澹然绝尘。"(《国朝诗选》卷四)确实如此,此诗在写景和表情达意时都脱去了尘俗之气而带有浓厚的佛禅气息。

再到西村

【题解】

这首诗大约作于雍正十三年板桥在焦山读书期间,此间作者曾抽闲重访西村。《仪真县江村茶社寄舍弟墨》也写于此时。

　　青山问我几时归,春雨山中长蕨薇。
　　分付白云留倦客,依然松竹满柴扉。
　　送花邻女看都嫁,卖酒村翁兴不违。
　　好待秋风禾稼熟,更修老屋补斜晖。

青山问我几时归,春雨山中长蕨薇——这两句是说:青山问我什么时候归来,春雨后山中已经长满了野菜。蕨薇:两种野菜名,均可食。

分付白云留倦客,依然松竹满柴扉——这两句是说:青山吩咐白云要留住我这个天涯倦客,山中松竹依旧长满柴门。吩咐:青山吩咐。倦客:诗人自指。

送花邻女看都嫁,卖酒村翁兴不违——这两句是说:昔日送花的邻女,当时尚幼,而今眼看都出嫁了,而卖酒村翁的兴致依然不减。

好待秋风禾稼熟,更修老屋补斜晖——这两句是说:等到秋天到了庄稼成熟,更复修葺老屋,以待诗人归来。补斜晖:修葺室屋缺漏之处。

此诗中诗人用欢欣喜悦的口吻叙述了自己对田园生活的向往,洋溢着恬静淡泊的情调。诗中用拟人的笔法想象着青山、白云都在欢迎自己的归来,"青山问我几时归"、"分付白云留倦客",笔调别致新颖,读来都被诗人的喜悦所感染。此诗一气贯注,不求工整字句,自然生动感人。

除夕前一日上中尊汪夫子

这首诗作于雍正九年辛亥除夕前一日,翌年即逢壬子乡试。中尊汪夫子:指当时兴化县令汪芳藻。汪于雍正九年有教习知县事,莅任三载。据传,板桥写此诗向汪告贫,汪当即赠之以金。板桥中进士后,此事在邑中传为美谈。

　　琐事贫家日万端,破裘虽补不禁寒。
　　瓶中白水供先祀,窗外梅花当早餐。
　　结网纵勤河又沍,卖书无主岁偏阑。
　　明年又值抢才会,愿向秋风借羽翰。

　　琐事家贫日万端,破裘虽补不禁寒——这两句是说:家中贫穷琐事很多,破衣服虽然补过仍然抵挡不了寒冷。
　　瓶中白水供先祀,窗外梅花当早餐——这两句是说:只有把瓶中的白水代酒祭祀祖先,把窗外的梅花当做早餐。白水:古时祭祀以水代酒,称玄酒。先祀:祖先。
　　结网纵勤河又沍,卖书无主岁偏阑——这两句是说:纵然我辛苦努力可是总不顺利,想要干些什么时机又不好。"结网":古时常以打鱼比喻求取功名,这句是说在科举的道路上很不顺利。沍(hù):冻结。主:主顾。阑:尽。
　　明年又值抢才会,愿向秋风借羽翰——这两句是说:明年又举行乡试,希望能够科考得中。抢才会:这里指考举人的乡试。抢才,选拔人材。乡试在秋天举行故称"秋风"。羽翰:翅膀。

　　郑板桥在诗中坦率地叙述了自己穷酸的境况,恳切地呼吁:"明年又值抢才会,愿向秋风借羽翰。"诗中语气十分谨慎谦卑,自然取得了很好的效果。

芭　蕉

　　此诗是怀人之作。诗中用芭蕉叶的生长比喻人的相思之情,别具一格。

芭蕉叶叶为多情,一叶才舒一叶生。
自是相思抽不尽,却教风雨怨秋声。

芭蕉叶叶为多情,一叶才舒一叶生——这两句是说:芭蕉叶是那样多情,一片叶子才舒展开一片叶子又生长了。芭蕉叶初生多卷曲,到一定程度才舒展开,诗人认为就像相思之情那样绵绵不断。

自是相思抽不尽,却教风雨怨秋声——这两句是说:芭蕉自己相思之情舒卷不尽,倒也罢了,风雨吹芭蕉作一片秋声,更能惹动无限愁思。

这是一首咏物诗。正如王国维所说"以我观物,则物皆著我之色彩",诗人把自己主观的情感赋予本为无情的芭蕉,认为"一叶才舒一叶生",将芭蕉写得缱绻多情。诗人又用外来的风雨比喻外界对于芭蕉的摧残,益发增加了芭蕉哀怨的情致。

梧　桐

题解

这首诗大约作于板桥客居燕京之时。此诗有所寄托,诗人见邸所有高大梧桐,而惜其无凤来栖,故感慨其所生非地。

高梧百尺夜苍苍,乱扫秋星落晓霜。
如何不向西州植,倒挂绿毛幺凤皇。

新解

高梧百尺夜苍苍,乱扫秋星落晓霜——这两句是说:高大的梧桐树在暮色下能够扫动天上的寒星、拂落晓霜。两句诗用夸张的手法形容梧桐的高大雄伟。

如何不向西州植,倒挂绿毛幺凤皇——这两句是说:为何不种在西州,从而引来凤凰栖息?西州:据《晋书·谢安传》《世说新语·赏誉》等记载,晋宋间扬州廨舍在南京台城西,亦名西州。故本诗所指当是扬州或南京。幺凤皇:又名桐花凤。唐李德裕《画桐花凤扇赋序》:"成都夹岷江矶岸多植紫桐,每至春暮,有灵禽五色,小于玄鸟(燕子),来集桐花,以饮朝露。"即此。

这是一首借物喻人的诗。诗中以"扫落秋星"的梧桐所生非地,故无凤凰来栖比喻有才之士所生非时,故无所成就,比喻形象贴切。从诗中可以明显看出诗人对于自己或友人不平遭遇的愤慨。

山中雪后

这首诗刻画了天寒地冻之中傲然独放的梅花,寄寓了诗人兀傲不群的狂狷性格。

　　晨起开门雪满山,雪晴云淡日光寒。
　　檐流未滴梅花冻,一种清孤不等闲。

晨起开门雪满山,雪晴云淡日光寒——这两句是说:早晨开门发现大雪已经覆盖了整个山,雪停了,云依然黯淡,太阳光显得很冷。

檐流未滴梅花冻,一种清孤不等闲——这两句是说:屋上积雪未化,庭中梅花也因寒冷而未开放,只有那种凄清孤独的氛围非同一般。清孤:凄清孤独。等闲:寻常、一般。

郑板桥在写景时总是寄托了自己清孤傲俗的情怀。诗中刻画山中雪后初晴,天寒地冻,但梅花傲然独放,正是板桥孤傲品格的写照。

题　画

这首题画诗,表现了作者吊古幽情。

　　两岸青山聚米多,长江窄窄一条梭。
　　千秋征战谁将去,都入渔家破网罗。

两岸青山聚米多,长江窄窄一条梭——这两句是说:长江两岸青山连亘不断,如用米聚成一般,长江则窄得像一条梭子。《后汉书·马援传》:"于帝前聚米为山谷,指画形势,昭然可晓。"

千秋征战谁将去,都入渔家破网罗——这两句是说:自古的战争谁把这里夺走了呢?最后人们看到的依然是渔民们在这里打鱼。

诗歌前两句写景,从高处俯瞰整个长江两岸,有高屋建瓴的气势。后两句诗画面一扫千古战尘,呈现出渔家打鱼的宁静气氛。是啊,人们纷纷扰扰地争抢,谁又能够真正把土地纳入囊中呢?

莫 为

这首诗为三国东吴两位女子大乔和小乔鸣不平。

> 莫为甄妃感寂寥,袁曹宠幸旧曾饶。
> 周郎早世孙郎夭,肠断江东大小乔。

莫为甄妃感寂寥,袁曹宠幸旧曾饶——这两句是说:不要替甄妃身世感到难过,她曾受过袁、曹两家很深的宠爱。甄妃:魏文帝曹丕的皇后。初为袁绍中子袁熙之妻,绍破,曹丕纳为妻。丕即帝位后,失宠,黄初二年赐死。饶:优厚,不薄。

周郎早世孙郎夭,肠断江东大小乔——这两句是说:周瑜和孙策都英年早逝,让东吴的大小乔姐妹痛断肝肠。周郎:周瑜,字公瑾,年二十四,孙策授以建威中郎将之职,年三十六卒。孙郎:孙策,字伯符,曹操表为讨逆将军,封吴侯,二十六岁遇刺死。早世、夭:都是早死的意思。东吴士族乔玄有二女,长女大乔嫁孙策,次女小乔嫁周瑜。

板桥一贯同情妇女,这首诗叙三国故事,小霸王孙策二十六岁时英年早逝,羽扇纶巾、潇洒顾曲之周公瑾三十六岁时死,均早逝。而孙郎之妻大乔、周郎之妻小乔均须守寡尽节,其姊妹"肠断"之情景可以想象得出。作者拿曹丕甄后与江东大小乔之遭遇作比,寄寓红颜薄命之感慨,表达了作者对年轻寡妇的深切同情。

小 廊

题解

这是一首写景诗,描摹了秋日黄昏的图景,表现了诗人的闲情逸致。

小廊茶熟已无烟,折取寒花瘦可怜。
寂寂柴门秋水阔,乱鸦揉碎夕阳天。

新解

小廊茶熟已无烟,折取寒花瘦可怜——这两句是说:小廊里的茶已煮好,炉子已经不冒烟了,折下来的菊花具有清癯的神态,十分可爱。寒花:指菊花。

寂寂柴门秋水阔,乱鸦揉碎夕阳天——这两句是说:寂静的柴门前秋水空阔,只有四处乱飞的乌鸦惊扰了夕阳的天空。

新评

这首诗宛若一幅秋日闲居图,很有国画的意境,富有文人的情趣。尤其是末句,江水宽阔,山村夕照,而群鸦乱飞,光影倏忽,用"揉碎"二字,极为传神,写出了光与影的变化,极有动感,在中国古诗中极为少见,真是"状难写之景,如在目前",让人有耳目一新之感,表现了作者在生活中对美的独到发现与独特感受。

赠潘桐冈

题解

这是一首赠友诗,赞扬了潘桐冈的才学技艺,并为他的穷困不遇深感不平。潘桐冈:名西凤,浙江新昌人,精刻竹,潘居扬州时尝与板桥过从,板桥曾有诗说:"试看潘郎精刻竹,胸无万卷待何如?"

读书必欲读五车,胸中撑塞如乱麻。
作文必欲法前古,婢学夫人徒自苦。
吾曹笔阵凌云烟,扫空氛翳铺青天,
一行两行书数字,南箕北斗排星躔。
有时滴墨娇且妍,晓花浮露春风鲜,
画眉女郎年十四,欲折不折心相怜。

斩龙杀虎提龙泉,定情温细桃花笺。
萧萧落落自千古,先生信是人中仙。
天公曲意来缚絷,困倒扬州如束湿。
空将花鸟媚屠沽,独遣愁魔陷英特。
志亦不能为之抑,气亦不能为之塞。
十千沽酒醉平山,便拉欧、苏共歌泣。
君不见,迷楼隋帝最荒淫,千秋犹占烟花国。
名姬百琲试琵琶,骏马千金买鞍勒。
丈夫得志会有时,人生意气何终极。
扬州四月嫩晴天,且买樱笋鲥鱼相啖食。

【新解】

读书必欲读五车,胸中撑塞如乱麻——这两句是说:读书一定要读很多书,装入胸中如同乱麻一样塞满。《庄子·天下》:"惠施多方,其书五车。"旧时称读书多为"学富五车"。

作文必欲法前古,婢学夫人徒自苦——这两句是说:写文章如果一定要效法前人,就像婢女要学夫人的神态举止一样,白白自讨苦吃。婢学夫人:比喻做作不自然。袁昂《书评》:"羊欣书如大家婢为夫人,虽处其位而举止羞涩,终不似真。"以上四句是讽刺那些虽然读很多书而不能活用,只会模仿别人而不善创新的人。

吾曹笔阵凌云烟,扫空氛翳铺青天——这两句是说:我们的文笔犹如战阵般凌厉,横扫浮云直冲云霄。笔阵:文笔之事有如战阵,故云。杜甫《醉歌行》:"笔阵横扫千人军。"氛翳:浮云。

一行两行书数字,南箕北斗排星躔——这两句是说:写下一两行甚或几个字,像星宿排列般不可更易而光华灿烂。箕、斗:星宿名。躔:日月星辰运行的度次。这句照应前句"铺青天"三字,谓文章书法应如长箕北斗高悬,才能气象宏远。

有时滴墨娇且妍,晓花浮露春风鲜,画眉女郎年十四,欲折不折心相怜——这四句是说:有时作成书画娇媚柔丽,宛如春花浮露,直使妙龄女子欲折而不忍折。形容潘桐冈的书画妩媚潇洒,韵味无穷。

斩龙杀虎提龙泉,定情温细桃花笺——这两句是说:有时书画应像提着龙泉宝剑斩杀龙虎一样雄壮有力,又要像传递温婉之情的桃花笺。龙泉:古宝剑名。桃花笺:情人的诗笺。郑板桥《呈长者》:"桃花嫩汁捣来鲜,染得幽闺小样笺。"两句是总说艺术作品既要雄壮又须柔婉,具有多种风格才好。"吾曹"至此十句,是板桥所提倡艺术风格,也是他和潘所共同具有的。

萧萧落落自千古，先生信是人中仙——这两句是说：洒脱大方自然流传千古，先生一定是人中之仙。萧萧落落：洒脱大方的样子。

天公曲意来缚絷，困倒扬州如束湿——这两句是说：老天违心地捆绑了潘桐冈的手脚，使他在扬州穷困潦倒。这两句是说潘的贫困潦倒乃是老天的不公正。缚絷(zhí)：捆绑手脚。如束湿：像捆扎湿物一样严紧。《汉书·宁成传》颜注："湿物则易束。"

空将花鸟媚屠沽，独遣愁魔陷英特——这两句是说：潘桐冈空将精妙的花鸟画取悦于世俗之人，偏独使英特的才质陷入愁魔之中。屠沽：屠夫和卖酒的人。英特：杰出的人物。这里指潘桐冈。"萧萧"至此六句，是写潘的困顿处境。

志亦不能为之抑，气亦不能为之塞——这两句是说：志气也不能被压抑、阻塞。

十千沽酒醉平山，便拉欧、苏共歌泣——这两句是说：潘桐冈在平山喝醉了，就狂放得要拉着欧阳修、苏轼一起歌唱哭泣。十千沽酒：花许多钱买酒。王维《少年行》："新丰美酒斗十千。"平山：即平山堂，在扬州蜀冈法净寺（古称大明寺）院内，宋欧阳修为扬州太守时所建。欧苏：欧阳修与苏东坡，二人都做过扬州太守，而且苏也曾在平山堂内举行过宴集。

君不见，迷楼隋帝最荒淫，千秋犹占烟花国——这两句是说：君不见隋炀帝建的迷楼最为荒淫，千万年来仍然以女色出名。迷楼：隋炀帝所建，楼内穷极华丽，曲折回环，误入者不得其门而出，故曰迷楼。烟花国：指女色。

名姬百琲试琵琶，骏马千金买鞍勒——这两句是说：用百琲去换取名姬弹奏琵琶，用千金去购买骏马的鞍勒。琲(bèi)：成串的珍珠，这里指女子华贵的装饰。

丈夫得志会有时，人生意气何终极——这两句是说：大丈夫一定会有出头之日，不能轻易丧失进取的意志和勇气。

扬州四月嫩晴天，且买樱笋鲥鱼相啖食——这两句是说：扬州四月初晴天气，且去买樱桃、笋子和鲥鱼来吃。鲥(shí)鱼：我国东南沿海所产名贵鱼类，春夏之交进入江河产卵，此时体内脂肪肥厚，味极佳美。从"志亦"句至篇末，以终会有发达之时，对潘进行鼓励和安慰。

这是一首赠友诗，表达了作者对潘桐冈的怜悯之情、激励之情。潘桐冈是一位有才华而又不得志的艺术家，郑板桥对其才华表示了极大的钦佩，对其坎坷遭遇表示了极大的不平。诗歌从这两方面入手来抒写，前半部分以气冲云霄的笔致叙写潘的艺术才华。开头四句，郑板桥提出自己对学问和创作的主张，以下十二句以流畅的笔触赞美了潘的才华。诗歌后半部分开头八句写潘的不得志，以及作者最欣赏的"志亦不能为之抑，气亦不能为之塞"的豪气。其实，这也是板桥自己的生动写照。诗歌最后是安慰潘桐冈之词,充满着慷慨激昂的情调,郁勃不平之气充溢其中。全诗写得悲愤慷慨,长歌当哭,使人感受到了一种作者仿佛想要与世为敌的"狂"态。

观潮行

【题解】

这首诗作于雍正十年(1732年)秋,作者游杭州,观潮于钱塘江上,同时还写了《弄潮曲》等诗。此诗写钱塘江观潮的感受。钱塘江是浙江省最大的河流,江口呈喇叭形,海潮倒灌,形成著名的钱塘潮。《钱塘候潮图》云:"潮惟八月十五独大常潮。远观数百里若素练横江,稍近见潮头高数丈,卷云拥雪,混混庄庄,声如雷鼓。每年是日,远近士女来观;舟人渔子泝涛触浪,谓之迎潮。"

　　银龙翻江截江入,万水争飞一江急。
　　云雷风霆为先驱,潮头耸并青山立。
　　百里之外光荧荧,若断若续最有情。
　　崩轰喧豗倏已过,万马飞渡萧山城。
　　钱塘岸高石五丈,古松大栎盘森壔。
　　翠楼朱槛冲波翻,羽旗金甲云涛上。
　　伍胥文种两将军,指挥鲲鳄惊鼍蟒。
　　杭州小民不敢射,荡猪击羵来相享。
　　我辈平生多郁塞,豪情逸气新搔痒。
　　风定月高潮渐平,老鱼夜哭蛟宫荡。

　　银龙翻江截江入,万水争飞一江急——这两句是说:潮水翻动江水,截断江流,水流冲激,江水湍急。龙:指海潮上涨与钱塘江水入海相迎撞而形成的白色浪花带。

　　云雷风霆为先驱,潮头耸并青山立——这两句是说:潮势如同风云雷霆般汹涌,声音巨大,潮头与山峰并立。云雷风霆:风云雷霆,形容潮势汹涌,潮声巨大。

　　百里之外光荧荧,若断若续最有情——这两句是说:远望钱塘江上游,江水映日闪烁发光。荧荧:光芒闪射的样子。

　　崩轰喧豗倏已过,万马飞渡萧山城——这两句是说:轰隆响声迅速地过去,仿佛万马狂奔飞渡萧山城一般。喧豗(huī):轰响声。萧山城:在杭州市东、钱塘江南岸,江经此流入杭州湾。这两句写近听钱塘入海的声势。

钱塘岸高石五丈，古松大栎盘森塽——这两句是说：钱塘岸有五丈高，古老的松树和大栎树盘根错节生长在钱塘岸的高处。大栎(lì)：落叶乔木，高可达二十米。塽(shuǎng)：高燥爽豁之地。

翠楼朱槛冲波翻，羽旗金甲云涛上——这两句是说：翠楼朱槛一样的潮水一会儿被波浪冲翻，一会儿像羽旗金甲一样的潮水又翻腾于云涛之上。"翠楼朱槛"和"羽旗金甲"，都是作者由观潮而引起想象中的幻景。

伍胥文种两将军，指挥鲲鳄惊鼍蟒——这两句是说：伍子胥、文种两位钱塘水神指挥着鲲鳄，惊动水中的鼍蟒。伍胥：名员，字子胥，春秋吴国大夫，因太宰伯嚭进谗而被赐死，死后尸首被盛入马皮袋，抛入钱塘江中。文种：字少禽，春秋越国大夫，越王勾践听信谗言，赐剑命他自杀。后世传说，文种与子胥成为钱塘水神（详见《吴越春秋》）。《扬州画舫录》："浙江江潮，在春秋已然，观伍胥、文种皆乘白马而为涛，是也。"诗中说他们指挥鲲鳄等是对神话的进一步渲染。

杭州小民不敢射，荡猪击彘来相享——这两句是说：百姓不敢用弓箭射向潮水，所以只好杀猪祭神。射：指射潮。五代吴王钱镠筑海塘，因江涛昼夜冲击而不能就，于是命士兵用弓箭射涛头，向水神开战。彘：猪。

我辈平生多郁塞，豪情逸气新搔痒——这两句是说：我平生总是志气难抒，此时豪情逸气也因观潮而有所激发。

风定月高潮渐平，老鱼夜哭蛟宫荡——这两句是说：风渐渐平息，月亮升起来了，潮水也平了，水底的龙宫震荡后只有老鱼在夜间哭泣。

历史上有关钱塘潮的作品很多，最早的当属枚乘《七发》中观涛一节。郑板桥的这首《观潮行》想象丰富，意境开阔，语言豪壮有力，将钱塘潮写得波澜壮阔，气势雄伟。开篇"银龙翻江截江入，万水争飞一江急"，为读者面前展现了一幅万水争流、翻江倒海的宏大场面。后面六句以夸张的笔法渲染潮水的声音、颜色和速度。再往后，作者的想象力更为丰富，他从神话、历史故事中描绘潮水的骇人气势，把钱塘潮想象为战场，让人不由得不为之心惊胆战，以至于诗人因观潮也激发起豪情逸气。诗歌最后想象潮水平息后水底的老鱼为之哭泣，又为潮水的强悍力量加上一笔。

弄潮曲

这首诗与《观潮行》是姊妹篇。周密《武林旧事》记载了钱塘少年弄潮的惊心动魄的场面："吴儿善泅者数百，皆披发文身，手持十幅大彩旗，争先鼓勇，溯迎而上，出没鲸波万仞中,腾身百变,而旗尾不沾湿,以此夸能。"《弄潮曲》再现了这个场面。

　　　　钱塘小儿学弄潮,硬篙长楫捺复捎。
　　　　舵楼一人如铸铁,死灰面色睛不摇。
　　　　潮头如山挺船入,樯橹掀翻船竖立。
　　　　忽然灭没无影踪,缓缓浮波众船集。
　　　　潮平浪滑逐沙鸥,歌笑青山水碧流。
　　　　世人历险应如此,忍耐平夷在后头。

　　钱塘小儿学弄潮,硬篙长楫捺复捎——这两句是说:钱塘小儿学着弄潮,拿着竹篙、长楫一会按压、一会拂掠。篙(gāo):撑船的竹竿。捺(nà):按。捎:拂掠。

　　舵楼一人如铸铁,死灰面色睛不摇——这两句是说:掌舵人如同铁铸一般纹丝不动,脸上如死灰般没有表情。这二句形容掌舵人精神高度集中。

　　潮头如山挺船入,樯橹掀翻船竖立——这两句是说:潮水涌来像山一样冲向小船,把樯橹掀翻,小船都竖立起来。樯橹(qiánglǔ):桅杆和大桨。

　　忽然灭没无影踪,缓缓浮波众船集——这两句是说:潮水忽然间将这些船卷没,使得它们无影无踪,在众人心惊胆战之际,潮头又渐渐缓和了下来,小船们重新显现、聚拢。

　　潮平浪滑逐沙鸥,歌笑青山水碧流——这两句是说:潮水平息波浪和缓,弄潮船轻快地追逐着沙鸥,人们在青山碧水间欢歌笑语。吴地风俗水戏完毕,往往喜欢唱歌。苏轼《瑞鹧鸪·观潮》记载:"侬欲送潮歌底曲?樽前还唱使君诗。"

　　世人历险应如此,忍耐平夷在后头——这两句是说:人们经历危险应该像弄潮儿一样,渡过险关,平坦的道路就在后面。平夷:安稳。

　　全诗一波三折,有声有色。开头四句写篙手和舵手一动一静两种姿态,通过描写潮水来临时舵手如临大敌的样子渲染弄潮的难度。"潮头如山挺船入,樯橹掀翻船竖立"则把潮水的汹涌澎湃和巨大声势描写得惊心动魄。接下来两句写弄潮的惊险场面,"忽然"一句一抑,写尽潮的艰险,然后笔锋一转,写弄潮的胜利。最后两句发议论,从惊涛骇浪中,板桥想到了人生的坎坷和险恶,"忍耐平夷在后头",弄潮如此,人生又何尝不是如此呢?全诗歌颂了坚韧的战斗精神,具有强烈的感染力。

韬 光

题解

这首诗是雍正八年(1730),郑板桥四十岁游杭州时所作。韬光:庵名,位于杭州灵隐山(北山的一部分)北高峰的山半,相传为唐穆宗时韬光禅师所建。

韬光古庵嵌山巘,北窗直吸余杭县。
葛洪小儿峰岭低,南屏一片排秋扇。
钱塘雪浪打西湖,只隔杭州一条线。
海日烘云湿已乾,下界奔雷作蛇电。
山中老僧貌奇古,十年不踏西泠土,
厌听湖中歌吹声,肯来伺候衙门鼓?
曲房幽涧养神鱼,古碑剔藓蝌蚪书,
铜瓶野花乌几静,湘帘竹榻清风徐。
饮我食我复导我,茅屋数间山侧左,
分屋而居分地耕,夜灯共此琉璃火。
我已无家不愿归,请来了此前生果。

新解

韬光古庵嵌山巘,北窗直吸余杭县——这两句是说:韬光古庵座落于山谷间,朝北的窗户正对着余杭县。巘(yǎn):大小成两截的山。余杭县:县城在杭州市东北约三十千米。

葛洪小儿峰岭低,南屏一片排秋扇——这两句是说:(从韬光庵望去),葛洪的山岭就在眼下,连绵的南屏山就像一把扇子。葛岭:在杭州北山,相传晋时道士葛洪曾结庐于此,岭上古迹有葛仙翁墓。南屏山:为杭州南山的一部分,与北山遥遥相望。秋扇:形容南屏山的姿态。

钱塘雪浪打西湖,只隔杭州一条线——这两句是说:钱塘江的浪花拍打着西湖,韬光庵与钱塘中间的杭州像一条线一样界隔开来。雪浪:指钱塘江潮卷起的白色浪花。杭州在钱塘江口北岸,钱塘与北山之间,正好以杭州为界。从北山韬光庵望钱塘方向,则杭州像一条线一样界隔其间。

海日烘云湿已乾,下界奔雷作蛇电——这两句是说:日出云上,云在脚下,奔雷时作,电光如蛇。这两句是写在韬光所见到的奇观。

山中老僧貌奇古，十年不踏西泠土——这两句是说：山中的老和尚相貌奇特，十年不曾踏入杭州城。西泠(líng)：西湖桥名，又名西林、西陵，由北山经此通往西湖。

厌听湖中歌吹声，肯来伺候衙门鼓——这两句是说：他连西湖中的歌舞声都不愿多听，怎么肯进城来受人管制？"肯来"句指进城。古时城门听衙门鼓声开闭，故云。

曲房幽涧养神鱼，古碑剔藓蝌蚪书——这两句是说：在僻静的房屋、幽静的山涧中养着神奇的鱼，剔除古碑上的苔藓，露出很古老的碑文。蝌蚪书：一种笔画类似蝌蚪的古文字。

铜瓶野花乌几静，湘帘竹榻清风徐——这两句是说：黑色的几案上的铜制花瓶中插着野花，清风徐徐吹动湘竹的门帘和竹榻。乌几：黑色的几案。湘帘：用湘竹制的门（或窗）帘。

饮我食我复导我，茅屋数间山侧左——这两句是说：（韬光庵的和尚）给我提供食物而且还在精神上引导我，我的几间茅屋就在山的左边。

分屋而居分地耕，夜灯共此琉璃火——这两句是说：我们住在不同的房子里，耕种各自的土地，晚上相聚在同一盏灯光下。琉璃火：指用琉璃制成的灯盏，暗喻智慧的灯火。

我已无家不愿归，请来了此前生果——这两句是说：我已经没有家也不愿回去，我请求在此了却前生的夙愿。板桥原配徐氏，在作者三十九岁时病殁，次年诗人游杭州作此诗，故云。前生果：指此生。佛家认为今世的结果是由前世所种之因而成。

郑板桥的原配徐氏在诗人三十九岁时病逝，诗人非常悲痛，次年于杭州写作此诗。当时他住在韬光寺，受到了众僧人的热情款待，游兴甚欢。然而，纵使在这清净的方外之地，生性放达的郑板桥也时不时产生了悲凉之感。诗中前八句以韬光庵为中心，写它的地理位置和它周围的自然形势。中间八句赞扬庵中老僧远世尘、处幽境，泯灭凡心，精进修行，也表现了诗人自己的愿望。诗歌最后六句写老僧款待作者和作者当时的心境，他甚至希望在此"了此前生果"。诗歌中充溢着一种凄清孤寂的情怀，流露出诗人些许遁世的思想。

偶　成

这是一首写景诗。偶成：触景生情，偶然成篇。

　　雨过天全嫩，楼新燕有情。江晴春浩浩，花落水平平。

越女吹笙坐,吴儿拨马行。回头各含意,烟柳闬州城。

雨过天全嫩,楼新燕有情——这两句是说:雨停后,一切事物都像是新生的。新楼无旧巢,所以燕子为筑新巢往来衔泥,对新巢充满情意。

江晴春浩浩,花落水平平——这两句是说:江边晴空万里,春水浩浩荡荡,花谢后水面则是波澜不兴。水平:水波不兴貌。

越女吹笙坐,吴儿拨马行——这两句是说:越女坐着吹笙,吴地少年纵马而行。长江下游为古吴越之地,故曰越女、吴儿。

回头各含意,烟柳闬州城——这两句是说:越女、吴儿回头相视、各自含情,一片烟柳环绕着州城。闬(hàn):墙垣,这里作动词用,有"围绕"的意思。

这首诗的画面在一片撩人情思的春色中展开。诗意说,经过雨水的洗刷,草木也变嫩了,江边春水浩浩荡荡。在这醉人的无边春景中,有越女、吴儿美丽、矫健的身姿,他们含情脉脉。诗歌最后的画面笼罩在一幕如烟似雾的柳林中,意境深远,令人回味无穷,显示出诗人对于扬州城的感情。彭廷梅称此诗:"风神流宕。"(《国朝诗选》卷四)

饮李复堂宅赋赠

这是一首赠友诗。郑板桥与李鱓相识很早,交情深厚,郑板桥给李鱓的赠诗有五首之多。他们二人经历相似,性格相近,所以郑板桥最能写出李鱓的精神气质。李复堂:李鱓,字宗扬,号复堂。江苏兴化人,清代著名画家。康熙间举人,曾为康熙侍从,后为宫廷作画,因不中款式被黜。出任滕县知县,罢官后在扬州卖画。他擅画花鸟虫鱼,先工笔后写意,笔力劲健,作品极富生趣。性情放荡不羁。为"扬州八怪"之一。

四月十五月在树,淡风清影摇窗户,
举酒欲饮心事来,主客无言客起去。
主人起家最少年,骅骝初试珊瑚鞭,
护跸出入古北口,橐笔侍直仁皇前。
才雄颇为世所忌,口虽赞叹心不然。
萧萧匹马离都市,锦衣江上寻歌妓,

声色荒淫二十年，丹青纵横三千里。
两婴世网破其家，黄金散尽妻孥恚。
剥啄催租恼吏频，水田千亩翻为累。
途穷卖画画亦贱，佣儿贾竖论非是。
昨画双松半未成，醉来怒裂澄心纸。
老去翻思踏软尘，一官聊以庇其身。
几遍花开上林树，十年不见京华春。
此中滋味淡如水，未忍明良径贱贫。

【新解】

四月十五月在树，淡风清影摇窗户——这两句是说：四月十五月亮挂在树梢，微风吹动树枝在窗户上留下影子。

举酒欲饮心事来，主客无言客起去——这两句是说：举起酒杯想要喝酒，可是心事随着而来，主客都无话可说，客人只好起身而去。

主人起家最少年，骅骝初试珊瑚鞭——这两句是说：主人发家时还很年轻，就像刚给骏马用上华贵的马鞭一样光辉照耀。骅骝：骏马。珊瑚鞭：华贵的马鞭。

护跸出入古北口，橐笔侍直仁皇前——这两句是说：他曾扈从皇帝车驾出入古北口，也曾作为顾问伺候在康熙身边。护跸(bì)：又作"扈跸"，护从皇帝车驾。跸，皇帝车驾。古北口：在北京市密云县东北，长城要口之一，口外通往热河。橐笔：《汉书·赵充国传》中颜师古注："橐，契囊也。近臣负橐簪笔，从备顾问，或有所纪也。"侍直：伺候。仁皇：康熙谥号"圣祖仁皇帝"的省称。

才雄颇为世所忌，口虽赞叹心不然——这两句是说：他的才能被世人所嫉恨，他们对李表面趋奉，心中却不是这样想。

萧萧匹马离都市，锦衣江上寻歌妓——这两句是说：李一人骑马离开都市，穿着华服去江边寻歌妓作乐。萧萧：马嘶声。锦衣：贵显者的服装。李鱓曾供奉内廷，所以穿着不凡。

声色荒淫二十年，丹青纵横三千里——这两句是说：李为了解脱苦闷而耽于声色之娱，他的绘画同时驰名大江南北。丹青：指绘画。

两婴世网破其家，黄金散尽妻孥恚——这两句是说：李两次触犯禁令而被革除侍直和宫廷画师，他的家财散尽，妻子和儿女都非常生气。婴：同"撄"，触犯。世网：世上的法令和禁忌。

剥啄催租恼吏频，水田千亩翻为累——这两句是说：官府频频催租令人气恼，家中的千亩水田反而成了拖累。剥啄：叩门声。以上四句写李家的破产和官府的烦扰。

途穷卖画画亦贱，佣儿贾竖论非是——这两句是说：人到末路只好卖画，画也卖不上价钱，由着那些杂役和商人品头论足。佣儿贾竖：杂役和商人。论非是：议论作品的好坏。

　　昨画双松半未成，醉来怒裂澄心纸——这两句是说：昨天画了双松只完成一半，李因心绪不佳醉酒后把未完成的画稿撕碎。澄心纸：《蜀笺纸谱》："南唐李后主造澄心堂纸，细薄光润，为一时之甲。"

　　老去翻思踏软尘，一官聊以庇其身——这两句是说：老了后却又走上了宦途，做个小官姑且庇护其身。乾隆三年李鱓五十三岁时，又由别人荐举出任山东滕县知县。软尘：谓宦途。

　　几遍花开上林树，十年不见京华春——这两句是说：十年没有看见京城的春色。上林：汉皇帝园囿，这里借指宫廷。京华，指京城。李曾至京从高其佩学画，至此又复十载。

　　此中滋味淡如水，未忍明良径贱贫——这两句是说：官场之中虽然了无滋味，不过还是不忍丢掉良心一直过着贫苦的生活。此中：指官场之中。未忍明良：不忍丢掉良心。

新评

　　此诗叙述挚友李鱓本有通天之才却为世所忌，穷困潦倒，只得卖画自给，沦落到让庸俗商贾来指指点点的地步。作者对友人的这种处境表示极度的愤慨却举杯无言，透露出作者内心极度的悲凉和对社会深深的失望。

　　诗歌开头四句交代饮酒的时间和当时的心情。其后四句叙述李得意之时的风光。中间六句写李离开宫廷后的生涯。其后四句写李社会地位的沦落和痛苦心情。最后六句，写李鱓虽年老为官，但仍坚持美好的操守。诗人怀着对友人才华的倾慕，对于友人坎坷的遭遇感到愈发惋惜，字里行间流露出对不公平社会的不满，令人不由得联系到诗人自身的不幸遭遇。

题团冠霞画山楼

题解

　　这是一首题画诗。团冠霞：名昇，号鹤笈。清康、乾间扬州府仪征（一作泰州）人，康熙庚子乡试付傍，曾任砀山训导。工诗画，著有《画山楼诗文》十余卷。画山是团的住所楼名。

　　竖幅横披总画山，满楼空翠滴烟鬟。

明朝买棹清江上,却在君家图画间。

竖幅横披总画山,满楼空翠滴烟鬟——这两句是说:画山楼中张挂的画儿全画的是笼罩云雾的山峦。竖幅横披:竖幅和横幅的字画。烟鬟:犹云鬟,本指妇女发髻,此处用来比喻笼罩着峰峦的云雾。

明朝买棹清江上,却在君家图画间——这两句是说:赞扬团冠霞所画山水,直似真山真水一般。棹:船。

诗人在诗中高度赞扬了团冠霞的山水画,可是写法非常巧妙。诗歌首句交代了团冠霞的绘画爱好与特征,"竖幅横披总画山",然后从画面落笔,描写画面所绘山楼的动人景致,"满楼空翠滴烟鬟",楼与山在空翠欲滴的山峦中融为一体。后两句,诗人没有正面写团冠霞山水画高逸的情趣,只是说自己将来放棹清江,"却在君家图画间",别出心裁地赞扬了团冠霞的山水画,含蓄地表达出自己内心倾慕向往之情。

题游侠图

此诗为题画诗。游侠:抱打不平的侠义之士。

大雪满天地,胡为仗剑游?
欲谈心里事,同上酒家楼。

大雪满天地,胡为仗剑游——这两句是说:世途艰险,为何要仗剑而游?
欲谈心里事,同上酒家楼——这两句是说:如果想要倾诉心中不平之事,那么我们一同去酒家畅谈吧。

咏游侠少年是古典诗词中的常见题材。既然是为游侠图题诗,所以诗人下笔也颇有豪侠气概。"大雪满天地",既是画中图景,也象征了世途的艰险。"同上酒家楼",要说心里话,只有同去喝老酒,一吐为快,把处在文网森严下的知识分子的心绪刻画出来了。王维《少年行》:"新丰美酒斗十千,咸阳游侠多少年。相逢意气为君途穷卖画画亦贱，佣儿贾竖论非是——这两句是说：人到末路只好卖画，画也卖不上价钱，由着那些杂役和商人品头论足。佣儿贾竖：杂役和商人。论非是：议论作品的好坏。

昨画双松半未成，醉来怒裂澄心纸——这两句是说：昨天画了双松只完成一半，李因心绪不佳醉酒后把未完成的画稿撕碎。澄心纸：《蜀笺纸谱》："南唐李后主造澄心堂纸，细薄光润，为一时之甲。"

老去翻思踏软尘，一官聊以庇其身——这两句是说：老了后却又走上了宦途，做个小官姑且庇护其身。乾隆三年李鱓五十三岁时，又由别人荐举出任山东滕县知县。软尘：谓宦途。

几遍花开上林树，十年不见京华春——这两句是说：十年没有看见京城的春色。上林：汉皇帝园囿，这里借指宫廷。京华，指京城。李曾至京从高其佩学画，至此又复十载。

此中滋味淡如水，未忍明良径贱贫——这两句是说：官场之中虽然了无滋味，不过还是不忍丢掉良心一直过着贫苦的生活。此中：指官场之中。未忍明良：不忍丢掉良心。

【析评】

此诗叙述挚友李鱓本有通天之才却为世所忌，穷困潦倒，只得卖画自给，沦落到让庸俗商贾来指指点点的地步。作者对友人的这种处境表示极度的愤慨却举杯无言，透露出作者内心极度的悲凉和对社会深深的失望。

诗歌开头四句交代饮酒的时间和当时的心情。其后四句叙述李得意之时的风光。中间六句写李离开宫廷后的生涯。其后四句写李社会地位的沦落和痛苦心情。最后六句，写李鱓虽年老为官，但仍坚持美好的操守。诗人怀着对友人才华的倾慕，对于友人坎坷的遭遇感到愈发惋惜，字里行间流露出对不公平社会的不满，令人不由得联系到诗人自身的不幸遭遇。

题团冠霞画山楼

【题解】

这是一首题画诗。团冠霞：名昇，号鹤笈。清康、乾间扬州府仪征（一作泰州）人，康熙庚子乡试付傍，曾任砀山训导。工诗画，著有《画山楼诗文》十余卷。画山是团的住所楼名。

竖幅横披总画山，满楼空翠滴烟鬟。

明朝买棹清江上,却在君家图画间。

竖幅横披总画山,满楼空翠滴烟鬟——这两句是说:画山楼中张挂的画儿全画的是笼罩云雾的山峦。竖幅横披:竖幅和横幅的字画。烟鬟:犹云鬟,本指妇女发髻,此处用来比喻笼罩着峰峦的云雾。

明朝买棹清江上,却在君家图画间——这两句是说:赞扬团冠霞所画山水,直似真山真水一般。棹:船。

诗人在诗中高度赞扬了团冠霞的山水画,可是写法非常巧妙。诗歌首句交代了团冠霞的绘画爱好与特征,"竖幅横披总画山",然后从画面落笔,描写画面所绘山楼的动人景致,"满楼空翠滴烟鬟",楼与山在空翠欲滴的山峦中融为一体。后两句,诗人没有正面写团冠霞山水画高逸的情趣,只是说自己将来放棹清江,"却在君家图画间",别出心裁地赞扬了团冠霞的山水画,含蓄地表达出自己内心倾慕向往之情。

题游侠图

此诗为题画诗。游侠:抱打不平的侠义之士。

大雪满天地,胡为仗剑游?
欲谈心里事,同上酒家楼。

大雪满天地,胡为仗剑游——这两句是说:世途艰险,为何要仗剑而游?
欲谈心里事,同上酒家楼——这两句是说:如果想要倾诉心中不平之事,那么我们一同去酒家畅谈吧。

咏游侠少年是古典诗词中的常见题材。既然是为游侠图题诗,所以诗人下笔也颇有豪侠气概。"大雪满天地",既是画中图景,也象征了世途的艰险。"同上酒家楼",要说心里话,只有同去喝老酒,一吐为快,把处在文网森严下的知识分子的心绪刻画出来了。王维《少年行》:"新丰美酒斗十千,咸阳游侠多少年。相逢意气为君饮,系马高楼垂柳边。"郑板桥此诗系有意根据王诗改作。

赠张蕉衫

这是一首赠友诗,作于扬州,抒发与友人共同的心声,表达对现实的不满。张蕉山:名达,字蕉衫,安徽芜湖人,性耿介,穷而工诗,客真州(仪征)十余年,与诸诗友酬唱,刻有诗集。

> 淮南又遇张公子,酒满青衫日已曛,
> 携手玉勾斜畔去,西风同哭窈娘坟。

淮南又遇张公子,酒满青衫日已曛——这两句是说:在扬州又遇见张蕉衫,当时天色已晚,他已经醉意醺醺。淮南:淮水以南一带。这里指扬州。曛:暮。

携手玉勾斜畔去,西风同哭窈娘坟——这两句是说:一同携手玉勾斜畔,在西风中哭悼窈娘。玉沟斜:地名,在今江苏省江都县境。《广陵志》:"府治西北有玉沟斜,隋炀帝葬宫人处。一名宫人斜。"窈娘:唐武后时,左司郎中乔知之的宠婢窈娘,被权臣武承嗣所夺,乔悲愤成疾,以诗达窈娘,窈娘乃投井死。乔亦为武所陷害。见孟棨《本事诗》。

郑板桥被人称为"狂"、"怪",此诗中确有体现。两个儒门弟子,不去尊经崇圣却携手哭拜一个青楼女子,在旁人看来确实有些荒诞不经。在这些惊世骇俗行为的背后,强烈地表达了作者内心对嫉贤妒能社会现实的不满与绝望,能够引起读者的强烈共鸣。

赠国子学正侯嘉璠弟

此诗为赠友诗,大约是板桥四十四岁在京考进士前后所作。侯嘉璠:字元经,台州(今浙江临海)人,词赋敏捷,屡困科场,年五十官江宁县丞。袁子才称其"诗文迅疾,始于笔染,终于纸尽,挥霍睥睨,瞬息百变。"学正:国子监学官,协助博士教学,并负训导之责。

读书数万卷,胸中无适主,便如暴富儿,颇为用钱苦。
大哉侯生诗,直达其肺腑,不为古所累,气与意相辅。
洒洒如贯珠,斩斩入规矩。当今文士场,如公那可睹!
家住浙东头,山凹水之浒,雁峰天上排,台根海底柱。
树密龙气深,云霾石情怒。安得从君游,歌啸入天姥!
龙湫万丈悬,对坐濯灵府。我诗无部曲,弥漫列卒伍,
转斗屡蹶伤,犹思暴猛虎。家非山水乡,半生食盐卤。
顽石乱木根,凭君施巨斧。

【析解】

读书数万卷,胸中无适主,便如暴富儿,颇为用钱苦——这四句是说:读书很多以后,很多人反而无所适从,就像突然暴富的人不知道怎么花钱了。无适主:无所适从,没有主见。

大哉侯生诗,直达其肺腑,不为古所累,气与意相辅——这四句是说:侯生的诗非常高妙,能够直抒胸臆,不被古人所拘束,能够做到思想和感情相统一。意与气相辅:古人为文讲意、气统一。一般地说,意相当今天所谓的思想,气相当今天所谓的感情。

洒洒如贯珠,斩斩入规矩。当今文士场,如公那可睹——这四句是说:如倾泻的珍珠一般畅快,又符合规矩,当今文人的作品中哪里有像侯生这样的诗作。洒洒:倾泻貌。斩斩:齐截貌。

家住浙东头,山凹水之浒,雁峰天上排,台根海底柱——这四句是说:侯生家住在浙江东部天台山的山凹,东海的沿岸。空中有列排的雁峰,海底有天台山的根柱。浙东头:台州在浙江东部沿海。山:指天台山。水浒:水边,指东海沿岸。雁峰:雁荡山,在浙江东南部,脉走南北向,旧传山顶有荡,秋雁归时多宿于此,故名。山中有一百零二峰,列排空中,悬崖峭壁,蔚为奇观。台根:天台山之根。

树密龙气深,云霾石情怒——这两句是说:山中树木茂密,深藏龙气,山石笼罩在云雾中愈呈险怪之状。

安得从君游,歌啸入天姥!龙湫万丈悬,对坐濯灵府——这四句是说:怎么能够跟随侯生您一起游玩,唱歌长啸进入天姥山,坐在万丈龙湫瀑布前,将心灵濯洗干净。天姥(mǔ):山名,在浙江东北部,为括苍山馀脉。道书列为第十六洞天福地。龙湫(qiū):大龙湫,雁荡山瀑布名。灵府:指心,古人以为是思维器官,故称。

我诗无部曲,弥漫列卒伍,转斗屡蹶伤,犹思暴猛虎——这四句是说:我的诗没

有章法，自由散漫，我作诗虽然常常失败，但仍不舍止。部曲：军队的编制，这里形容诗歌的章法、格律等。弥漫：散漫一片。暴猛虎：徒手搏虎。

家非山水乡，半生食盐卤。顽石乱木根，凭君施巨斧——这四句是说：我的家乡不是有山有水的地方，自己大半辈子也没见过大世面。我的诗就像顽石和乱木根，任凭您大刀阔斧地修改吧。

这首诗赞扬了朋友侯生的诗歌才能。诗歌开头，用铺垫的手法说一般人读书过多，反如贫儿暴富不知所措，衬托侯生不但博览群书，而且对知识能够有所取舍，同时赞美侯生的诗能够直抒胸臆，创意新美，不可多得。中间部分，诗人叹羡侯生家乡山水绮丽，其实也是赞美侯诗深得山川灵秀之气，故作者愿与之洗心于此。诗歌结尾，作者谦说自己的诗作散漫而缺少才气，需要侯生帮助修改诗作。此诗中，比喻非常新颖奇特，如用"洒洒如贯珠，斩斩入规矩"赞扬侯生诗洒脱爽利，用"我诗无部曲，弥漫列卒伍，转斗屡蹶伤，犹思暴猛虎"形容作者自己的诗漫无章法，别出心裁。

燕京杂诗

这组诗作于雍正三年（1725），为郑板桥出游北京时所作。诗中表达了他对仕途的鄙弃、对家乡的思念，也抒写了对闲居情趣的向往。这段时间，郑板桥每天放言高论，评议人物，无所顾忌，因此有狂名。

（一）

不烧铅汞不逃禅，不爱乌纱不要钱。
但愿清秋长夏日，江湖常放米家船。

不烧铅汞不逃禅，不爱乌纱不要钱——这两句是说：我既不相信道教炼丹之术，也不借参禅逃避世事，我既不想做官也不爱财。烧铅汞：指炼丹术。道士把铅汞等物投入炉中烧炼，谓可成"灵丹妙药"。逃禅：逃避世事，礼佛参禅。乌纱：古时官帽，这里指做官。

但愿清秋长夏日，江湖常放米家船——这两句是说：但愿我能在清秋或是夏日，坐在载满书画的船上在江湖上飘荡。米家船：宋代书法家米芾、米友仁父子喜蓄书画，米家船上装载着精美的书画。

（二）

偶因烦热便思家，千里江南道路赊。
门外绿杨三千顷，西风吹满白莲花。

新解

偶因烦热便思家，千里江南道路赊——这两句是说：偶尔因为烦热便思念家乡，可是千里之外的江南道路遥远。赊：遥远。

门外绿杨三千顷，西风吹满白莲花——这两句是说：家乡的门外有三千顷的绿杨林，西风吹动湖面的白莲花。这两句是想象家园风光。

（三）

碧纱窗外绿芭蕉，书破繁阴坐寂寥。
小妇最怜消渴疾，玉盘红颗进冰桃。

新解

碧纱窗外绿芭蕉，书破繁阴坐寂寥——这两句是说：蒙着碧纱的窗外有翠绿的芭蕉，读书写字打发光阴，坐着百般无聊。

小妇最怜消渴疾，玉盘红颗进冰桃——这两句是说：少妇最心疼我，因为我的消渴病她特意用玉盘端上樱桃。小妇：少妇，可能指板桥妾饶氏。饶氏为京师人，乾隆二年嫁郑板桥。消渴疾：中医学病名，症状为口渴、消瘦等。板桥诗云："渴疾由来亦易消。"玉盘：精美的食盘。冰桃：原为仙果名，这里形容清凉爽口的樱桃。郑板桥在《满江红·思家》中也说过："更红鲜冷淡不成圆，樱桃颗。"

雍正三年（1725），三十三岁的郑板桥来到京师。很快，板桥的狂傲引起了那些利禄之徒和庸俗之辈的攻击。京师的"强劲风沙"对郑板桥来说，无异于当头棒喝，将其雄心和热情吹得隐隐作痛。初出茅庐便遭受挫折，遂使郑板桥心生厌倦。《燕京杂诗》便表露了这种心态。第一首诗中郑板桥明确地表示了他的鄙弃和追求。"不烧铅汞不逃禅，不爱乌纱不要钱"，无疑表达出郑板桥的愤激之情。当然郑板桥并非真的"不爱乌纱"，但他的确鲜明地表示了对时人的鄙弃和不同流俗的决心。他不信道，不奉佛，不爱官，不贪财，只愿追求高雅的精神生活。结尾两句诗潇洒放逸，又有些自负的口气。其实内心所隐藏的难言的苦处，更向何人说？

第二首诗主要表现诗人对于家乡的思念。由于作者是由烦热而生思乡之情，所以思念的景物也是清凉畅快的，"门外绿杨三千顷，西风吹满白莲花"，境界开阔，画面优美,色彩的搭配也十分宜人。

第三首诗写家居情趣。作者笔调流畅,写出了居家生活的情致,特别是"玉盘红颗进冰桃"一句,可以想见诗人对于生活中美的热爱。

呈长者

这两首诗,当是乾隆一、二年郑板桥中进士后,向当道者的投赠之作,表达了作者求仕的心情。

(一)

御沟杨柳万千丝,雨过烟浓嫩日迟。
拟折一枝犹未折,骂人春燕太娇痴。

御沟杨柳万千丝,雨过烟浓嫩日迟——这两句是说:长安皇宫中的杨柳已经伸展着万千枝条,雨后雾气很大,太阳出来得晚。御沟:长安皇宫中的水沟。

拟折一枝犹未折,骂人春燕太娇痴——这两句是说:想要求官,但又有所顾忌。"骂人春燕",当有所隐指。

(二)

桃花嫩汁捣来鲜,染得幽闺小样笺。
欲寄情人羞自嫁,把诗烧入博山烟。

桃花嫩汁捣来鲜,染得幽闺小样笺——这两句是说:用鲜艳的桃花捣出嫩汁,染出闺中女性用的小小的信笺。

欲寄情人羞自嫁,把诗烧入博山烟——这两句是说:想要寄给情人又羞于开口,只好把自己的诗笺放入香炉中烧掉。博山:博山炉,焚香用。这两句是说自己欲想求官,但又以自荐为羞耻。

这两首诗是干谒诗,其意在于期盼能得到当朝权要的赏识,诗中流露出郑板桥羞于自荐而又不得不自荐的心情。第二首中板桥甚至把自己比作欲自嫁的羞涩少女,向长者自荐求官。诗歌中的语气含蓄,写得秀媚温婉,但意思表述明确。板桥曾仿效韩愈说过:"故士之行道者,不得于朝,则山林而已矣。山林者,士之所独善自养,而不忧天下者之所能安也。如有忧天下之心,则不能矣。"从中可以看出,在他内心深处其实对于自己的干谒行为也是很矛盾的。

瓮山示无方上人

这首诗是乾隆一、二年之际,作者在京师瓮山写给无方上人的,抒发了他的出世情怀。瓮山、无方上人:见《赠瓮山无方上人二首》诗注。

　　松梢雁影度清秋,云淡山空古寺幽。
　　蟋蟀乱鸣黄叶径,瓜棚半倒夕阳楼。
　　客来招饮欣同出,僧去烹茶又小留。
　　寄语长安车马道,观鱼濠上是天游。

松梢雁影度清秋,云淡山空古寺幽——这两句是说:清秋中有松树、大雁,天高云淡,山林空寂,古寺清幽。

蟋蟀乱鸣黄叶径,瓜棚半倒夕阳楼——这两句是说:黄叶堆积的路上蟋蟀鸣叫,夕阳中的楼下瓜棚已经一半倒下。

客来招饮欣同出,僧去烹茶又小留——这两句是说:有客人来,(无方上人)高兴地邀请喝茶,僧人去烹茶时,我便停留片刻。

寄语长安车马道,观鱼濠上是天游——这两句是说:对那些来来往往求官的人说,像我和无方这样才是真正快活的游乐。长安车马道:指往来京城路上的求官者。长安:这里指清都城北京。观鱼濠上:《庄子·秋水》中战国时庄子和惠施观鱼于濠梁之上,二人从容对答,妙趣横生,乃是最快活的游乐。

此诗表达了板桥对庄子"观鱼濠上"人生境界的向往。前四句写景,景色清幽,带有几分孤寂,非常符合无方上人的身份和性格,展现了一个高雅脱俗的上人形象。诗歌后四句抒情,表现了诗人与无方上人精神上的契合。"观鱼濠上",出自《庄子·大宗师》,讲的是庄子与惠子在濠上观看游鱼而进行的一场关于如何认识自然对象的哲学争论。板桥在这里引用此典,自然是取意与志同道合者之间谈玄论道的那种自由、惬意的生活意境。在板桥的心中,处于佛道山居,能拥有在污浊官场上所得不到的友朋间心领神会的默契。

访青崖和尚,和壁间晴岚学士虚亭侍读原韵(四首选二)

这组诗作于乾隆元年至二年间郑板桥游京师香山佛寺时。青崖和尚:北京香山卧佛寺僧人。张若霭:字晴岚,大学士张廷玉之子,雍正进士,乾隆间至内阁学士,工书画。鄂容安:字林如,号虚亭,大学士鄂尔泰长子,雍正进士,乾隆初授编修、侍读,后历任侍郎、巡抚、总督等职,在新疆阿睦尔撒纳叛乱中战死,谥刚烈。

(一)

西风肯结万山缘,吹破浓云作冷烟。
匹马径寻黄叶寺,雨晴稻熟早秋天。

西风肯结万山缘,吹破浓云作冷烟——这两句是说:西风肯助人游山之兴,吹散了雨,天气转晴。这两句脱胎于苏轼《山行》:"东风知我欲山行,吹断檐间积雨声。"

匹马径寻黄叶寺,雨晴稻熟早秋天——这两句是说:我独自骑马走在落满黄叶的小路上寻找香山寺,正是雨过天晴稻子成熟的早秋天气。

(二)

渴疾由来亦易消,山前酒旆望非遥。
夜深更饮秋潭水,带月连星舀一瓢。

渴疾由来亦易消,山前酒旆望非遥——这两句是说:渴疾也比较容易消除,山前的酒旗看起来并不遥远。

夜深更饮秋潭水,带月连星舀一瓢——这两句是说:夜深了去饮秋潭之水,星月倒影于潭,所以带月连星地舀了一瓢。诗意仿苏轼《汲江煎茶》:"大瓢贮月归春甕,小勺分江入夜瓶。"

第一首诗描写了初秋山景。"匹马径寻黄叶寺,雨晴稻熟早秋天"写诗人冒雨骑马的情态,"匹马径寻"四字表现了作者的勃勃游兴。

第二首诗写游山。诗歌所要表现的内容原本平淡无奇,无非是说山寺前有酒家,酒家内有清泉,是消渴的好地方。可是经过作者巧妙的构思,诗歌就不同凡响。"夜深更饮秋潭水,带月连星舀一瓢",是说:夜深舀起一瓢泉水,端近一看,瓢中有月有星,灼灼生辉,似乎举瓢一饮就能吞下皓月繁星。诗句脱胎于苏轼诗,但运用入化,流畅生动,使诗歌既清新可爱,又写出了诗人豪情万丈的神态。

山中夜坐再陪起上人作(四首选一)

此诗作于乾隆元年诗人在北京游西山时,描写了山中清晨的景色,表现了诗人对于隐居生活的神往。起上人,即起林上人。

晨起望诸山,烟岚漭涨塞。阳乌初出海,气弱不得力。
墨云横亘天,稚霞敛颜色。重帛那禁寒,拥裘坐岩嶡。
雾重如小雨,径危滑难陟。酸枣垂累累,瓜果蔓寒棘。
招手谓山乌,与尔得饱食。

晨起望诸山,烟岚漭涨塞——这两句是说:早晨起来远望群山,烟雾像大水一样涨起来,弥漫了整个山岚。漭:水广远貌,这里形容烟岚弥漫。

阳乌初出海,气弱不得力——这两句是说:太阳刚刚升起,光芒还很微弱。阳乌:太阳,神话谓日中有金乌,故名。气弱:光芒微弱。

墨云横亘天,稚霞敛颜色——这两句是说:乌云横跨天空使微弱的霞光颜色更为黯淡。

重帛那禁寒,拥裘坐岩嶡——这两句是说:层层的单衣哪里能经受得了寒冷,(因此)拥着裘皮衣服坐在高高的山岩上。岩嶡(zé):高耸的山岩。

雾重如小雨,径危滑难陟——这两句是说:晨露凝结坠落如同下了小雨,山路湿滑危陡难于攀登。陟:登山。

酸枣垂累累,瓜果蔓寒棘——这两句是说:酸枣果实累累,瓜果爬满了蒺藜蔓：爬蔓，动词。

招手谓山乌，与尔得饱食——这两句是说：我对山中的乌鸦招手，这些东西我们可以一起饱食一顿。

此诗紧扣题目"山中夜坐"，由于是在黎明前起来观山，感觉自然迥异于白天，诗人敏锐地捕捉了新鲜的感受，细致真实地表现在诗中。诗歌第一句"晨起望诸山"点题，接下来写景，从山中湿气、初日、天色、气温、晨露多方面描写，其中"阳乌初出海，气弱不得力"非常细致贴切，写出了诗人真实的感受。在饶有野趣的环境中，诗人似乎忘却了一夜不眠的疲乏、山中清晨的寒冷，情不自禁地与山乌对话，展示了人与自然和谐相处的快乐。

又赠牧山

这是一首赠友诗，作于乾隆元年北京，描写了牧山的创作情况。牧山：图清格，字牧山，满洲人，善画，师法石涛和尚。

十日不能下一笔，闭门静坐秋萧瑟。
忽然兴至风雨来，笔飞墨走精灵出。
小草小虫意微妙，古石古云气奔逸。
字作神禹钟鼎文，杂以蝌蚪点浓漆。
怪迂荒幻性所钟，妥贴细腻学之谧。
访君古树荒坟边，叶凋草硬霜凛栗。
一醉十日亦不辞，芦沟归马催人疾。
扬州老僧文思最念君，一纸寄之胜千镒。

十日不能下一笔，闭门静坐秋萧瑟——这两句是说：十日也不能动笔，闭门静坐只觉秋风萧瑟。

忽然兴至风雨来，笔飞墨走精灵出——这两句是说：创作灵感突然来临，立刻就笔走龙蛇。兴：指创作灵感。风雨来：比喻来势之迅猛。精灵出：指画有神韵。

小草小虫意微妙，古石古云气奔逸——这两句是说：（牧山画中的）小草小虫有微妙的意味,古老的石头和云都气势飞动。

字作神禹钟鼎文,杂以蝌蚪点浓漆——这两句是说:牧山的书法高古如夏禹时的文字。神禹钟鼎文:夏禹所铸钟和鼎上的文字。上古传说禹铸九鼎,象征九州。上古著书,用竹篾蘸漆写在竹简上,故字迹多呈蝌蚪形。以上八句是追述图牧山写字作画的情景。

怪迂荒幻性所钟,妥贴细腻学之谧——这两句是说:牧山书画兼有怪迂荒幻和妥贴细腻这两种风格,前者是生来的秉赋,而后者则是学力的专心所致。怪迂荒幻:怪诞不经。谧:静默,此处引申为专心。

访君古树荒坟边,叶凋草硬霜凛栗——这两句是说:去古树荒坟边探访您,树叶凋零草已干枯严霜凛冽。凛栗:寒冷貌。

一醉十日亦不辞,芦沟归马催人疾——这两句是说:即使是大醉十天也不推辞,哪怕是从卢沟桥那里回家的马催促声急。芦沟归马:图所住之沙窝营与芦沟桥相近,板桥走回须从那里雇用脚力。

扬州老僧文思最念君,一纸寄之胜千镒——这两句是说:牧善将字画寄给文思,真是最珍贵的礼物了。文思:僧人,字熙甫,居扬州枝上村天宁寺,工诗,又善为豆腐羹,人称文思豆腐。镒:古时重量单位,约合二十两或二十四两。

郑板桥本人就是一位著名的书画家,他自己深知艺术创作中的甘苦,所以赠诗画友没有客套、没有空泛的赞扬,而是从自己创作的亲身感受出发。此诗叙述了作画从构思到触发灵感,再到画出神韵的过程。诗歌开头四句写灵感的酝酿和迸发,接下来六句是对牧山字画的赞美。再下四句写与牧山的壮游,表现了意气相投的豪迈气质。结尾宕开一笔,仍归结到对牧山字画的肯定,别有风致。

李氏小园(四首选一)

这是一组诗中的一首。李氏小园是板桥出仕前在扬州的寓所。小园原为卖花翁汪髯所筑,汪髯死后小园转让李氏,故称李氏小园。

晨起缝破衣,针线不成行。母年七十四,眼昏手又僵。
装绵苦欲厚,用线苦欲长,线长衣缝紧,绵厚耐雪霜。
装成令儿暖,母衣单薄凉。不衣逆母怀,衣之情内伤。

晨起缝破衣,针线不成行——这两句是说:早晨起来缝补破衣服,针线都缝不直。

母年七十四,眼昏手又僵——这两句是说:母亲已经七十四岁,老眼昏花,指头僵硬。

装绵苦欲厚,用线苦欲长——这两句是说:装上的棉花一心想要更厚一些,用的线一心想要长一些。苦欲:极愿。

线长衣缝紧,绵厚耐雪霜——这两句是说:用线长了衣服能够缝得密实,用棉花厚了能够抵挡得住雪霜。缝:用线穿结。

装成令儿暖,母衣单薄凉——这两句是说:衣服做好了让儿子暖和,可是母亲的衣服仍然单薄冰凉。

不衣逆母怀,衣之情内伤——这两句是说:不穿新衣违背母亲的心愿,穿上后又感到内心伤悲。

在文学史上,最著名的歌颂母亲的诗篇莫过于孟郊的《慈母吟》:"慈母手中线,游子身上衣。"郑板桥此诗同样是语言朴素、感人肺腑。此诗开头八句运用白描手法以"细针、长线、昏眼、僵手、破衣、雪霜"等意象勾勒出一位心存仁爱的慈母形象,令人无限同情。最后四句描写了母亲心存仁爱、只知奉献不求索取的心理,愈发让人感受到母亲的伟大。全诗不事雕琢,朴素真诚。

野　老

此诗写老农的淳朴个性和悠闲生活。

输罢官租不入城,秋风社酒各言情。
明年二月逢春闰,细雨长堤看耦耕。

输罢官租不入城,秋风社酒各言情——这两句是说:农夫交完租税没有进城,用秋社祭祀的方式各自表示自己对土地的感情。秋风社酒:秋社为古时祭祀土神的日子,一般在立秋后第五个戊日,这一天家家饮酒食糕,以表对神的礼敬。

明年二月逢春闰,细雨长堤看耦耕——这两句是说:明年二月正逢闰月,我们相约在长堤上细雨中看春耕。耦(ǒu)耕:原为二人合耕,这里即指耕种。

此诗语言平淡质朴,自然流畅,描写农夫在丰收之后的喜悦感和满足感,诗人也沉浸在祥和自足的情绪中。

赠金农

这是一首赠友诗,表达了作者对金农艺术和人品的钦佩之情。金农:字寿门,号冬心先生、稽留山民等。浙江仁和(今杭州)人。清代著名书画家,篆刻亦精。久客扬州,为"扬州八怪"之一。有《冬心先生集》。与板桥书札往来,过从甚密。

乱发团成字,深山凿出诗。
不须论骨髓,谁得学其皮!

乱发团成字,深山凿出诗——这两句是说:金农的字如乱发团成,诗从深山中挖出。这两句是说金农书法和诗词古朴,别具风格。凿:挖掘、创作。

不须论骨髓,谁得学其皮——这两句是说:对于金农的书法诗词,不要说精神韵味难以企及,就是其皮毛形式,谁又学得到呢?这两句极赞金农技法之高。骨髓:指本质。皮:形式。

郑板桥在此诗中赞扬了他的朋友、同为"扬州八怪"的金农的书画和诗词的高古,最后两句诗人强调学习"骨髓",同时也慨叹知音稀少。

细 君

郑板桥三十九岁丧妻,四十岁以后再娶,这首诗以爱抚的笔调写年轻妻子(或妾)玩耍的情景。细君:妻子的代称。

为折桃花屋角枝,红裙飘惹绿杨丝。
无端又坐青莎上,远远张机捕雀儿。

为折桃花屋角枝,红裙飘惹绿杨丝——这两句是说:为了折屋角上的一枝桃花,穿着红裙的妻子爬上了高高的杨树。

无端又坐青莎上,远远张机捕雀儿——这两句是说:无缘无故地又坐在草地上,布下罗网去捕雀儿。无端:无缘无故。莎:草名。张机:布设罗网。

此诗中描绘了一个活泼可爱、楚楚动人的年轻女性形象,情味盎然。诗中的色彩搭配也很美丽:鲜艳的桃花、红裙、绿杨树、碧绿的草地,一片生机勃勃的景象。可见,板桥对于天真俏皮、活泼可爱的妻子非常欣赏。

雨　中

这首诗是板桥赋闲之作,大约在出仕前客寓扬州李氏小园之时。

终日苦应酬,连阴得闭门。清凉满心肺,草木向我言。
新竹倚屋檐,绿沁窗纸昏。梁燕坐不出,蜗牛满苔痕。
犬迹踏沙软,蹑屐恐泥翻。回廊足散步,把书行且温。
家酿亦已熟,呼僮倾盎盆。小妇便为客,红袖对金尊。

终日苦应酬,连阴得闭门——这两句是说:整日苦于应酬很多,终于连着阴天可以闭门不出了。

清凉满心肺,草木向我言——这两句是说:清凉的感觉充溢全身,风雨吹打草木声,就像在对我说话。

新竹倚屋檐,绿沁窗纸昏——这两句是说:新竹倚着屋檐,翠绿的颜色透过窗纸后颜色就昏暗了。沁:浸染。

梁燕坐不出,蜗牛满苔痕——这两句是说:梁上的燕子也不飞出去了,蜗牛爬满了苔藓。

犬迹踏沙软,蹑屐恐泥翻——这两句是说:狗踩在沙上软软的,人轻轻抬起木屐唯恐把泥踩烂。屐(jī):一种木底鞋。

回廊足散步,把书行且温——这两句是说:回廊就足够我散步,手拿书卷边走边温读。回廊:曲折的檐廊。把:持。温:温读。

家酿亦已熟,呼僮倾盎盆——这两句是说:家里的酒已经酿熟,呼唤小仆把酒倒在容器中。盎盆:指盛酒器。

小妇便为客,红袖对金尊——这两句是说:我年轻的妻子便作为客人,我们一起品酌起来。小妇:指年轻的妻妾。金尊:酒杯。

此诗描述了阴雨天,诗人闭门在家的所见所感,洋溢着闲适的情调。由于心境闲适,诗人的观察力极其敏锐,如"绿沁窗纸昏"一句很有表现力,景色如在目前,另外"犬迹踏沙软,蹩屦恐泥翻"也极为生动。诗人悠然自得地或静观新竹、或信步温书、或红袖对酌,表现了对生活的满足感和惬意。

贫　士

这首诗描写贫士的窘况以及与妻子患难与共、真挚情深的婚姻生活,并表示对她的感激之情。诗中的"贫士"就是板桥自己的写照,此诗应作于作者三十岁以前。

　　贫士多窘艰,夜起披罗帏。徘徊立庭树,皎月堕晨辉。
　　念我故人好,谋告当无违。出门气颇壮,半道神已微。
　　相遇作冷语,吞话还来归。归来对妻子,局促无仪威。
　　谁知相慰藉,脱簪典旧衣。入厨燃破釜,烟光凝朝晖。
　　盘中宿果饼,分饷诸儿饥。待我富贵来,鬓发短且稀,
　　莫以新花枝,诮此蘼芜非。

贫士多窘艰,夜起披罗帏——这两句是说:贫士生活窘迫,夜半起来掀开帏帐。罗帏:床帐。

徘徊立庭树,皎月堕晨辉——这两句是说:在庭院的树下徘徊,看到皎洁的月亮渐渐在晨光熹微中落下。

念我故人好,谋告当无违——这两句是说:想我以前的好朋友,如以求助之意相告,可能不会遭到回绝。

出门气颇壮,半道神已微——这两句是说:刚出门时觉得很有把握,所以很气壮;可是中途又狐疑、精神不振起来。

相遇作冷语,吞话还来归——这两句是说:相见后说话冷淡,借贷的话没敢说出口就回来了。吞话:有言未敢出口。

归来对妻子,局促无仪威——这两句是说:回来后面对妻子,局促得坐立不安。局促:不安貌。

谁知相慰藉,脱簪典旧衣——这两句是说:不料妻子却好言安慰,并典当簪衣以解脱眼前困境。

入厨燃破釜,烟光凝朝晖——这两句是说:下厨烧起破锅,在晨光中点燃了柴火。

盘中宿果饼,分饷诸儿饥——这两句是说:剩下的食物先分给几个儿子充饥。宿果饼:指上餐留下的食物。

待我富贵来,鬓发短且稀——这两句是说:等到我富贵了,妻子也老了。

莫以新花枝,诮此蘼芜非——这两句是说:千万不要喜新厌旧,抛弃旧妻是不正确的。"新花枝"比喻年轻美貌女子,"蘼芜"比喻"鬓发短且稀"的结发妻。汉乐府民歌:"上山采蘼芜,下山逢故夫。"

此诗描绘了一个贤惠善良、顾全大局、支撑起破落家庭的贫士妻子形象。开头四句写贫士夜不成寐。中间六句写告贷不成。接下来八句写妻子的贤惠。最后感叹不要喜新厌旧。这个妻子形象来源于郑板桥的结发妻子徐氏。康熙五十四年(1715),徐氏与郑板桥结合,一直到雍正九年(1731)去世,这十几年是郑板桥一生最不得意的时期,但是她与丈夫仍是艰难与共、患难同心。徐氏是一个贤妻良母,为郑板桥生了一子二女,她话不多,生活上对郑板桥很体贴。当郑板桥写诗作画时,她就不声不响地磨墨。因此,她的离世使郑板桥长时间地沉浸在凄凉哀伤的境况之中,后来郑板桥写了很多诗表达对妻子的怀念之情。

行路难(三首选一)

此为记叙早行之诗。《行路难》本为乐府旧题,这里仅借其题意,用七绝写出。

天明始觉满身霜,抖擞征衫曳马缰。
茅店暖烟嘘冷面,射人朝日出林塘。

天明始觉满身霜,抖擞征衫曳马缰——这两句是说:天亮了才发觉自己满身是霜,整理了衣衫牵马上路。曳:牵引。

茅店暖烟嘘冷面,射人朝日出林塘——这两句是说:小客店温暖的烟吹到冰冷的脸上,刺眼的初阳从树林池塘升起。茅店:指农村小客店。射人:照人。

此诗写气温的变化给早行者的新鲜感。诗歌第一句写早行的寒冷,第二句写上路,第三句笔锋一转,写黎明炊烟的暖意,结句写天光大明,初日照人。在短短的篇幅中,记叙早行的过程和新鲜感觉,不平铺直叙,有转折。

又一首仍用前起句

这是一首记叙早行的诗。

> 天明始觉满身霜,日出才伸十指僵。
> 山色半青还半雾,马头红叶是何庄?

天明始觉满身霜,日出才伸十指僵——这两句是说:天亮了才发觉自己满身是霜,太阳出来后冻僵的手指才能伸直。

山色半青还半雾,马头红叶是何庄——这两句是说:山一半是青色一半还笼罩在雾中,马头的红叶是哪个村庄的?

此诗写色彩的变化带给早行者的新鲜感。前两句从身体的体验描写早行的感受,后两句写出了秋天清晨色彩微妙的变化,诗人的观察力敏锐,感受细微,语言贴切自然。

范县呈姚太守

此诗作于郑板桥任范县令之时。姚兴滇:字介石,安徽桐城人,乾隆五年至十二年任曹州知府,辖范县。

　　　　落落漠漠何所迎，萧萧澹澹自为情。
　　　　十年不肯由科甲，老去无聊挂姓名。
　　　　布袜青鞋为长吏，白榆文杏种春城。
　　　　几回大府来相问，陇上闲眠看耦耕。

　　落落漠漠何所迎，萧萧澹澹自为情——这两句是说：自己生活得冷寂孤独，不需要迎合任何人，但能自得其乐。落落漠漠：指冷寂孤独的样子。萧萧澹澹：指凄清淡泊的样子。

　　十年不肯由科甲，老去无聊挂姓名——这两句是说：在扬州十年，自己一直没有通过科举考试，现在已经年华老大了。十年：在扬州卖画的十年。郑板桥《和学使者于殿元枉赠之作》："十载扬州作画师。"科甲：旧称科举为科甲，经科举考试录取者成为科甲出身。

　　布袜青鞋为长吏，白榆文杏种春城——这两句是说：我穿着平时的普通衣服做着范县知县，在春天的时候栽下榆树和杏树。长吏：指范县知县。

　　几回大府来相问，陇上闲眠看耦耕——这两句是说：几次总督来看望我的时候，我都悠闲地在地头一边看农民耕种一边休息。大府：清时尊称总督、巡抚为大府。陇上：即田边，通"垄"。

　　此诗是板桥为官时的真实写照，板桥在范县时经常穿了便服外出，了解民情。"几回大府来相问，陇上闲眠看耦耕"，说明板桥虽为官，却和平民百姓息息相通，多么自由、多么惬意！诗句生动地描绘出郑板桥的淡泊心境和萧散自然的神情，同时也流露出作者的亲民思想。郑方坤《本朝名家诗钞小传》中说郑板桥："既得官，慈惠简易，与民休息，人亦习而安之。"《范县志》中也说他"通达事理"。确实这样，板桥办事公道，有比较明显的爱憎观点，能关心群众的生活，做了不少有益于百姓的事。

塞下曲三首

　　这是一首描写边塞羽猎风光的诗。《塞下曲》是描写这类题材的乐府古题。

（一）

天远山空塞草长，太平羽猎出渔阳。
少年马上谈诗事，一种风流夹莽苍。

天远山空塞草长，太平羽猎出渔阳——这两句是说：天高气清，山里显得空旷，野草茂盛了，这时去渔阳打猎。太平羽猎：古时战争亦称羽猎，加"太平"二字，说明与战事无关。羽猎：打猎，猎时用羽箭，故称。渔阳：古地名，在今北京市密云县西南，清时已属内地。

少年马上谈诗事，一种风流夹莽苍——这两句是说：少年在边塞狩猎中谈诗，风雅之外更夹带着一种粗犷的意味。莽苍：野色迷茫的样子。

（二）

万嶂千山落日多，将军猎罢选清歌。
胡姬醉舞双红袖，笑指黄羊挂骆驼。

万嶂千山落日多，将军猎罢选清歌——这两句是说：日暮时分，千山万嶂洒满余辉，将军狩猎归来选听美妙的歌声。

胡姬醉舞双红袖，笑指黄羊挂骆驼——这两句是说：胡姬醉后舞动红裙，笑着指向挂在骆驼上的黄羊。胡姬：古时对西北少数民族青年女子的称谓。黄羊：一种野羊，体黄腹白，分布我国内蒙、西北、东北等地，肉可食，皮可制衣革。

（三）

洗尽寒酸旧笔头，十年关塞觅封侯。
臂鹰跃马黄皮裤，射得丰狐作短裘。

洗尽寒酸旧笔头，十年关塞觅封侯——这两句是说：放弃从文，我到边疆十年，想要建功立业。关塞：关隘要塞，这里指边疆。

臂鹰跃马黄皮裤，射得丰狐作短裘——这两句是说：穿着黄皮裤，肩头站着臂鹰，纵马飞奔，射中了大狐狸可以做一个短裘衣。臂鹰：古时出猎，置猎鹰于肩臂之上，故称。丰狐：大狐。

唐代"大历十才子"之一的诗人卢纶有著名的《塞下曲》,共六首,分别写发号施令、射猎破敌、奏凯庆功等军营生活,风格雄浑,情调慷慨,历来为人传诵。郑板桥的这三首《塞下曲》也有盛唐的气象,诗歌慷慨苍凉、雄壮豪放,读后令人振奋。

村　居

板桥从二十六岁至三十岁,曾在仪征之江村设塾。这首诗当是其时所作,描写了江村秀丽的风景。

>雾树溟濛叫乱鸦,湿云初变早来霞。
>东风已绿先春草,细雨犹寒后夜花。
>村艇隔烟呼鸭鹜,酒家依岸扎篱笆。
>深居久矣忘尘世,莫遣江声入远沙。

雾树溟濛叫乱鸦,湿云初变早来霞——这两句是说:树木笼罩在迷朦的烟雾之中,乌鸦在鸣叫,宿雨初霁,残云旭日辉映成霞。溟濛:模糊不清。湿云:雨后云。

东风已绿先春草,细雨犹寒后夜花——这两句是说:东风已经吹绿了早春的青草,小雨天气早晨仍然感觉到寒意。先春:早春。后夜:指早晨。

村艇隔烟呼鸭鹜,酒家依岸扎篱笆——这两句是说:村里小船上的人隔着烟雾在呼唤自家的鸭子,酒家沿着河岸扎着篱笆。

深居久矣忘尘世,莫遣江声入远沙——这两句是说:长久以来远离尘嚣,不要让江涛之声传入遥远的水村。这两句的意思是不要用尘世的烦扰来惊扰宁静的小水村。深居:谓远离尘嚣之世。远沙:远村。江南水村多以"沙"命名。

此诗描写了江村的祥和、富庶的田园风情。夜雨初晴后的早霞、远处的树丛、树上翻飞的群鸦、近处嫩绿的春草、带有雨滴的春花、江中的小舟、傍河围着篱笆的酒家……一切景物都笼罩在若有若无的水雾之中,是那么的静谧、那么的祥和,仿佛一幅淡雅的村居水墨画。身为画家的诗人将整个画面安排得虚实结合、错落有致,并运用国画中的留白构图方法,以一条大江占去大部分空间,并绵延至远方,给人无尽的遐想。

怀无方上人

题解

此诗大约作于郑板桥初官范县之时。板桥与无方上人初晤于西江,后无方上人到京师,板桥又与其相会于瓮山。

初识上人在西江,庐山细瀑鸣秋窗。
后遇上人入燕赵,瓮山古瓦埋荒庙。
今君闻住孝儿营,乱石寒云补棘荆,
别筑岩前数间屋,绘图招我同归耕。
伊昔茅棚晒秋药,我混屠沽君种作,
推堕蹇驴村市中,笑而不怒心寥廓。
嗟我近事如来柴,爪牙恶吏相推排,
不知喜怒为何事,夜梦跼蹐朝喧呱。
一年一年逐滞留,徒使高人笑疣赘,
我已心魂傍尔飞,来岁不归有如水!

新解

初识上人在西江,庐山细瀑鸣秋窗——这两句是说:最初与上人相识在江西,秋天庐山的瀑布在窗外发出声响。西江:江西。

后遇上人入燕赵,瓮山古瓦埋荒庙——这两句是说:后来在燕赵又遇到上人,住在瓮山郊外古老的荒庙之中。燕赵:指今河北一带。

今君闻住孝儿营,乱石寒云补棘荆——这两句是说:听说您现在住在孝儿营,那个地方杂草丛生,乱石嶙峋。

别筑岩前数间屋,绘图招我同归耕——这两句是说:又在岩石前盖了几间房子,画了图描绘住处形势,邀我一同归耕。

伊昔茅棚晒秋药,我混屠沽君种作——这两句是说:您过去住在茅棚晒药材,你来耕种我则混迹市井。伊:唯,发语词。混:混迹。屠沽:屠夫与卖酒者,这里指市井。

推堕蹇驴村市中,笑而不怒心寥廓——这两句是说:我们笑着拖跛驴去村市中,一点都不生气。蹇(jiǎn)驴:跛驴。寥阔:宽广。

嗟我近事如束柴，爪牙恶吏相推排——这两句是说：我最近办事总是不顺利，被那些衙役倾轧排挤。束柴：形容办事不顺手。爪牙恶吏：指衙役。推排：倾轧排挤。

不知喜怒为何事，夜梦踟躇朝喧豗——这两句是说：已经不知道喜怒为了什么事情，夜晚做梦也是局促不安，早晨又是一片喧闹之声。踟躇：畏缩不安貌。喧豗(huī)：哄闹声。

一年一年逐滞留，徒使高人笑疣赘——这两句是说：一年年地被官职所羁绊，只是使高人笑话我是个无用之物。滞留：指被官职所羁绊。疣赘：无用之物。《庄子》："彼以生为附赘悬疣。"

我已心魂傍尔飞，来岁不归有如水——这两句是说：我的心思已经飞到了你的身边，我发誓明年一定会归隐。有如水：古人常指水发誓，表明心迹。《左传·僖公廿四年》载，晋公子重耳指河水发誓："所不与舅氏同心者，有如白水。"

　　此诗表达了作者渴求归隐深山，以求心灵安适的心情。开头八句，追述无方的行踪，描绘了一个行踪不定、淡泊名利的上人形象。中间四句，诗人回顾往昔与上人相处情景，同为心胸宽广、不执著于世俗之人，二人在一起的自在自得之情。最后八句，写作者最近处境和心绪，表明作者渴望隐居的愿望和决心。

怀程羽宸

　　这是一首怀友诗，表达了对程羽宸谢世的悼念之情。程羽宸：名子鹓，字羽宸，江西人，一作江南歙县（今属安徽）人，著有《练江诗钞》。沈德潜《清诗别裁》云："练江游踪几遍大江南北及楚越东鲁，而登眺不倦尤在黄山。故发而为诗，多登临凭吊之作。"

余江湖落拓数十年，惟程三子鹓奉千金为寿，一洗穷愁。羽宸是其表字。

十载音书迥不通，蓼花洲上有西风。
传来似有非常信，几夜酸辛屡梦公。

　　小序的意思是：我在江湖上漂泊几十年，只有程三子鹓赠给我千金，使我解脱穷困。羽宸是他的表字。关于程羽宸赠金事，据板桥《杂书四则卷》："羽宸……即以五百金为板桥聘资授饶氏。明年,板桥归,复以五百金为板桥纳妇之费。"

十载音书迥不通,蓼花洲上有西风——这两句是说:十年间音信不通,只有蓼花洲上西风吹过。

传来似有非常信,几夜酸辛屡梦公——这两句是说:传来了噩耗,几夜我都伤心地在梦中梦见程公。非常信:噩耗。

程羽宸是一位好游览广交游的豪客,与郑板桥订交于乾隆二年(1737),当时程已经六十多岁。此后,两人友谊愈深。在生活中,程羽宸也曾给郑板桥提供过很多帮助。程羽宸因慕郑板桥之才,以千金为酬,促成郑板桥与饶五娘的美满婚姻,其事在郑板桥的《板桥偶记》中有记载。郑板桥后来中进士任知县,功成名就,脱离生活贫穷危机之后,还是念念不忘程给他雪中送炭的帮助。在听闻程去世的噩耗后,郑板桥悲伤地写下了此诗作为永怀。诗歌语言通俗流畅,情深意笃。

招隐寺访旧(五首选一)

此诗记叙游寺的情景。招隐寺:在江苏镇江市南约七华里招隐山中。山原名兽窟,晋宋间隐士戴颙居此,改名招隐。戴死后,其女将住宅舍为佛寺,即招隐寺。板桥昔曾游此,有《满江红·招隐寺》,此次重游,故曰访旧。

俯瞰僧归寺,微茫蚁附阶。过桥疑入涧,转树忽登崖。
碧绿新筐果,轻黄旧草鞋。林深天欲暮,风起作阴霾。

俯瞰僧归寺,微茫蚁附阶——这两句是说:站在寺前从山上俯视归僧,就像阶上的蚂蚁那样,显得微小渺茫。

过桥疑入涧,转树忽登崖——这两句是说:山僧过桥,就像走进了山涧;忽而转过树丛就看不见了,待出来时已登上了一个岩顶。这两句是以站在上面的视角来写。

碧绿新筐果,轻黄旧草鞋——这两句是说:僧人拿着装满果实的碧绿的新筐子,穿着轻便的黄色旧草鞋。

林深天欲暮,风起作阴霾——这两句是说:树林幽深,天要黑了,风起后天色愈发黯淡。

新评 招隐寺地势很高,诗人像绘画一样善于选择角度。开头二句写俯瞰僧人上山的独特视角,颔联写僧人走近,甚至能够看清僧人的穿着和所携之物。尾联写林深天暮,用苍茫的画面作结。

长干女儿

题解 长干:古建康(南京)里巷名,在秦淮河沿岸。

> 长干女儿年十四,春游偶过南朝寺,
> 鬓发纤松拜佛迟,低头堕下金钗翠。
> 寺里游人最少年,闲行拾得翠花钿,
> 送还不识谁家物,几嗅香风立怅然。

新解 长干女儿年十四,春游偶过南朝寺——这两句是说:长干女儿年方十四,春游时偶然经过南朝寺。南朝寺:六朝时所建的佛寺。

鬓发纤松拜佛迟,低头堕下金钗翠——这两句是说:缓缓跪下拜佛时头发松散,低头掉下了镶翡翠的簪子。金钗翠:镶翡翠的头簪。

寺里游人最少年,闲行拾得翠花钿——这两句是说:寺里最年轻的游人,散步时拾到了头簪。翠花钿(diàn):即上文的"金钗翠"。钿:花朵形首饰。

送还不识谁家物,几嗅香风立怅然——这两句是说:想要送归失主又不知道是谁的东西,只能闻着簪上的香气怅然站立。香风:指金钗的香气。

新评 此诗风情摇曳,让人浮想联翩。

比 蛇

题解 此诗是一首寓言诗。郑板桥并没有去过广东,诗中这种"好向人间较短长"的蛇实际上是诗人按照传说所描写的,结合了诗人的人生体验。诗中明写的是蛇,实则是某种人的形象,寄寓了人生哲理。

粤中有蛇,好与人比较长短,胜则啮人,不胜则自死,然必面令人见,不暗比也。山行见者,以伞具上冲,蛇不胜而死。

好向人间较短长,截冈要路出林塘。
纵然身死犹遗直,不是偷从背后量。

小序的意思是:广东这地方有种蛇,喜欢和人比较长短,如果能够胜过就会咬人,如果比不过就会自杀而死。这种蛇一定是正面与人比较,不会暗中比较。走在山路上的人看见这种蛇时,就用伞抛向空中,和它比较长短,蛇就会因比不过而自杀。啮(niè):咬人。

好向人间较短长,截冈要路出林塘——这两句是说:(这种蛇)经常从林塘窜出,在山冈或路边拦截行人。

纵然身死犹遗直,不是偷从背后量——这两句是说:即使死去仍然留下正直的名声,绝不在人背后耍花招。遗直:留下正直的名声。

此诗借"蛇"来比喻世上的一种人,以真实实力来比拼,胜败都坦坦荡荡。作者对这样的人赞赏有加,讽刺了那些在背后捣鬼的人连蛇都不如。

脆　蛇

此诗用写实手法感慨蛇的生存之艰难,描写了蛇被人逼得走投无路,无法安生的悲惨处境。

是蛇易断易续,能治病,无毒。土人以竹筒诱入,塞之,焙以为药。

为制人间妙药方,竹筒深锁挂枯墙。
剪屠有毒餐无毒,究竟身从何处藏?

小序的意思是：这种蛇的身体很容易被折断也很容易接起来，能够治病，它本身无毒。当地人用竹筒引诱它进入后然后就塞住筒口，用火烤干后制成药。土人：当地人。

为制人间妙药方，竹筒深锁挂枯墙——这两句是说：为了配制人间神妙的药方，蛇被人们用竹筒诱入，然后挂在墙上晒干。

剪屠有毒餐无毒，究竟身从何处藏——这两句是说：有毒的蛇被人们打杀，而那些无毒的蛇又被人们吃掉，究竟哪里是蛇的生存之地呢？剪屠：剪断屠杀。

诗人同情蛇的处境的窘迫，对于"有毒"、"无毒"的蛇同样富有同情心。"究竟身从何处藏"？不管有毒无毒、有益无益的动物都在被"吃"的阴影中，都被人逼迫得无处容身，这一点发人深思。

绍　兴

这是一首咏史诗。绍兴：宋高宗赵构年号(1131—1162)。北宋靖康二年(1127)，太上皇徽宗和皇帝钦宗被金人在开封俘虏，宋室南迁。同年，高宗在河南商丘即位，改元建炎；三年(1129)迁杭州行在，1131年改元绍兴。此后，赵构偏安一隅，畏金人遣返徽、钦，夺他帝位，用奸臣秦桧为相，排陷杀戮抗金将领，苟且偷生，不图恢复。

丞相纷纷诏敕多，绍兴天子只酣歌。
金人欲送徽钦返，其奈中原不要何！

丞相纷纷诏敕多，绍兴天子只酣歌——这两句是说：丞相们揽权，代替皇帝颁发诏书，在绍兴的天子只顾自己享乐。诏敕：专指皇帝诏书。

金人欲送徽钦返，其奈中原不要何——这两句是说：金人本也想遣送徽宗、钦宗回国，无奈身在中原的宋高宗并不想要他们回来。

这首诗通过对宋高宗的鞭挞，讽刺了历史上那些只知荒淫享乐，甘心国土沦丧的昏庸统治者。

客焦山袁梅府送兰

兰：有建兰和兰草两种，这里指前者。夏秋季开花，从叶丛间抽出许多花茎，每茎顶开一化，淡绿黄色，有紫色条纹，气味清香。旧时常以之象征高洁，为许多文士所喜爱。板桥善画兰，亦极喜兰。

秋兰一百八十箭，送与焦山石屋开。
晓月敲门传简帖，烟帆昨夜过江来。

秋兰一百八十箭，送与焦山石屋开——这两句是说：秋兰已经抽了很多条茎，送到焦山的石屋里就会开。箭：兰花的茎。

晓月敲门传简帖，烟帆昨夜过江来——这两句是说：夜半敲门有人送来书信，送兰的小船昨夜就已经过江了。简帖：书信。烟帆：舟行烟水之间，故称；这里指送兰的小船。

此诗写板桥与友人之间的交往，大家都是文人雅士，都有共同的情趣和爱好，此诗写出了他们的名士风度。

六　朝

这是一首咏史诗。

一国兴来一国亡，六朝兴废太匆忙。
南人爱说长江水，此水从来不得长。

一国兴来一国亡，六朝兴废太匆忙——这两句是说：一国兴盛一国灭亡，六朝的更迭太频繁。从公元三世纪到公元六世纪约三百年间，在江南就更换了东吴、晋、宋、齐、梁、陈等六个朝代，故云。

南人爱说长江水,此水从来不得长——这两句是说:江南的人都爱说长江的水,但是都短命,长江也不"长"了。六朝均建都长江之滨(南京)。

此诗描写王朝更迭频繁,表现了郑板桥对六朝兴废的感慨。清初大兴文字狱,残酷迫害汉族知识分子。据传板桥这首诗"此水从来不得长"一句,有犯清廷忌讳("清"字有"水"边),为了避免麻烦,《板桥诗钞》再版时,曾将本诗连同前五题、后九题一并删掉。新中国成立后,上海古籍出版社(原中华书局上海编辑所)重订《郑板桥集》,始补齐。

江　晴

这两首诗均作于焦山,诗人将偶然的想法记录下来,属于遣兴诗。

(一)

雾裹山疑失,雷鸣雨未休,
夕阳开一半,吐出望江楼。

雾裹山疑失,雷鸣雨未休——这两句是说:山被浓雾笼罩仿佛看不见了,雷声轰鸣雨还没有停止。

夕阳开一半,吐出望江楼——这两句是说:阳光一束从云隙照射望江楼,楼好像从空中吐出一样。

(二)

天阴作图画,纸墨俱润泽,
更爱嫩晴天,寥寥三五笔。

天阴作图画,纸墨俱润泽——这两句是说:因天阴空气潮湿,所以宣纸、松烟墨料都易于湿润,也就便于作画。

更爱嫩晴天,寥寥三五笔——这两句是说:而我更爱初晴的天气,纸墨转干,画起写意画来寥寥几笔就显得特别轻灵。

第一首诗写夏日雷雨的奇特景致。雨还没有完全停住，就出太阳了，大雨织成的雾网既已散去，当然也就看得见望江楼了。一个"吐"字，照应了前句"山疑失"，用拟人手法写出了动态效果。

　　第二首是一首谈论画艺的诗。郑板桥是一位著名的书画家，在诗中谈论了笔法、墨法的细微差别，的确是切身体会。

文　章

　　这是一首咏史诗。

　　　　唐明皇帝宋神宗，翰苑青莲苏长公。
　　　　千古文章凭际遇，燕泥庭草哭秋风。

　　唐明皇帝宋神宗，翰苑青莲苏长公——这两句是说：唐明皇时的李白、宋神宗时的苏轼。唐明皇：唐玄宗李隆基，公元712年即位。宋神宗：北宋皇帝赵顼庙号，公元1068年即位。翰苑：即翰林院，官署名，唐初置，初为文学技艺内廷供奉之处，后为朝廷储备人才之所。青莲：李白号，李白是唐代大诗人，玄宗天宝初年因吴筠等所荐，曾供奉翰林，受到皇帝的赏识，后因张洎等所谗，被疏远。苏长公：苏东坡，因他是苏洵长子，故称，北宋杰出文学家，神宗时任祠部员外郎，因反对王安石新政，被贬谪黄州，哲宗时曾为翰林学士，官至礼部尚书。李、苏二人一生都遭遇过许多坎坷不幸。

　　千古文章凭际遇，燕泥庭草哭秋风——这两句是说：自古以来好的文章作手要想发达，也要靠碰上好时机，否则，如燕巢庭草遇到秋风，一样萧条冷落。

　　此诗中诗人感叹唐明皇时的李白、宋神宗时的苏轼这些历史上的著名文人，他们文章绝代，才华盖世，但想要发达也要遇上好机遇，否则也会随雨打风吹去。此种感慨当与诗人自我遭遇有极大关系。

金莲烛

这是一首咏史诗。金莲烛:宫廷用蜡烛,烛台作金莲花形。

圆烛金莲赐省签,令狐小子负堂廉。
大名还属真名士,异代留传苏子瞻。

圆烛金莲赐省签,令狐小子负堂廉——这两句是说:皇帝用自己的乘车和金莲烛送令狐绹回家,可惜令狐绹辜负了自己的职责。据《新唐书·令狐绹传》,令狐绹为翰林承旨(官名),夜间与皇帝谈话,皇帝命令用自己的乘车和金莲烛送他回翰林院。但令狐绹为政名声很坏,有负翰林承旨重任。堂廉:厅堂两侧,这里指翰林院侧厅,翰林承旨办公之处。

大名还属真名士,异代留传苏子瞻——这两句是说:要好名气还是要有真本事,世代仍然流传苏轼的好名声。

据《宋史·苏轼传》,苏轼曾值宿禁中,被皇帝召入便殿言事,也用金莲烛把他送回翰苑。世异事同,而苏轼名声却比令狐绹好得多。这首诗通过咏史说明,皇帝的一时宠幸并不可靠,只有靠杰出的才华和品德方能青史留名。

山中卧雪呈青崖老人

这是一首写景诗,写山中卧雪所见,大约作于乾隆年间诗人四十九岁入京候补之时。青崖和尚:北京香山卧佛寺僧人。

一夜西风雪满山,老僧留客不开关。
银沙万里无来迹,犬吠一声村落闲。

一夜西风雪满山,老僧留客不开关——这两句是说:西风刮了一夜,大雪覆盖了整座山,青崖和尚留住客人不开门。老僧:指青崖。

　　银沙万里无来迹,犬吠一声村落闲——这两句是说:大雪遮盖了行人的脚迹,偶尔一声狗叫,村子里显得愈发闲静。银沙:雪。

新evaluat

　　此诗写雪景,描写了雪后山村的静谧。诗人仿效王绩"蝉噪林逾静,鸟鸣山更幽"诗句,采用以动衬静的手法,"犬吠一声村落闲",以一声犬吠划破山村的宁静来描写大雪之后山村无人来访的寂静,以有声状无声,余味无穷。

僧壁题张太史画松

题解

　　这是一首题画诗,描写了张太史画松的高妙神奇。张太史:张鹏冲,字天飞(一作扉),自号南华山人。江南嘉定人,雍正丁未进士。入翰林,官至詹事府詹事。天才超迈,诗画皆援笔立就,潇洒自适,愈见神韵。著有《南华诗集》。太史:翰林的别称。

　　　画背所揭纸,案头已败笔。僧房坐无聊,偶然作松骨。
　　　松毛无几许,松干颇郁兀。虬龙挺僵瘦,修蛇歘出没。
　　　轻云澹欲无,奔雷怒将击。想当无意中,情神乍飘忽。
　　　傍无指授人,令作何体格,胸无成见拘,摹拟反自失。
　　　鲁公坐位帖,要以草稿得。我昔未尝见,僧粘在破壁。
　　　及经惊叹奇,千求不我锡。此纸立即破,装潢事孔急。
　　　吾求不汝强,汝当真爱惜。

新解

　　画背所揭纸,案头已败笔,僧房坐无聊,偶然作松骨——这四句是说:用作画剩下的纸,案头已用秃的笔,在僧房无事闲坐时,偶然画了松枝。已败笔:已用秃的笔。松骨:松树枝干。

　　松毛无几许,松干颇郁兀,虬龙挺僵瘦,修蛇歘出没——这四句是说:松针没有多少,松树的枝干却是高耸突出,像龙一样僵直而枯瘦,像长蛇一样神出鬼没。郁兀:丛生直立貌。虬(qiú)龙:古传说中的无角龙。修蛇:长蛇。歘(xū):疾速。

　　轻云澹欲无,奔雷怒将击——这两句是说:画松四周似有若有若无的云环绕,仿佛有震雷轰击。

想当无意中,情神乍飘忽。傍无指授人,令作何体格——这四句是说:本来作画就是无意之中,所以感情、神韵都奔放不羁。旁边没有指指点点的人,也无人给规定模式。体格:模式。

胸无成见拘,摹拟反自失。鲁公坐位帖,要以草稿得——这四句是说:内心本来没有预定想法的约束,模仿别人反而失去自我。鲁公《坐位帖》因是草稿,书写时不受拘束,所以成就极高。鲁公坐位帖:唐颜真卿与郭英乂书的草稿。代宗广德二年,郭子仪自泾阳入都,百官迎于开远门,时宦官鱼朝恩受上宠,仆射郭英乂为讨好鱼,特置朝恩坐己之上,故颜真卿遗书议争之。书以草稿传,凡七纸,笔力雄浑,气势开张,极为后世宝重。

我昔未尝见,僧粘在破壁。及经惊叹奇,千求不我锡——这四句是说:我以前没有见到过(张太史画松),僧人把他粘在破墙壁上。等到我百般惊奇赞叹、千般请求,僧人也不赠给我。锡:赐与。

此纸立即破,装潢事孔急;吾求不汝强,汝当真爱惜——这四句是说:这画纸很快就要破烂,装裱一事十分紧急,我也不强求你们,你们要真正地爱惜这幅画。装潢:装裱。孔急:甚急。

此诗用散文的笔法描绘了张太史画松作品的高超技艺,表达了作者对画作的喜爱。开头四句说张太史画松乃因陋就简、不经意所作。接下来六句,用比喻描写画中松树的神态,"如虬龙"、"如修蛇",比喻新颖奇特。中间八句,写太史作画时因不受任何约束,所以成品能够出神入化,这也是作者创作时的亲身体会。最后八句,劝告寺僧对画松这样珍品要懂得爱惜。

音 布

此诗作于乾隆九年(1744),郑板桥在范县任上。板桥《绝句廿一首·音布》序云:"字闻远,长白山人。善书。"在郑板桥写作这组诗时音布已故去,这里作者以诗的形式为其亡友书写"行状",并借此抨击世俗对艺术人才的摧残。此诗仿效韩愈《石鼓歌》体韵。

昔予老友音五哥,书法峭崛含阿那。
笔峰下插九地裂,精气上与云霄摩。
陶颜铸柳近欧薛,排黄铄蔡凌颠坡。

墨汁长倾四五斗,残毫可载数骆驼。
时时作草恣怪变,江翻龙怒鱼腾梭。
与予饮酒意静重,讨论人物无偏陂。
众人皆言酒失大,予执不信嗔伪讹。
大致萧萧足风范,细端琐碎宁为苛!
乡里小儿暴得志,好论家世谈甲科。
音生不顾辄嚏唾,至亲戚属相矛戈。
逾老逾穷逾怫郁,屡颠屡仆成蹉跎。
革去秀才充骑卒,老兵健校相遮罗。
群呼先生拜于地,坌酒大肉排青莎。
音生瞪目大欢笑,狂鲸一吸空千波。
醉来索笔素纸墨,一挥百幅成江河。
群争众夺若拱璧,无知反得珍爱多。
昨遇老兵剧穷饿,颇以卖字温釜锅。
谈及音生旧时事,顿足叹恨双涕沱。
天与才人好花样,如此行状应不磨。
嗟予作诗非写怨,前贤逝矣将如何!
世上才华亦不尽,慎勿咤叱为幺魔。
此等自非公辅器,山林点缀云霞窝。
泰岱嵩华自五岳,岂无别岭高嵯峨。
大书帙告诸世,书罢茫茫发浩歌。

昔予老友音五哥,书法峭崛含阿那——这两句是说:过去我的老朋友音布的书法刚中带柔。峭崛:山势陡直突起貌,这里形容字体峭拔有力。阿那:即"婀娜",轻盈柔美的样子。

笔峰下插九地裂,精气上与云霄摩——这两句是说:音布的书法笔力刚健雄浑,气势高标。九地:极言入地之深。

陶颜铸柳近欧薛,排黄铄蔡凌颠坡——这两句是说:音布的书法将颜、柳的书法熔铸陶冶在一起而近似于欧、薛,气势上排斥、削弱黄、蔡而压倒颠坡。颜、柳、欧、薛:颜真卿、柳公权、欧阳询、薛稷,唐代四大书法家。黄、蔡、颠坡:黄庭坚、蔡京、苏东坡,都是宋代大书法家。排、凌:超越。铄:镕。

墨汁长倾四五斗，残毫可载数骆驼——这两句是说：墨汁一倒就是四五斗，用秃的笔可以用几头骆驼来拉。残毫：秃损的毛笔。两句言用功之勤。

时时作草恣怪变，江翻龙怒鱼腾梭——这两句是说：他常常写草书恣意怪变，笔势像翻江倒海鱼龙翻腾一样宛转腾挪。草：草书。怪变：变幻奇特。

与予饮酒意静重，讨论人物无偏陂——这两句是说：音布与我一起饮酒时神情安静稳重，讨论人物没有偏见。偏陂：不公正。

众人皆言酒失大，予执不信啧伪讹——这两句是说：别人都说音布饮酒失去尊严，我据此不信，怪传闻失实。伪讹：虚假谬误。

大致萧萧足风范，细端琐碎宁为苛——这两句是说：从大体上他的神志潇洒足以为世人风范，琐碎的小地方何必要苛求呢！大致：大体，大节。萧萧：潇洒。足风范：足以为世风的榜样。细端：小节。琐碎：无关大体的事情。宁为苛：何必苛求。以上十六句，写音生的书法造诣和道德修养都很高。

乡里小儿暴得志，好论家世谈甲科——这两句是说：乡里小儿突然得志，喜欢讨论家世和功名。暴：突然。甲科：明清称进士为甲科，举人为乙科，这里指仕途功名。

音生不顾辄嚏唾，至亲戚属相矛戈——这两句是说：音布不管这些并表示蔑视，导致连亲戚也对他加以攻击。嚏唾：打喷嚏与吐痰，表示不屑理睬。相矛戈：互相攻击。

逾老逾穷逾怫郁，屡颠屡仆成蹉跎——这两句是说：音布以至于越老越穷困心情越糟糕，以至于命运屡遭坎坷。怫郁：愤怒忧愁。颠、仆：摔跤，受挫折。蹉跎(cuōtuó)：光阴虚度，事业无成。

革去秀才充骑卒，老兵健校相遮罗——这两句是说：音布被革去秀才担任了骑兵，混迹于老兵和校卫之间。遮罗：包围拥护。

群呼先生拜于地，㚖酒大肉排青莎——这两句是说：士兵们都拜倒在地称呼（音布）先生，把粗酒大肉摆在草地上招待他。㚖(bèn)酒：粗酒。㚖，粗劣。排青莎：谓把酒肉排列在草地上。青莎，即香附，一年生草，多生道旁。

音生瞪目大欢笑，狂鲸一吸空千波——这两句是说：音布睁大眼睛大声欢笑，一口气喝干了酒。

醉来索笔素纸墨，一挥百幅成江河——这两句是说：醉后要来笔墨纸砚，一口气写了很多幅字。

群争众夺若拱璧，无知反得珍爱多——这两句是说：老兵健校争夺音布的书幅如同争夺大玉璧一样，无知识的人反而得到珍爱的字幅多些。这两句言士兵虽无知识，却极爱音布的书法。拱璧：大璧玉。以上十六句，写音布因刚直愤世而遭到迫害，书法也不为世所知，但却得到下层士兵的喜爱。

昨遇老兵剧穷饿，颇以卖字温釜锅——这两句是说：昨天遇到的老兵穷得断顿时，用卖字所得来买柴米。剧穷饿：十分贫困。温釜锅：指有饭吃。

谈及音生旧时事，顿足叹恨双涕沱——这两句是说：谈到音布生前的旧事，感慨万分，痛苦流涕。双涕沱：形容十分哀伤。沱：涕泪如雨貌。

天与才人好花样，如此行状应不磨——这两句是说：上天给予有才能的人出色的技艺，这样的行为遭遇是应该不会被磨灭的。好花样：指杰出的才能技艺。行状：指人的品行、事迹。

嗟予作诗非写怨，前贤逝矣将如何——这两句是说：感叹我作诗并非为了抒发我的怨恨之情，像音布这样有才能的人已经去世又该如何呢？前贤：措像音布一类有才能的人。

世上才华亦不尽，慎勿咤叱为幺魔——这两句是说：世上有才华的人仍然存在，切不可指责他们为渺小之辈。幺魔：指微不足道的人。

此等自非公辅器，山林点缀云霞窝——这两句是说：这样的人自然不是治国安邦的廊庙之材，只不过是隐居在云霞点缀的山林之中的平头百姓。公辅：三公与辅相，是朝廷最高的官职。

泰岱嵩华自五岳，岂无别岭高嵯峨——这两句是说：泰、岱、嵩、华当然是五岳之列，难道说世上就没有别的高大的山峰吗？泰岱：泰山（东岳）。嵩：嵩山（中岳）。华：华山（西岳）。此外还有恒山（北岳）、衡山（南岳），合称五岳。以上四句讲人才的不拘一格。

大书卷帙告诸世，书罢茫茫发浩歌——这两句是说：大笔写下诗篇昭告世人，写完后高歌一曲。卷帙(zhì)：篇章。浩歌：高歌。以上十六句，借老兵对音布的反映引出作者的评论。

此诗中诗人叙述了一个正直、不同流俗的艺术家的不幸遭遇，也抒发了作者怀才不遇的感慨，表现了诗人对贤愚不分的社会风气的愤慨。诗歌开头十六句写音布的才华、艺术造诣和品德，接着八句写音布由于正直而遭受迫害，再下去写音布的豪放和老兵对他的热爱，最后十二句是议论，痛快淋漓，一气呵成。诗歌运用白描与漫画手法相结合，刻画人物形象气韵生动、形神兼备。

范　县

这首诗是作者任范县令时所作，表述了了解民情与治民之不易，体现出郑板桥深为民间的隐情、冤屈难以明察而惴惴不安的情怀。

四五十家负郭民,落花厅事净无尘。
苦蒿菜把邻僧送,秃袖鹑衣小吏贫。
尚有隐幽难尽烛,何曾顽梗竟能驯!
县门一尺情犹隔,况是君门隔紫宸。

四五十家负郭民,落花厅事净无尘——这两句是说:四五十家贫民,衙署内安静而洁净。负郭民:指贫民。负郭,房屋背靠城郭。厅事:厅堂,这里指范县衙署。

苦蒿菜把邻僧送,秃袖鹑衣小吏贫——这两句是说:把捆成束的苦蒿菜送给隔壁的和尚,将破旧的衣服给贫穷的小吏穿。菜把:捆成束的菜。鹑衣:指破旧的衣服。

尚有隐幽难尽烛,何曾顽梗竟能驯——这两句是说:还有许多民间的隐情没有能够洞察清楚,哪里又能把那些顽固不化的民众驯服呢?隐幽:指民情隐蔽难察之处。烛:谓洞察。顽梗:指顽固不化之人。

县门一尺情犹隔,况是君门隔紫宸——这两句是说:县衙与百姓相距如此之近,尚且不能体察民情,更何况远在紫宸之上的皇宫呢?情犹隔:谓民情阻塞难通。紫宸:殿名,唐宋时皇帝接见群臣和外国使者的内朝正殿。

符保森《奇心庵诗话》评郑板桥云:"现身说法,民皆安堵息讼。尝于公庭步月作诗写画。六房如水,吏去无人。"此诗中郑板桥通过对吏治的描写,表达了"清净无为"的政治主张。诗歌开头两句写衙署的环境,接下来两句写自己的活动,中间两句写自己对于吏治的看法,结尾两句说自己尚且不能完全了解老百姓,而推而远之到皇帝,大胆地揭露了当时官场普遍存在的欺瞒之风。全诗语气恳切朴实,发自真情。

喝　道

这首诗写为官的心情,反映出板桥为官之朴实。

喝道排衙懒不禁,芒鞋问俗入林深。

一杯白水荒涂进,惭愧村愚百姓心。

新解

喝道排衙懒不禁,芒鞋问俗入林深——这两句是说:对于喝道、排衙这些礼仪,我生性懒散而感到受不了,于是穿上芒鞋走进山林深处去访问民俗。喝道:古时官吏出行,前导吏役呼喝,使行人让路。排衙:长官升堂,吏役依次站立两旁。不禁(jīn):不耐。芒鞋:草鞋。问俗:查访民俗民情。

一杯白水荒涂进,惭愧村愚百姓心——这两句是说:我走过野径要一杯白水,对于百姓的淳朴我感到非常惭愧。荒涂:荒途,即野径。

新解

许多记载都说郑板桥夜间外出巡视不鸣锣开道,不用"回避"、"肃静"的牌子,只用一小吏打着写有"板桥"二字的灯笼前导。这些都体现了郑板桥的民本思想。此诗中写诗人不事排场,穿着芒鞋走入民间,把眼光投向普通民众,这与正统的官僚大相径庭。诗歌末尾二句写作者在淳朴的百姓面前感到惭愧,表现了一个正直的下层官吏矛盾的内心世界。

范县诗(十首选三)

题解

这组诗歌咏了范县淳朴的风土人情。

(一)

十亩种枣,五亩种梨;胡桃频婆,沙果柿桮。
春花淡寂,秋实离离;十月霜红,劲果垂枝。
争荣谢拙,韫采于斯;消烦解渴,拯疾疗饥。

新解

十亩种枣,五亩种梨;胡桃频婆,沙果柿桮——这四句是说:十亩地种桃,五亩地种梨,还有胡桃、频婆、沙果、柿子和桮。频婆:果名,又作"苹婆",梧桐科,果实外红里黑,和肉类同煮,味如栗。桮(bēi):木名,果实似柿而青,汁可制漆。

春花淡寂,秋实离离;十月霜红,劲果垂枝——这四句是说:春天静静地开着花朵,秋天结满果实。十月霜后果实殷红,枝条挂满硕大的果实。离离:繁盛貌。霜红:果实因霜而变红。劲果:硕果。

争荣谢拙,韫采于斯;消烦解渴,拯疾疗饥——这四句是说:春天里不善于与百花争荣,而是把光彩留到秋天。能够解渴消除烦闷,能够治疗疾病还能顶饥。韫:含韫、保存。

(二)

鹅为鸭长,率游于池;悠悠远岸,漠漠杨丝。
人牛昼卧,高树荫之,赤日不到,清风来吹。

鹅为鸭长,率游于池;悠悠远岸,漠漠杨丝——这四句是说:鹅当了鸭子的首领,带着它们在池塘中游泳。遥远的对岸飘荡着茂盛的杨枝。漠漠:密布的样子。

人牛昼卧,高树荫之,赤日不到,清风来吹——这四句是说:人和牛白天就睡在高大的树荫下面,太阳晒不到,阵阵清风吹来。

(三)

黍稷翼翼,以葱以郁;黍稷栗栗,以实以积。
九月霜花,雇役还家;腰镰背谷,脚露肩霞。
遥指我屋,思见我妇;一缕晨烟,隔于深树。
牵衣献果,幼儿识父。

黍稷翼翼,以葱以郁;黍稷栗栗,以实以积——这四句是说:黍稷都长得繁荣茂盛,全部都装入粮仓。翼翼:繁盛貌。《诗·小雅·楚茨》:"我黍与与,我稷翼翼。"栗栗:税聚众多貌。《诗·周颂·良耜》:"积之栗栗。"实:入仓。

九月霜花,雇役还家;腰镰背谷,脚露肩霞——这四句是说:九月霜降的时候,雇工们要回家乡。腰挎镰刀背着稻谷,起早贪黑回到家乡。霜花:或作霜华,这里指降霜。雇役:雇工。还家:受雇毕而还家。脚露肩霞:脚踏晓露,背负朝霞。

遥指我屋,思见我妇——这两句是说:远远看见我的房屋,想到就要见到我的妻子。

一缕晨烟,隔于深树。牵衣献果,幼儿识父——这四句是说:隔着远远的树就看见一缕晨烟。儿子还认识我,见到我拉着我的衣服端上水果表示亲昵。

这四首四言诗,语气古朴庄重。第一首以饱含情趣的笔触描写了农村的景色,为一片生机勃勃、欣欣向荣的丰收景象而欢欣。第二首描写了农夫们惬意自在的生活。第三首诗写庄稼收获完毕,雇工回家的情景。这组诗模仿《诗经》的写法,用充满喜悦的笔调描绘了范县人民闲适自得的生活,质朴自然,颇有古风。

历览(三首选二)

题解

这两首诗是写读史后的感想。历览:以古为鉴的意思。

(一)

历览名臣与佞臣,读书同慕古贤人。
乌纱略戴心情变,黄阁旋登面目新。
翻笑腐儒何寂寂,可怜世味太津津。
劝君莫作《闲居赋》,潘岳终须负老亲。

解

历览名臣与佞臣,读书同慕古贤人——这两句是说:读书时看过了史书上的名臣和奸臣,大家都共同仰慕古代的贤人。佞臣:奸臣。

乌纱略戴心情变,黄阁旋登面目新——这两句是说:可是刚做了官想法就不同了,一做大官又换了一副新面孔。乌纱略戴:指刚做小官。乌纱:官帽。黄阁:从汉代起,三公衙署用黄色涂门,称"黄阁",后专指宰相官署。面目新:又一副新脸孔。

翻笑腐儒何寂寂,可怜世味太津津——这两句是说:回过头来就笑话那些迂腐的书生多么寂寞,对于功名宦情兴趣浓厚。翻笑:反过来讪笑。津津:兴味浓厚的样子。

劝君莫作《闲居赋》,潘岳终须负老亲——这两句是说:劝君不要像潘岳一样写《闲居赋》,他最终还是辜负了家里人。《闲居赋》:潘岳作。岳,字安仁,西晋文学家,曾任河阳令,给事黄门侍郎等职;五十岁时因母病,去官家居,作《闲居赋》,表示绝意仕宦,奉养老母,终身从事园蔬渔牧之事;但后又涉足仕途,得罪权贵,被赵王司马伦和孙秀所杀,后人辑有《潘黄门集》。

(二)

历览前朝史笔殊,英才多少受冤诬!
一人著述千人改,百日辛勤一日涂。

忌讳本来无笔削,乞求何得有褒诛?
唯余适口文堪渎,惆怅新添者也乎。

　　历览前朝史笔殊,英才多少受冤诬——这两句是说:前朝史书由于不断遭到篡改,而使许多英杰人物蒙受冤枉。
　　一人著述千人改,百日辛勤一日涂——这两句是说:一个人的著作有无数人进行篡改,多日的辛苦就被一朝抹杀了。这两句揭示了历史上肆意篡改史书的现象。
　　忌讳本来无笔削,乞求何得有褒诛——这两句是说:史实本不应因后人有所忌讳而妄加改易,褒贬的准则既定也不应因人乞求而随意变更。笔削:指修改文章。
　　唯余适口文堪渎,惆怅新添者也乎——这两句是说:改过的文章,只剩一堆令人烦恼的之、乎、者、也和空洞词藻供人诵读,至于史实就说不上了。

　　诗歌名为历览,说前朝的事,实质上是对当时统治者大兴文字狱、冤诬大批英才表示愤懑和反抗。在诗中,作者以激愤的口吻痛斥清廷篡改历史文献的丑陋行径,直指虐民害贤的文字狱,真是勇气过人!

有　年

　　板桥在范县任所遇上了丰年,作此诗纪怀。有年:丰年。

槐影鸦声昼漏稀,了除案牍吏人归。
拈来旧稿花前改,种得新蔬雨后肥。
小院乌童调骏马,画楼纤手叠朝衣。
冈陵未足酬恩造,大有书年报紫微。

　　槐影鸦声昼漏稀,了除案牍吏人归——这两句是说:黄昏的时候,我办完了公事回到了家中。漏:古计时器,形制用一铜壶滴水。了除案牍:审理完公文案卷。案牍,指公文。
　　拈来旧稿花前改,种得新蔬雨后肥——这两句是说:拿出旧的诗稿在花前修改,新种的蔬菜在雨后显得特别肥嫩。稿:指诗稿。

小院乌童调骏马，画楼纤手叠朝衣——这两句是说：院中的小童正在调教骏马，画楼上有女仆正在叠我的官服。乌童：黑发小童。纤手：指女子之手。朝衣：古时官员上朝所穿的服装，此指官服。

冈陵未足酬恩造，大有书年报紫微——这两句是说：仅仅是祝福还不足以报答朝廷的恩泽，我要上书报告朝廷今年的丰收。冈陵：山冈丘陵。《诗经·小雅·天保》："如冈如陵。"祝福之词。恩造：这里指朝廷和皇帝的恩惠和培育。大有书年：写上丰收的年景。大有，丰收之称。紫微，星座名。《晋书·天文志》："紫微垣十五星，一曰紫微，天帝之座也。"这里指皇帝。

由于遇上了丰年，郑板桥心情愉快，此诗中的语气非常轻松，诗中写自己办完公事回家，修改旧日的诗稿，看到雨后的蔬菜和院中的小童、女仆们的活动，一片怡然自得的舒适场景。由于今年是丰年，可以问心无愧地面对百姓、给朝廷也交了一份满意的答卷。

怀李三鱓（二首选一）

这是一首怀友诗。李鱓乾隆五年（1740）罢官，居家乡兴化，往来卖画扬州。板桥乾隆七年（1742）至十年（1745）在范县做官，作此诗对李表示怀念。李鱓排行第三，故名李三鱓。

耕田便尔牵牛去，作画依然弄笔来。
一领破蓑云外挂，半张陈纸酒中裁。
青春在眼童心热，白发盈肩壮志灰。
惟有莼鲈堪漫吃，下官亦为啖鱼回。

耕田便尔牵牛去，作画依然弄笔来——这两句是说：李弃官不做，从事耕田还兼作画。便尔：就，即。

一领破蓑云外挂，半张陈纸酒中裁——这两句是说：一件破蓑衣还挂在山上，而现在又举着酒开始裁纸准备作画了。云外：野外，指耕作之地。

青春在眼童心热，白发盈肩壮志灰——这两句是说：满眼春天的景色唤起了孩童般的好胜之心，虽然已经年华老大壮志不再。青春：指春天的景色。童心热：唤起孩童好胜之心。

惟有莼鲈堪漫吃,下官亦为啖鱼回——这两句是说:只有莼菜和鲈鱼可以随意地吃,我也要为吃鱼回家了。两句诗表达了诗人归隐的想法。莼鲈:莼菜和鲈鱼。《世说新语·识鉴》记载,西晋张翰,吴地人,在洛阳做官,见秋风起,便思念家乡美味的莼菜羹和鲈鱼脍。他说:"人生贵得适意尔,何能羁宦数千里以要名爵!"于是就辞官归去。后来士大夫文人称思乡和归隐为莼鲈之思。下官:古时为官者自称之谦词。

这首诗赞美了李鱓不重功名、醉心艺术的潇洒风姿。开头两句为当句对,"便尔"表现了李鱓不把官位放在心上,若无其事地从事耕田的样子,"依然"则表现了李鱓对于艺术的热爱和执著。这些虚词的使用在诗中起到了很好的效果,加强了对李鱓形象的塑造,使一个落拓江湖、淡泊名利、豪放不羁的艺术家形象跃然纸上,同时反映了郑板桥自己厌恶官场向往归隐的情绪。

止　足

这首诗为板桥五十岁初任范县县令时所作,抒写了怡然自适的情怀。

年过五十,得免孩埋。情怡虑淡,岁月方来。
弹丸小邑,称是非才。日高犹卧,夜户长开。
年丰日永,波淡云回。乌鸢声乐,牛马群谐。
讼庭花落,扫积成堆。时时作画,乱石秋苔;
时时作字,古与媚偕;时时作诗,写乐鸣哀。
闺中少妇,好乐无猜;花下青童,慧黠适怀。
图书在屋,芳草盈阶。昼食一肉,夜饮数杯。
有后无后,听已焉哉!

年过五十,得免孩埋。情怡虑淡,岁月方来——这四句是说:我年过五十,仍然还活着。自己的想法少了,心情自然喜悦了,有滋有味的日子刚刚开始。孩埋:指夭亡。

弹丸小邑,称是非才。日高犹卧,夜户长开——这四句是说:治理小县与自己不才是相称的,太阳出来很高了,我还在睡觉,晚上的房门总也不关。

年丰日永,波淡云回。乌鸢声乐,牛马群谐——这四句是说:正值丰年,白天又长,一切都平平静静,大自然的生物也都和谐相处。日永:日长。乌鸢声乐:乌鸢无争食之事,故鸣声和乐。乌鸢:乌鸦和老鹰。谐:和而无争。

讼庭花落,扫积成堆。时时作画,乱石秋苔——这四句是说:百姓和谐,不起诉讼,官衙闲静,落花可扫积成堆,经常画些乱石秋苔之类的画。

时时作字,古与媚偕;时时作诗,写乐鸣哀——这四句是说:经常写古朴而美丽的字,写写抒发自我感情的诗。古与媚偕:古朴与媚丽相统一。写乐鸣哀:抒发哀乐的感情。

闺中少妇,好乐无猜;花下青童,慧黠适怀——这四句是说:我的年轻妻子活泼可爱,那青衣小奴聪明活泼让人喜欢。板桥前妻徐氏于板桥三十九岁时故去,后娶郭氏,又纳饶氏,可能曾一度随任,后始归兴化老家,故云。青童:青衣小奴。慧黠:聪明而略带狡狯。

图书在屋,芳草盈阶。昼食一肉,夜饮数杯——这四句是说:家里有书,青草满院,白天吃一点肉,晚上喝上几杯酒。

有后无后,听已焉哉——这两句是说:有没有后人,就顺其自然了吧。

这首诗写于诗人知天命的年龄,此时诗人已经心静如水,内心充满了对于生活的满足感。对物质没有过高的要求,能够享受生活中细微的乐趣。诗歌语气冲淡平和,语言流畅自然,使整首诗呈现出"闲看庭前花开花落,漫随天外云卷云舒"的意境。

孤儿行

这首诗描写了一个富贵之家中生性刻薄凶恶的叔父、叔母虐待孤儿的故事。此诗虽效汉乐府《孤儿行》,但读来并不觉雷同,原因是作者根于现实生活又在艺术上有所创新。

孤儿踽踽行,低头屏息,不敢扬声。
阿叔坐堂上,叔母脸厉秋铮铮。
阿叔不念兄,叔母不念嫂。
不记瘦嫂病危笃,枕上叩头,孤儿幼小;
立唤孤儿跪,床前拜倒。拭泪诺诺,孤儿是保。
娇儿坐堂上,孤儿走堂下;

娇儿食梁肉,孤儿㲋㲋捧盘盂,恐倾跌,受笞骂。
朝出汲水,暮还养马。还伤指,血流泻泻。
孤儿不敢言痛,阿叔不顾视,但詈死去兄嫂,生此无能者。
娇儿著紫裘,孤儿著破衣。娇儿骑马出,孤儿倚门扉。
举头望望,掩泪来归。昼食厨下,夜卧薪草房。
豪奴丽仆,食余弃骨,孤儿拾啗,并遗剩羹汤。
食罢濯盘浴釜,诸奴树下卧凉。
老仆不分涕泣,骂诸奴骨轻肉重,乃敢凌幼主,高贱躯!
阿叔阿母闻知,闭房悄坐,气不得苏,终然不念茕茕孤。
老仆携纸钱,出哭孤儿父母,头触坟树,泪滴坟土。
当初一块肉,罗绮包裹,今日受煎苦。
墓树萧萧,夕阳黄瘦,西风夜雨。

　　孤儿躅躅行,低头屏息,不敢扬声——这三句是说:孤儿徘徊不前,低着头屏着气,不敢大声说话。躅躅:徘徊不前的样子。

　　阿叔坐堂上,叔母脸厉秋铮铮——这两句是说:叔叔坐在堂上,婶婶脸色严厉阴沉。秋铮铮:形容脸孔严峻的样子。以上五句,总叙孤儿在家中的可怜处境。

　　阿叔不念兄,叔母不念嫂——这两句是说:叔叔不顾念兄长,婶婶也不顾念嫂子。

　　不记瘦嫂病危笃,枕上叩头,孤儿幼小——这三句是说:忘记嫂子病重时在枕上恳切托付之语。"孤儿幼小",是病嫂嘱托之辞。笃:病重。

　　立唤孤儿跪,床前拜倒。拭泪诺诺,孤儿是保——这四句是说:叫来孤儿,跪在床前下拜。叔婶擦着眼泪,向嫂子表示保证照顾好孤儿。诺诺:连声答应,表示顺从。是:复指代词。以上九句是倒叙孤儿母亲病危时托孤的情状。

　　娇儿坐堂上,孤儿走堂下;娇儿食梁肉,孤儿㲋㲋捧盘盂,恐倾跌,受笞骂——这些句子是说:叔婶的亲生儿子坐在屋里,孤儿在堂下忙碌。亲儿吃美食,孤儿小心翼翼地捧着盘子,害怕摔倒了挨打受骂。娇儿:叔婶亲儿。

　　朝出汲水,暮还养马。还伤指,血流泻泻——这四句是说:早晨去打水,晚上要铡草喂马。铡草时弄伤了指头,血流不止。还(cuò):铡草。还:喂牲口的草。泻泻:流注不止貌。

　　孤儿不敢言痛,阿叔不顾视,但詈死去兄嫂,生此无能者——这四句是说:孤儿不敢说痛,叔叔装作没看见,只是骂死去的兄嫂怎么生了这么一个没用的儿子。

訾(lì):骂。以上描写孤儿受虐待的情况。

娇儿著紫裘,孤儿著破衣;娇儿骑马出,孤儿倚门扉——这四句是说:叔婶的亲儿子穿着华贵的皮袄,孤儿穿着破衣烂衫;亲儿子骑马出去,孤儿只能靠门看着。紫裘:貂裘,一种十分名贵的皮袄。

举头望望,掩泪来归。昼食厨下,夜卧薪草房——这四句是说:(孤儿)抬头看着,擦着眼泪回来了。白天在厨房吃饭,晚上就睡在柴房里。以上通过娇儿与孤儿两种待遇的鲜明对比,控诉叔婶虐待孤儿的恶行。

豪奴丽仆,食余弃骨,孤儿拾啮,并遗剩羹汤——这四句是说:那些家里的豪奴和穿着华丽的仆人吃剩的骨头,孤儿拣起来吃,吃的都是他们剩下的饭菜。拾啮(niè):拣来吃。

食罢濯盘浴釜,诸奴树下卧凉——这两句是说:吃完后还要刷锅洗碗,那些仆人躺在树下乘凉。濯盘浴釜:洗碗刷锅。以上写奴仆对孤儿的歧视,展示了孤儿的生活还不如奴仆,可见孤儿在家中地位的低下。

老仆不分涕泣,骂诸奴骨轻肉重,乃敢凌幼主,高贱躯——这四句是说:有老仆气不过,骂那些仆人低贱懒惰,竟然敢欺压小主人,把自己当成高人一等。不分:犹"不忿",生气,憎恶。骨轻肉重:责骂之辞。骨轻,谓低贱;肉重,谓懒惰。高贱躯:抬高卑贱之身。

阿叔阿母闻知,闭房悄坐,气不得苏,终然不念茕茕孤——这四句是说:叔叔和婶婶听到,关在房中悄悄坐着,非常气愤,但无论如何也不顾念孤苦伶仃的孤儿。苏:顺。茕茕:孤独貌。以上写老仆的义愤,反衬孤儿的叔婶没有人性。

老仆携纸钱,出哭孤儿父母,头触坟树,泪滴坟土——这四句是说:老仆带上纸钱,去孤儿父母坟上哭悼,头靠着坟前的树,眼泪不住地往下流。纸钱:用黄纸剪成铜钱状,焚化以祭死者。

当初一块肉,罗绮包裹,今日受煎苦——这三句是说:(孤儿)也是生在富贵之家,如今却受这样的煎熬。这三句是老仆在坟前哭诉之辞。

墓树萧萧,夕阳黄瘦,西风夜雨——这三句是说:墓边的树发出萧瑟的声音,夕阳快要落山了,夜里又要刮风下雨了。结尾以景衬托心情的黯淡,表现孤儿控诉无门。

汉乐府《孤儿行》叙述了孤苦伶仃的孤儿备受兄嫂虐待的情景,这个题目被历代诗人沿用。此诗语言通俗,层次分明,先总叙孤儿在家中的悲惨处境,然后倒叙孤儿母亲临终托孤的情况,再描写孤儿受虐待的情况,后面通过孤儿和娇儿的对比、奴仆对孤儿的歧视,体现孤儿孤苦的境地,最后通过老仆的义愤更衬托出叔婶的无情,结尾以景抒情,全诗在一片暮色中收场。诗歌的矛头指向叔父、叔母,实际上指向凶残丑恶的不道德行为,表现了作者同情受苦受难者的人道观念。

此诗的语言通俗,采用长短句结合的句式,错落有致,增强了抑郁不平的感情。另外诗中多处运用对比手法,用孤儿和娇儿的对比、老奴与叔婶的对比激起读者的不平和悲愤。扬州图书馆藏清晖书屋刻《板桥集》评点《孤儿行》时说:"此种诗,风世厉俗,有功名教,当与《姑恶》一首,并传不朽。"

渔 家

此诗歌咏了范县渔民的困苦生活。

卖得鲜鱼百二钱,籴粮炊饭放归船。
拔来湿苇烧难着,晒在垂杨古岸边。

卖得鲜鱼百二钱,籴粮炊饭放归船——这两句是说:卖了鲜鱼得了一百二十文钱,买粮食做饭开船回家。籴粮:买粮。

拔来湿苇烧难着,晒在垂杨古岸边——这两句是说:拔来的湿芦苇很难烧着,晒在岸边的垂杨树下。

此诗宛如一幅渔家生活画,诗人通过独特的视角,运用白描手法叙写了渔民艰辛的生活,渔民们卖鱼、买粮、做饭、晒草等简单琐碎的生活细节被一一记录下来,使人历历在目。诗歌语言通俗形象,平淡自然。

逃 荒 行

此诗作于乾隆十一年丙寅(1746),郑板桥当时五十四岁,由范县改任潍县。这一年,山东发生严重饥荒,人民相食。上任的路上,他目睹大批的农民逃荒,饿殍遍野,死伤无数,有感于潍县饥民外出逃生的惨状,以逃荒者的口气写下此诗。诗歌中的许多细节使人有身临其境的感觉,宛如一幅长卷的《流民图》,真实地描绘出当时潍县灾情的严重及其给百姓带来的痛苦。

十日卖一儿，五日卖一妇。来日剩一身，茫茫即长路。
长路迂以远，关山杂豺虎。天荒虎不饥，肝人伺岩阻。
豺狼白昼出，诸村乱击鼓。嗟予皮发焦，骨断折腰膂。
见人目先瞪，得食咽反吐。不堪充虎饿，虎亦弃不取。
道旁见遗婴，怜拾置担釜。卖尽自家儿，反为他人抚。
路妇有同伴，怜而与之乳。咽咽怀中声，咿咿口中语。
似欲呼爷娘，言笑令人楚。千里山海关，万里辽阳戍。
严城嗾夜星，村灯照秋浒。长桥浮水面，风号浪偏怒。
欲渡不敢撄，桥滑足无履。前牵复后曳，一跌不复举。
过桥歇古庙，聒耳闻乡语。妇人叙亲姻，男儿说门户。
欢言夜不眠，似欲忘愁苦。未明复起行，霞光影踽踽。
边墙渐以南，黄沙浩无宇。或云薛白衣，征辽从此去。
或云隋炀皇，高丽拜雄武。初到若厉经，艰辛更谈古。
幸遇新主人，区脱与眠处。长犁开古碛，春田耕细雨。
字牧马牛羊，斜阳谷量数。身安心转悲，天南渺何许。
万事不可言，临风泪如注。

【新解】

十日卖一儿，五日卖一妇，来日剩一身，茫茫即长路——这四句是说：逃荒的人为了活命，卖掉妻子、儿女，明天只剩下一个人，走上了不知终点的逃荒路。来日：明日。即：就，上。即长路：走上遥远的逃荒路。

长路迂以远，关山杂豺虎——这两句是说：逃荒的路途曲折遥远，而且路上还有豺狼虎豹横行。迂以远：曲折而遥远。豺虎：隐喻贪官污吏。

天荒虎不饥，肝人伺岩阻。豺狼白昼出，诸村乱击鼓——这四句是说：更有各地的贪官污吏甚于野兽，再大的荒年也饿不着他们，他们在山林里等机会吃人，野兽夜间出没，而那些贪官污吏白昼进村，想方设法搜刮民脂民膏，就如同吃人一样。肝：动词，指吃。伺：窥伺。岩阻：指山岩险阻的地方。

嗟予皮发焦，骨断折腰膂。见人目先瞪，得食咽反吐。不堪充虎饿，虎亦弃不取——这六句是说：那些贫民早已骨瘦如柴、面黄肌瘦，都不值得豺狼虎豹充饥，可那些贪官污吏却还不放过。焦：黄黑色，枯干的样子。膂(lǚ)：脊梁骨。

道旁见遗婴，怜拾置担釜。卖尽自家儿，反为他人抚——这四句是说：善良的贫民在这种情况下,见到路边死人旁边遗弃的婴儿,怕被豺狼吃了,连忙拣起来放在担子上,舍不得丢掉,继续逃荒。他们把自己的孩子都卖光了,但却为他人抚养孩子,继续奔波。

路妇有同伴,怜而与之乳。咽咽怀中声,咿咿口中语。似欲呼爷娘,言笑令人楚——这六句是说:路上同行的妇女可怜孩子,为孩子喂奶。这些褓褓中就没了爹娘的孩子发出咿呀的声音,就像在呼唤自己的爹娘,不懂世事的孩子的一言一笑让大家感到无限酸楚。咽咽:悲泣的样子。咿咿:形容婴儿学语的声音。楚:伤心,痛楚。

千里山海关,万里辽阳戍。严城啮夜星,村灯照秋浒——这四句是说:逃荒路上,到处都是戒备森严的关口,到了山海关,只见城墙上的墙垛,在星光下像在咬夜空的星星,村里的灯光一直照到秋天的水边。山海关:地名,清属直隶(今河北),位置在辽河以东。严城:戒备森严的城关。啮夜星:城上女墙如齿,像在咬夜空中的星星,形容城关森严可怖。浒:指水边。

长桥浮水面,风号浪偏怒。欲渡不敢撄,桥滑足无履——这四句是说:长桥就像浮在水面上,大风刮得大浪滔天,白天过桥都很艰难。桥面滑得连下脚的地方都没有,只要一跌倒,就会掉下去。撄(yīng):迫近,靠近。

前牵复后曳,一跌不复举。过桥歇古庙,聒耳闻乡语——这四句是说:在这种情况下,结伴过桥的难民一个牵着一个,只要跌倒就再也活不了。过桥后,大家在古庙中休息,遇见逃荒的同乡,互相倾诉家里人共同逃荒的情景。曳:拉。聒(guō)耳:杂乱刺耳。

妇人叙亲姻,男儿说门户。欢言夜不眠,似欲忘愁苦——这四句是说:女人们叙谈娘家亲戚的情况,男人们讲述自己的家世,似乎只有这时才能忘记愁和苦。

未明复起行,霞光影踽踽。边墙渐以南,黄沙浩无宇——这四句是说:逃荒的人天未亮就起来了,又孤零零地走上了逃荒的路。边关的城墙渐渐地落在后边,越来越远,前边是一望无际的大沙漠。踽踽(jǔ):孤独的样子。渐以南:越来越落在南边。

或云薛白衣,征辽从此去。或云隋炀皇,高丽拜雄武——薛白衣:指薛仁贵,唐代大将,曾参与征辽的战争,身穿白衣,故有"薛白衣"之称。高丽:今朝鲜。这四句是说:有人说这就是唐朝薛仁贵征辽的地方,也有人说这是隋炀帝出征高丽的地方。

初到若凫经,艰辛更谈古。幸遇新主人,区脱与眠处——这四句说:他们千辛万苦来到关东,这儿倒像是从前常来的地方,(因为穷人到哪里都是一样困苦)。见到这里和家乡一样贫苦,只能苦中作乐,闲聊古代的故事解闷。幸运的是遇到了新主人,给找间土房子住。区(ōu)脱:指编结的土筑哨所。

长犁开古碛,春田耕细雨。字牧马牛羊,斜阳谷量数——这四句是说:于是他们开始给地主放牛放羊,同时在沙堆中开垦荒地,维持生活,侥幸生存下来。太阳落山时在山谷里量晒干的粮食、查点牛羊的头数。碛(qì):沙石积成的浅滩。字:繁育。

身安心转悲,天南渺何许。万事不可言,临风泪如注——这四句是说:生活暂时安定后,内心便会油然升起感伤之情,何时才能返回自己远在南方的家乡呢,想到这里,不由得悲痛万分,痛苦流涕。这四句描写逃荒者孑然一身,远离故乡的凄凉心境。泪如注:形容泪水直流。

郑板桥的叙事诗学习杜甫、白居易,此诗通过诗人的亲身感受和对下层人民的了解,描绘了当时人们闯关东逃荒的情景,大胆暴露社会黑暗,反映人民疾苦,如同一幅长长的画卷,如歌如泣,与杜甫《自京赴奉先县咏怀五百字》十分相似。

此诗的细节感人,如妇女给弃儿哺乳,弃儿则咿咿咽咽,"似欲呼爷娘",又如在古庙中歇息时的谈话。这些细节描写都使人有身临其境的感觉,配合沿途的景物描写,有很好的艺术效果。

另外,诗歌用对比手法表现了贫民的善良,诗中刻画了一位卖掉自己妻子、儿女的难民,在逃荒途中见到弃婴却不忍丢弃,代为抚养,同行的妇女也赶来帮忙给弃婴哺乳。相比之下,在劳动人民无吃无喝、卖儿卖女的情况下,贪官污吏竟然还设法找机会欺诈人民,真正比豺虎还可恶,污吏与贫民的不同做法更反衬出社会的黑暗。在文字狱横行的年代,郑板桥本人也是父母官,竟敢冒天下之大不韪,把欺压百姓的贪官污吏比做豺虎,也需要过人的勇气。

还家行

此诗作于乾隆十三年(1748),为《逃荒行》续篇,描写了当年潍县饥民由关外陆续返乡,但这种还家的喜悦,又夹杂着家园破败、痛失亲人的辛酸之情。诗中细致地描写了妻离子散的生活场景和无可奈何的凄苦哀号,继承了杜甫"三吏"、"三别"的现实主义传统。

死者葬沙漠,生者还旧乡; 遥闻齐鲁郊,谷黍等人长。
目营青岱云,足辞辽海霜; 拜坟一痛哭,永别无相望;
春秋社燕雁,封泪远寄将。 归来何所有,兀然空四墙;
井蛙跳我灶,狐狸据我床。 驱狐窒鼯鼠,扫径开堂皇;
湿泥涂旧壁,嫩草覆新黄。 桃花知我至,屋角舒红芳;
旧燕喜我归,呢喃话空梁; 蒲塘春水暖,飞出双鸳鸯。

念我故妻子,羁卖东南庄;圣恩许归赎,携钱负橐囊。
其妻闻夫至,且喜且彷徨;大义归故夫,新夫非不良;
摘去乳下儿,抽刀断我肠。其儿知永绝,抱颈索我娘;
堕地几翻覆,泪面涂泥浆。上堂辞舅姑,舅姑泪浪浪;
赠我菱花镜,遗我泥金箱;赐我旧簪珥,包并罗衣裳:
"好好作家去,永永无相忘!"后夫年正少,惭惨难禁当;
潜身匿邻舍,背树倚斜阳。其妻径以去,绕垄过林塘;
后夫携儿归,独夜卧空房,儿啼父不寐,灯短夜何长!

死者葬沙漠,生者还旧乡;遥闻齐鲁郊,谷黍等人长——这四句是说:逃荒在外的人已葬身沙漠,侥幸生还的人回到家乡。很远就听说山东是丰收之年,谷黍快长得和人一样高了。死者:指逃荒死于异域之人。齐鲁:即山东。谷黍等人长:谷与黍均为矮稞庄稼,今与人等高,是丰收之象。

目营青岱云,足辞辽海霜;拜坟一痛哭,永别无相望——这四句是说:注视着山东的云天,告别了辽东的霜雪。在同伴坟前痛哭告别,从此再也无法相见。青岱:泰岱古属青州之地,故云;此指山东。辽海:今辽宁南部,地处辽河流域与渤海之滨,故称。坟:指同来逃荒而死者之墓。

春秋社燕雁,封泪远寄将。归来何所有,兀然空四墙——这四句是说:归去后将托燕、雁以泪书相寄,以慰死者之魂。回来后家中只有空荡荡的四壁。社燕雁:燕与雁春社北来,秋社南还,故云。兀然:光秃秃的样子。开头十句,写逃荒者从外地回山东老家。

井蛙跳我灶,狐狸据我床。驱狐室鼯鼠,扫径开堂皇——这四句是说:家中一片狼藉,重新收拾了家中。鼯(wú)鼠:大飞鼠。窒:谓塞其穴。堂皇:堂屋。

湿泥涂旧壁,嫩草覆新黄。桃花知我至,屋角舒红芳——这四句是说:把墙壁涂上新泥,新修整的庭院黄土地已长出小草,桃花开得生机勃勃。

旧燕喜我归,呢喃话空梁;蒲塘春水暖,飞出双鸳鸯——这四句是说:家中的燕子快乐地唧唧喳喳,池塘里的鸳鸯双双飞舞。呢喃:燕语声。以上十四句写室屋虽久废荒凉,但经修整后仍生机盎然。

念我故妻子,羁卖东南庄;圣恩许归赎,携钱负橐囊——这四句是说:挂念我从前的妻子,她被卖在东南庄。皇上开恩可以赎回去,我拿着钱去了。羁卖:因卖出而羁留其地。圣恩:皇上的恩典。橐囊:指盛钱的袋子,俗称钱褡子。

其妻闻夫至,且喜且彷徨;大义归故夫,新夫非不良——这四句是说:妻子听到丈夫来了,又喜又忧。从道理上应该跟前夫走,可是新丈夫也并不是不好。

摘去乳下儿,抽刀断我肠。其儿知永绝,抱颈索我娘——这四句是说:放下还吃奶的孩子,就像割断心肠一样痛苦。儿子知道是永别了,抱着我的脖子叫我娘。永绝:永别。我娘:阿娘。

堕地几翻覆,泪面涂泥浆。上堂辞舅姑,舅姑泪浪浪——这四句是说:在地上哭得直打滚,满脸都是泥巴。我上堂向公婆告别,大家都眼泪汪汪。浪浪:泪流不止貌。

赠我菱花镜,遗我泥金箱;赐我旧簪珥,包并罗衣裳——这四句是说:(公婆)送给我了菱花镜和泥金箱,把我以前的首饰和衣服都收拾好还给我。泥金箱:用金色颜料涂的箱子。以上十六句以妻子的口气,深刻揭示了妻子的矛盾心理,制造了悲剧的气氛。

"好好作家去,永永无相忘!"后夫年正少,惭惨难禁当——这四句是说:好好回家过日子吧,永远不要忘记我们! 后夫还年轻,心中羞惭而又凄惨。作家:理家过日子。

潜身匿邻舍,背树倚斜阳。其妻径以去,绕垄过林塘——这四句是说:后夫悄悄地藏在房后,背靠大树而立于夕阳之下,以偷看其妻。他的妻子绕过田垄、池塘,就这样走了。

后夫携儿归,独夜卧空房,儿啼父不寐,灯短夜何长——这四句是说:后夫带着儿子回去了,独自一人守着空房。儿子哭泣父亲也睡不着,这样的夜晚多么漫长! 从"念我"句至尾,写妻归故夫所造成后夫一家的新悲剧。

此诗具有诗体小说的性质,描写了由于饥荒造成的家庭悲剧,宛如一曲凄凉的乡村牧歌,描绘出潍县土地的复苏和灾民还家后遭遇的痛楚。

《还家行》采用欲抑先扬的手法来安排情绪。开头写幸存者准备回乡的喜悦,接着写拜别故人坟墓的悲伤,接下来又写收拾家园的喜悦之情,最后写妻子辞别新夫一家的哀伤。情绪大起大落,喜与悲交错,荡气回肠,错落有致。诗歌以白描手法为主,未曾用一句议论,而是让事实说话,把特定历史下的悲剧准确地摹写出来,给人以一种动人心弦的震撼。诗中又适当穿插了心理描写,如"其妻闻夫至,且喜且彷徨"几句,深刻地揭示了妻子既喜且悲的复杂心情。还有通过细节描写,如写后夫"潜身匿邻舍,背树倚斜阳"目送妻子远去的举动,把后夫心中巨大的伤痛刻画出来。

另外,此诗中借鉴民歌写法,如"井蛙跳我灶,狐狸据我床"几句学习了汉乐府《十五从军征》的写法,把家园的残破、颓败表现出来。而"桃花知我至,屋角舒红芳"几句学习北朝民歌《木兰辞》的手法,抒写了归人喜悦的心情及重建家园的渴望。

效李艾山前辈体

此诗描写寻找"秋声"的感受。宋代欧阳修的《秋声赋》以秋声为发端,描绘暮秋山川寂寥、草木零落的萧条景象,极尽渲染之能事,为文学史上的名篇。

秋声何处寻,寻入竹梧里。
一片竹梧阴,何处秋声起?

秋声何处寻,寻入竹梧里——这两句是说:何处去寻找秋声呢?找到了竹林中。秋声:指秋天的风声、落叶声、虫鸟声等。

一片竹梧阴,何处秋声起——这两句是说:一片竹林中,又是从何处发出秋声呢?

这是一首颇有韵味的小诗。诗歌以"寻"为主线,身处秋声之中而无从寻觅秋声,作者将人人能感受到的事用极清新的方式表现出来。

署中无纸书状尾数十与佛上人

此诗作于潍县衙署。状尾:状纸尾端空白处。

闲书状尾与山僧,乱纸荒麻叠几层。
最爱一窗晴日照,老夫衙署冷于冰。

闲书状尾与山僧,乱纸荒麻叠几层——这两句是说:闲来拿麻纸状尾给佛上人写了几幅字。山僧:指佛上人。乱纸荒麻:这里指状尾。旧时纸多用麻制成,故纸又称麻。

最爱一窗晴日照,老夫衙署冷于冰——这两句是说:最爱天气晴朗,太阳照在我的窗户上,因为我的官衙比冰还冷。这两句既是写实,又用来隐喻宦况。

郑板桥崇尚用"无为而治"、"卧而理之"的原则来治理百姓，此诗即表现了这种状态。符保森《寄心庵诗话》谓板桥作县令时"见身说法，民皆安堵息讼。尝于公庭步月，作诗写画。六房如水，吏去无人，真循吏中仅见也"，指的就是诗中的境界。

和学使者于殿元枉赠之作（四首选二）

这组诗作于乾隆十二年（1747），是郑板桥在潍县时答学使于敏中赠诗所作，为思乡之作。学使者：即督学使者，是中央派往各省的学官，由进士出身的官员中简派，在任期间与督抚平行。于敏中：字叔子，江苏金坛人；乾隆丁巳状元，授翰林院修撰；历官侍讲、学政、侍郎、尚书等职，曾两次出任山东学政；后因事革职留任，四十四年卒。殿元：状元的别名，因殿试第一，故称。枉赠：是对他人赠送东西的自谦说法。

（一）

十载扬州作画师，长将赭墨代胭脂。
写来竹柏无颜色，卖与东风不合时。

十载扬州作画师，长将赭墨代胭脂——这两句是说：做官之前我长期在扬州卖画，经常用清雅的赭墨来代替鲜艳的胭脂红色。赭墨：以赭石粉调入墨汁中。

写来竹柏无颜色，卖与东风不合时——这两句是说：画的竹柏没有彩色，我的画格不与时俗相合。用赭墨作画，色调单一，故不合时，受到冷落。

（二）

潦倒山东七品官，几年不听夜江湍。
昨来话到瓜洲渡，梦绕金山晓日寒。

潦倒山东七品官，几年不听夜江湍——这两句是说：我潦倒地在山东做了个七品官，几年没有听到过夜里的江流声音。七品官：清官制，知县为正七品。湍(tuān)：急流。

昨来话到瓜洲渡,梦绕金山晓日寒——这两句是说:昨天与你谈话,谈到了瓜洲渡;晚上做梦就萦绕着金山晓日。瓜洲渡:由扬州至镇江的渡口,在长江北岸。

板桥做官前在扬州非常落魄,那时他"学诗不成,去而学书;学书不成,去而学画。日卖百钱,以代耕稼。实救困贫,托名风雅。免谒当途,乞求官舍。座有清风,门无车马"。但是他对这种卖画生涯一直很怀念和向往,第一首诗即回忆了落拓扬州时的卖画生活,并表示了对世俗的蔑视,体现出其一贯的狂傲之气。

第二首诗是向于敏中倾诉自己的心绪。因为于敏中与作者同样来自江南,当他们一起谈论瓜州渡的风物时,自然就勾起作者的无限乡愁。首句概括自己的坎坷生活,三、四两句倾吐自己想要归隐的愿望,皆为真情流露,发自肺腑。

小　园

这是一首描写朋友交往的诗,抒发了情投意合的朋友情谊。郑板桥官潍县时常逗留于县绅郭家之南园。《题南园丛竹图留别》云:"七载春风住潍县,爱看修竹郭家园。"(见《郑板桥集·补遗》)本诗所咏小园,即此。

　　月光清峭射楼台,浅夜篱门尚半开。
　　树里灯行知客到,竹间烟起唤茶来。
　　数声犬吠秋星落,几阵风传远笛哀。
　　坐久谈深天渐曙,红霞冷露满苍苔。

月光清峭射楼台,浅夜篱门尚半开——这两句是说:清冷的月光照在楼台上,入夜未久篱笆门还半开。清峭:清冷而孤峭。浅夜:入夜未久。

树里灯行知客到,竹间烟起唤茶来——这两句是说:看到树丛中有灯影晃动,就知道佳客到了;竹林间茶烟缭绕,这是为款待客人而准备的。

数声犬吠秋星落,几阵风传远笛哀——这两句是说:听到几声犬吠天快要亮了,风中传来远处哀伤的笛声。星落:是说天快亮了。

坐久谈深天渐曙,红霞冷露满苍苔——这两句是说:谈话时间久了天渐渐亮了,在早霞的光线中看到青苔上沾满露水。

此诗描写了知心朋友从浅夜到天明的彻夜畅谈,抒发了朋友之间意气相投的情谊。首联写客人未来时的小园景色,颔联"树里灯行知客到,竹间烟起唤茶来",描写客至的情景,很有新意,似模仿王维《山居秋暝》中"竹喧归浣女,莲动下渔舟"的写法。颈联写谈话投机,不知不觉天就快亮了。尾联以黎明的景象作结。全诗没有正面描写客人和谈话的内容,但清峭的月色、静谧的竹林、沾满露水的苍苔这些清幽的景色,配上数声的犬吠、风送的笛声,使整个画面呈现出雅致脱俗的意境,通过景来写人。在这样的良宵清景中的客人自然应是十分高雅,与作者是兴味相投的。这种虚写人物的手法取得了非常好的效果。

瓜洲夜泊

板桥调潍县之前曾回南探家,这首诗当作于此时或稍后。瓜洲:见《和学使者于殿元枉赠之作》诗注。

> 苇花如雪隔楼台,咫尺金山雾不开。
> 惨淡秋灯鱼舍远,朦胧夜话客船偎。
> 风吹隐隐荒鸡唱,江动汹汹北斗回。
> 吴楚咽喉横铁瓮,数声清角五更哀。

苇花如雪隔楼台,咫尺金山雾不开——这两句是说:如雪一般洁白的苇花飘荡在楼台前,近在咫尺的金山上笼罩着浓雾。

惨淡秋灯鱼舍远,朦胧夜话客船偎——这两句是说:离渔家很远就能看见秋夜里微弱的灯光,隐约听到靠近的客船里传来谈话的声音。偎:贴近。

风吹隐隐荒鸡唱,江动汹汹北斗回——这两句是说:风声中隐约传来鸡叫的声音,江水澎湃北斗星调转了方向。汹汹:水势大貌。

吴楚咽喉横铁瓮,数声清角五更哀——这两句是说:镇江是吴楚的咽喉要地,夜半传来几声清冷的号角声令人越发哀伤。江苏镇江城古有"铁瓮"之称。《镇江府志》:"子城,吴大帝所筑,内外甓以甃,号铁瓮城。"镇江位于长江南岸,为自淮渡江必由之咽喉要地。角:号角。

读此诗很容易让人联想起唐代诗人张继的《枫桥夜泊》。前四句诗意象密集：苇花、楼台、浓雾、灯火、客船、不眠人，造成一种意韵浓郁的审美情境。后四句意象疏宕：鸡鸣、大江、星辰、号角声，是一种空灵旷远的意境。夜幕中只有隐约可见的灯光，静谧中传来鸡鸣和号角声，如此明灭对照、无声与有声相衬托，景皆为情中之景，声皆为意中之音，意境疏密错落，浑融幽远，一缕淡淡的客愁被点染得朦胧隽永，在瓜洲的夜空中摇曳飘忽。

题破盆兰花图

这首诗借写兰花，抨击了人世间的污浊，抒发了作者感叹知音稀少，追求个性解放的精神。

春雨春风写妙颜，幽情逸韵落人间。
而今究竟无知己，打破乌盆更入山。

春雨春风写妙颜，幽情逸韵落人间——这两句是说：兰原生山谷，情韵幽逸，而今却来供人间观赏。妙颜：指兰花的美妙姿容。

而今究竟无知己，打破乌盆更入山——这两句是说：兰花打破了花盆，挣脱人世羁绊想要走入山林中去。

板桥的许多题画诗不仅能在整个画面布局上起到增进视觉效果的作用，而且内容上抒怀论世，更增添了画境的意蕴。《题破盆兰花图》可以说是诗情画意，交相辉映，阐述仅仅通过画面无法表达的艺术见解和内心感受。此诗使人在看到画面上秀逸绝伦的兰花时，自然而然地感受到板桥对知音稀少的慨叹和对个性自由的追求。

题屈翁山诗札、石涛石溪、八大山人山水小幅并白丁墨兰,共一卷

题解

这是一首诗册画卷的题诗。屈翁山,名大钧,广东番禺人;明末生员,曾在广州参加抗清队伍,失败后削发出家,不久还俗;其诗风格清健,多感伤时事之作,著有《翁山诗外》等。石涛:清初画家,姓朱,名若极,明末藩王之子;曾出家为僧,法名原济,字石涛,又号苦瓜和尚、大涤子等;晚年定居扬州,以卖画为生,所画山水、花卉、人物,笔意恣纵,脱尽窠臼,有所创新,对中国画的发展有很大影响。石溪:字介丘,号石道人等,出生在明末,入清后出家为僧,遍游名山,画山水奥境奇僻,缅邈幽深,引人入胜,与石涛并称"二石"。八大山人:即朱耷,明宗室后裔,明亡曾一度为僧及道士;擅长画水墨花鸟及山水,对后来的写意画影响颇大。白丁:字过峰,一字行民,又称民道人;云南人;明藩王后裔,明亡出家为僧游滇,居无定所,年八十余没于昆明;善画兰,与郑思肖等人作品,同为世所宝重。以上五人除大钧是诗人,余均为画家。他们都是明遗民,都出过家,都有爱国思想。板桥此诗对他们寄托着深切同情,充满反民族压迫的愤恨情绪。

国破家亡鬓总皤,一囊诗画作头陀。
横涂竖抹千千幅,墨点无多泪点多。

新解

国破家亡鬓总皤,一囊诗画作头陀——这两句是说:国破家亡鬓发斑白,屈等既是诗人、画家,又都出家当过和尚。鬓总:鬓角。皤(pó):白。头陀:和尚。

横涂竖抹千千幅,墨点无多泪点多——这两句是说:他们作画都不求形似,诗画中总是寄托了无限亡国之痛。横涂竖抹:指作画。这几位画家都强调抒写性灵,不求形似,善写意画。

新评

郑板桥所生活的康、雍、乾时代,虽号称盛世,阶级矛盾和民族矛盾却仍然十分尖锐,并日趋激化。清朝统治者对汉族文人施行的政策是羁縻笼络与残酷镇压并举,文字狱屡见不鲜。郑板桥是具有强烈的民族意识、不满清王朝黑暗统治的文人。他的好友杭世骏因条陈"泯满汉之见"而被罢官,郑板桥的同学陆骖因文字狱而被戮尸,他亲眼目睹了这些惨剧之后,把已刻好的《诗钞》上十几首流露反满情绪的

诗从板子上铲去。而屈翁山、石涛等遗民画家的身世经历仍然激起了他的共鸣,本诗充满了强烈的反民族压迫的愤恨。开头两句概括叙述了这些遗民的身世经历,后两句化用元倪瓒《题郑所南兰》的"只有所南心不改,泪泉和墨写离骚!"深刻地揭示了这些艺术品中蕴涵的反抗精神。

恼潍县

这首诗作于潍县,表达了因官务累身,不得邀游吟咏于山林之间的遗憾心情。

行尽青山是潍县,过完潍县又青山。
宰官枉负诗情性,不得林峦指顾间。

行尽青山是潍县,过完潍县又青山——这两句是说:走过了青山是潍县,走过了潍县又是青山。

宰官枉负诗情性,不得林峦指顾间——这两句是说:枉费了长官的一腔诗情,仓促之间无法吟咏山林。

此诗中,归隐的念头表现得很明显。开头两句通过"青山"、"潍县"的重复,很好地表达了作者对于官场的厌烦之感。后两句则直接抒情,表明自己向往归隐的想法。写作此诗时郑板桥已做了十年的县令,客居他乡也有十年了,对官场的厌倦之情越来越强烈,思乡之意越发浓烈,他说:"人皆以做官为乐,我今反以做官为苦。既不敢贪赃枉法,积造孽钱以害子孙,则每年廉俸所入,甚属寥寥。苟不入仕途,鬻书卖画,收入较多于廉俸数倍。"

赠陈际青

这是一首赠友诗。

瓜洲江水夜潮平,月满秋田鹤唳清。
记得扁舟同卧听,金山云板二三更。

瓜洲江水夜潮平,月满秋田鹤唳清——这两句是说:瓜洲江水夜里涨潮,月光照在田地上,鹤声鸣叫凄清。唳(lì):鸣叫。

记得扁舟同卧听,金山云板二三更——这两句是说:记得我们曾在二三更时躺在小舟上听金山上传来的云板声。扁舟:小船。金山:指金山寺。云板:古乐器,以长扁形铸铁制成,花纹作流云状。

诗歌开头两句写景,创造了一个清幽静谧的环境,在这样的环境中思念油然而生,同时这种思念又伴随着记忆中的云板之声。诗中虽然没有明说与朋友天各一方,也没有直接写往日与友相聚时的欢谈,而思念之情洋溢其中。

真州杂诗八首并及左右江县(选二)

真州:古州名,州治在今江苏省仪征县城。这八首诗大多都是描写仪征及其邻县风光古迹之作。郑板桥做官前后曾好几次寓居仪征。

(一)

村中布谷县中啼,桑柘低檐麦垄齐。
新笋劚来泥未洗,江鱼买得酒还携。
山花雨足皆含笑,絮袄春深欲换绨。
何限农家辛苦事,渐看儿女满町畦。

村中布谷县中啼,桑柘低檐麦垄齐——这两句是说:桑叶长成、麦子封垄的时候,村野上、县城里的布谷鸟就叫了。柘(zhè):亦名黄桑,叶可饲蚕。麦垄齐:谓麦已封垄。

新笋劚来泥未洗,江鱼买得酒还携——这两句是说:新笋刚锄来上面的泥都没有洗,买了鱼提着酒回家。劚(zhú):大锄,这里作动词,当"掘"讲。

山花雨足皆含笑,絮袄春深欲换绨——这两句是说:山中雨后的花显得特别明艳,已是春天该脱下棉袄换上夹衣了。絮袄:棉袄。绨(tí):一种厚绸,这里指夹衣。

何限农家辛苦事,渐看儿女满町畦——这两句是说:农家的辛苦是没有尽头的,慢慢地看到儿女已经长大了。何限:无限,没有止境。町畦(tīngqī):田间界路。

(二)

南国枫凋结绮楼,雷塘北去蓼花秋。
染成红泪胭脂湿,蘸破新霜草木愁。
两地干戈才转瞬,一般成败莫回头。
《后庭》遗曲江边唱,又听隋家《清夜游》。

南国枫凋结绮楼,雷塘北去蓼花秋——这两句是说:南国结绮楼枫树凋零,雷塘北边,蓼花瑟瑟,一片秋色。结绮楼:即结绮阁。六朝陈后主至德年间所起三阁之一(余为临春、望仙),为贵妃张丽华所居。这里指金陵。雷塘:这里指扬州。

染成红泪胭脂湿,蘸破新霜草木愁——这两句是说:枫树红了,蓼花飞舞。这两句的主语分别是枫树和蓼花。

两地干戈才转瞬,一般成败莫回头——这两句是说:陈后主与隋炀帝灭国杀身之事刚刚过去,然而谁又肯回头去看,接受它的教训呢?

《后庭》遗曲江边唱,又听隋家《清夜游》——这两句是说:陈后主唱《玉树后庭花》曲亡了国,隋炀帝跟着又唱起《清夜游》来。据《隋书·乐志》载,陈后主于清乐中造《玉树后庭花》曲,与幸臣制其歌词,绮艳相高,极于轻荡。男女相合,其音甚哀。又,《资治通鉴·隋大业元年五月》载:"上好以月夜从宫女数千骑游西苑,作《清夜游曲》,于马上奏之。"

第一首诗写了农家的喜悦。虽未到收获的季节,但看着自家的庄稼长势喜人,心情自然轻松愉快。"山花雨足皆含笑"以拟人手法表达了作者内心的喜悦之情,当然作者也没有忽略农家的辛苦。

第二首诗由当地古迹生发出自己对历史的看法,感慨人们根本不能吸取历史的经验教训而导致一次次的覆亡。

潍县竹枝词四十首(选七)

这组诗是郑板桥任潍县县令的第二年到去官离开潍县前陆续写成,记录了作者的所见所感。作者在诗中真实地刻画了当地的社会现实生活和风俗民情,特别是再现了贫苦人民的惨痛生活。竹枝词:简称"竹枝",又名巴渝辞。据《乐府诗集》载:"竹枝,巴歈也。"巴即巴郡,在今重庆市东部奉节至宜宾一带;歈即民歌。这是一种流传于渝东一带的民歌,初唐时,巴渝地区(今四川东部)一代出现渐臻完美的竹枝歌、乐、舞。这种带有浓厚地方色彩的民间乐歌,至中唐时进入教坊,引起文人的注意,而且间有拟作,成为一种流传甚广的新的诗歌体裁——竹枝词。

(一)

三更灯火不曾收,玉脍金齑满市楼。
云外清歌花外笛,潍州原是小苏州。

三更灯火不曾收,玉脍金齑满市楼——这两句的意思是:三更了仍是灯火通明,精美的佳肴摆满市楼。玉脍金齑:精美的菜肴。齑:切碎的腌菜或酱菜。

云外清歌花外笛,潍州原是小苏州——这两句的意思是:潍州就像苏州一样音乐歌舞飘扬。形容当时潍州的繁华。

(二)

水流曲曲树重重,树里春山一两峰。
茅屋深藏人不见,数声鸡犬夕阳中。

水流曲曲树重重,树里春山一两峰——这两句的意思是:河水弯弯曲曲树木重重叠叠,从树丛间能看到一两个山峰。

茅屋深藏人不见,数声鸡犬夕阳中——这两句的意思是:茅屋藏在树林深处,黄昏时只听见几声鸡鸣犬吠。

(三)

绕郭良田万顷赊,大都归并富豪家。
可怜北海穷荒地,半篓盐挑又被拏。

绕郭良田万顷赊,大都归并富豪家——这两句的意思是:万顷的良田都被富豪吞并。赊:多。

可怜北海穷荒地,半篓盐挑又被拏——这两句的意思是:那些失去土地的农民在北海辛苦挖了半篓盐,又被官府捉拿。挈:捉拿。

(四)

行盐原是靠商人,其奈商人又赤贫!
私卖怕官官卖绝,海边饿灶化冤磷。

行盐原是靠商人,其奈商人又赤贫——这两句的意思是:盐本是靠商人销售,怎奈商人都没有钱了。

私卖怕官官卖绝,海边饿灶化冤磷——这两句的意思是:自己去卖盐又害怕官府,官府又都垄断了市场,盐民没有生路只有等待死。饿灶:饥饿的家庭。化冤磷:冤屈地死去。磷:磷火,坟墓处为多。

(五)

面上春风眼上波,秧歌高唱扮渔婆。
不施胭脂天然俏,一副缠头月白罗。

面上春风眼上波,秧歌高唱扮渔婆——这两句的意思是:社戏中扮演渔婆(的演员)脸上笑意盈盈,眼中波光流转。

不施胭脂天然俏,一副缠头月白罗——这两句的意思是:(那演员)戴着月白色的罗绡缠头,没有化装天生俏丽。缠头:古时歌舞的人把锦帛缠在头上作妆饰,叫缠头。

(六)

东家贫儿西家仆,西家歌舞东家哭。
骨肉分离只一墙,听他答骂由他辱。

东家贫儿西家仆,西家歌舞东家哭——这两句的意思是:东家穷人家的儿子卖给西家做仆人,西家传来歌舞欢笑东家人却是一片哭声。

骨肉分离只一墙,听他答骂由他辱——这两句的意思是:骨肉分离就是一墙之隔,只能任凭西家打骂和侮辱。

（七）

泪眼今生永不干，清明节侯麦风寒。
老亲死在辽阳地，白骨何曾负得还。

新解

泪眼今生永不干，清明节侯麦风寒——这两句的意思是：清明节麦风寒的时候，泪水总是流个不停。

老亲死在辽阳地，白骨何曾负得还——这两句的意思是：亲人死在关外，尸骨如何能够带回家乡！辽阳：清时属奉天。此处泛指关外，山东饥民逃荒，很多人死在关外，可参见《还家行》。

以往的文人都喜欢用竹枝词来歌咏风物和男女恋情，郑板桥则在《扬州竹枝词序》中表达了他的独特看法："挟荆轲之匕首，血濡缕而皆亡；燃温峤之灵犀，怪无微而不照。招尤惹谤，割舌奠辞；识曲怜才，焚香恨晚。"他认为竹枝词应该充满鞭挞时弊的内容，《潍县竹枝词四十首》就贯彻了他这一主张。这组诗用清新质朴的语言真实再现了当时潍县的社会现实生活。

第一首诗描写了潍州的商业繁华，勾勒了富豪们穷奢极欲、狎邪纵乐的糜烂生活，字里行间充满了憎恶和讥讽。

第二首诗如同一首田园牧歌，歌咏了潍县风光景物和淳朴民俗，呈现出安宁祥和的气息，富有诗意，真切动人。

第三首诗写富豪巧取豪夺，描绘了盐民的悲惨生活图景，揭示了土地兼并是造成农民破产的根源。

第四首诗揭示了地主豪绅对农民的残酷压榨导致富者愈富、贫者愈贫的不平等现实。盐民走投无路，在死亡线上挣扎，令人触目惊心。

第五首诗歌咏社戏，其中"面上春风眼上波"句非常贴切生动。

第六首诗描写了贫民的悲惨生活。富人肆意打骂奴仆，而穷人家听着富翁打骂自己的儿子却只能暗自饮泣。然而，富人与穷人只有一墙之隔！这种贫富的悬殊、阶级的对立，经过作者的加工和概括，显得集中而又典型，对比极其鲜明，令人触目惊心，颇有杜甫"朱门酒肉臭，路有冻死骨"的诗意，也表现了郑板桥对贫者的无限同情。

第七首诗记叙荒民的悲痛心情。诗歌真实感人，语言通俗流畅，清新可诵。

竹

这是一首题画诗。竹子具有虚心劲节、生命力强等性格,与郑板桥的思想非常融洽。郑板桥所画的竹,疏疏落落几笔就能够给人以不尽的艺术享受,他的咏竹诗也特别多,从不同的侧面着眼,写得各有千秋,此诗表现了竹子坚韧顽强的品质,是郑板桥不与恶势力妥协的写照。

　　秋风昨夜渡潇湘,触石穿林惯作狂;
　　惟有竹枝浑不怕,挺然相斗一千场。

秋风昨夜渡潇湘,触石穿林惯作狂——这两句的意思是:昨夜秋风渡过潇水、湘水,狂暴地穿过树林吹动石头。潇湘:潇水、湘水都在湖南境内。

惟有竹枝浑不怕,挺然相斗一千场——这两句的意思是:只有竹枝完全不害怕,傲然挺立与狂风斗下去。浑不怕:全不怕。

这首诗描绘狂风中的劲竹,歌颂坚毅不屈的品格,明为写竹,实则写人。诗前两句写肆虐的狂风如何凶暴,后两句写竹林的傲然挺立、毫不妥协。"挺然相斗一千场"把竹林人格化了,成为与恶势力誓死抗争的人的写照。诗歌将画面的意境升华了,正如蒋宝龄《墨林今话》卷一说:"板桥题画之作,与其书画悉称,故觉妙绝,他人不宜学也。"

竹

郑板桥一生画竹、写竹四十余年,回顾自己的创作经历,感慨良深。此诗借竹论艺,阐明了诗人不拘泥于古法、师法自然的创作理念,读来发人深思。

　　四十年来画竹枝,日间挥写夜间思。
　　冗繁削尽留清瘦,画到生时是熟时。

四十年来画竹枝，日间挥写夜间思——这两句是说：诗人四十余年坚持画竹，每天从早到晚思考并且练习。诗人主张勤画深思，"意在象前，象在意后"，极工而后能写意，以求由形得神之妙。

　　冗繁削尽留清瘦，画到生时是熟时——这两句是说：画竹时要删繁就简使竹有清瘦之神，等到画时感到生疏，就是画竹真正纯熟的境地。作者以画竹清瘦之神韵来寄托自己的情怀，从而达到以少胜多、以神取胜的效果，并且主张要不断创新，追求创作个性。

　　郑板桥认为画竹要经历三个阶段，达到三种境界。一是"眼中有竹"，二是"胸有成竹"，三是"胸中无竹"。"画到生时是熟时"，正是诗人艺术生活的哲理总结，他感悟出"由生到熟"和"由熟到生"的两种境界，强调从"胸有成竹"到"胸中无竹"的转化提升，表现了诗人不懈追求至美艺术的精神。此诗是诗人绘画创作理念的诠释，也可为我们写作提供借鉴。诗中"日写"、"夜思"阐明了写作要勤写多思的道理。"削"、"留"则启发我们写文章应该删繁就简，使之脉络清晰。"生"、"熟"两词启示我们文章要新颖别致，不落俗套，才会成为好文章。

竹　石

　　这是一首题画诗。竹子具有坚贞不屈、生命力强的性格，郑板桥画竹数十年，他的咏竹诗从各方面歌咏了竹子的品质，此诗寄寓着作者的刚劲风骨。

　　　　咬定青山不放松，立根原在破岩中；
　　　　千磨万击还坚劲，任尔东西南北风。

　　咬定青山不放松，立根原在破岩中——这两句的意思是：竹子把根扎在破岩石里，紧抓住青山绝不动摇。

　　千磨万击还坚劲，任尔东西南北风——这两句的意思是：任凭东西南北四面的风吹来，无论怎样折磨仍然坚毅顽强。千磨万击：指四季的风对竹子的折磨吹击。

板桥一生酷爱画兰、竹、石,认为"一竹一兰一石,有节有香有骨",与其人格理想正相契合。板桥的画常常随意点染挥洒,而妙趣横生,"脱尽时习"。以画竹为例,有时只画一枝竹十几片叶,有时则密密一丛,满幅皆是,却能做到"多不乱,少不疏",运笔自如;有时立竿于山坡崖壁之上,傲然挺拔;有时摇动于狂风暴雨之中,不肯低头。这首诗赞美了竹子的坚韧不拔、坚毅顽强的品质,从中可以看出作者藐视世俗的铮铮铁骨。

为无方上人写竹

这是一首题画诗。

春雷一夜打新篁,解箨抽梢万尺长,
最爱白方窗纸破,乱穿青影照禅床。

春雷一夜打新篁,解箨抽梢万尺长——这两句的意思是:雷声响了一夜,竹笋纷纷抽梢,长得已经很高了。箨(tuò):俗称"笋壳",竹笋的外皮。

最爱白方窗纸破,乱穿青影照禅床——这两句的意思是:竹笋最喜欢把白方的窗纸穿破,把一片碧绿的影子照在禅床之上。

此诗为题画诗,注重对画面进行动态的描写,以表现画面给人造成的真幻之感。诗中描写一夜春雷过后,新竹纷纷抽条解箨,"争着"乱穿过白方窗纸,把斑驳可爱的"青影"投映在禅床上。以拟人手法写竹,字里行间跃动着勃勃生机。同时使用化静为动的写法,使那些"新篁"显得格外生动可爱,生趣盎然。

潍县署中画竹呈年伯包大中丞括

郑板桥善画竹,他的咏竹诗也独树一帜,此诗是乾隆十一二年郑板桥任潍县县令时作。此诗由县衙萧萧的竹叶声,想到了民间的疾苦和为官作吏者的责任,表现了诗人关心民瘼的深厚感情。年伯:科举时代,同年登科的互称年家,同辈的称为年兄,长辈则称为年伯。中丞:清代对巡抚的别称。大:表示尊称。括:包括,钱塘(今杭州市)人,时任山东布政使,署理巡抚。

　　　　衙斋卧听萧萧竹,疑是民间疾苦声。
　　　　些小吾曹州县吏,一枝一叶总关情。

　　衙斋卧听萧萧竹,疑是民间疾苦声——这两句是说:躺在县署官衙里听到凄风苦雨中竹叶萧萧的声音,情不自禁地联想到民间的疾苦之声,触发了自己对民生疾苦深深的同情。衙斋:官署中的书房。

　　些小吾曹州县吏,一枝一叶总关情——这两句是说:小小的七品芝麻官虽然官职不大,但群众利益无小事,地方官吏应关心民瘼。句中以竹子枝叶比喻百姓生活中的每一件小事。些小:指小小的、低微的。吾曹:我辈。关情:指关心。

　　郑板桥一生坎坷,五十岁才步入仕途,做下层地方官时,清廉刚正。这首诗写诗人躺在衙门的斋房里听屋外萧萧风竹摇动的声音,怀疑它即是民间的疾苦之声。接着,就由"疑"转思:像我们这样地位卑微的下层官吏更应该关心百姓生活中一枝一叶的小事。全诗由物及人,由实而虚,以"竹声"为联想基点,引发出强烈的爱民忧民之情。诗歌层层深入,突破了以竹自况的传统,把竹的比兴意义从其坚贞不屈的节气拓展到了芸芸众生的艰难困苦的生存现状问题上,真挚的情感流露在浓浓的诗味中。诗歌语言恳切,意境深远。

予告归里,画竹别潍县绅士民

　　乾隆十八年癸酉(1753),郑板桥六十一岁,因厌倦了仕宦生涯而决定离开潍县。在即将离开的时候,他曾画竹留别潍县的缙绅士民。这首诗是在留别画上的题诗,集中表现了作者的清高与清贫。予告归里:乾隆十八年,郑板桥因请赈得罪了上司,被罢官。

　　　　乌纱掷去不为官,囊橐萧萧两袖寒;
　　　　写取一枝清瘦竹,秋风江上作渔竿。

乌纱掷去不为官，囊橐萧萧两袖寒——这两句是说：丢掉乌纱不做官，自己两袖清风、一贫如洗。囊橐：袋子。萧萧：指空乏。

写取一枝清瘦竹，秋风江上作渔竿——这两句是说：画上一枝清瘦的竹子，在秋风萧瑟的江上钓鱼。表示自己将要过隐居的生活。

郑板桥终身潦倒，曾衍《小豆棚杂记》记载郑板桥罢官时的情况："当其去潍之日，止用驴子三头，其一板桥自乘，垫以铺陈；其一驮两书夹板，上横担阮弦一具；其一则小皂隶两娈童骑驴以前导。板桥则岚帽毡衣，出大堂揖新令尹，据鞍而号之曰：'我郑燮以婪败，今日归装若是，其轻而且简。诸君子力踞清流，雅操相尚，行见上游器重，指顾莺迁。倘异日去之潍际，其无亡郑大之泊也。'言罢跨蹇以行。"这首题画诗，写得精巧妙绝，更见其性情的不俗。"乌纱掷去不为官，囊橐萧萧两袖寒"，写自己辞官而去时的那份心情，是何等的从容潇洒！一个"掷"字与其说是牢骚，不如说是抗争。"写取一枝清瘦竹，秋风江上作渔竿"，双关语"清瘦"，实指清正廉明的品质，"秋风江上"的明丽与官场的污浊形成对比。后两句诗写足了郑板桥超凡不俗的志趣和傲兀的个性，颇有唐代柳宗元《江雪》中"孤舟蓑笠翁，独钓寒江雪"的意境。

兰

这是一首题画诗，把兰花比做人才，说它丝毫不为人们所重视。

屈宋文章草木高，千秋《兰谱》压风骚。
如何烂贱从人卖，十字街头论担挑！

屈宋文章草木高，千秋《兰谱》压风骚——这两句的意思是：屈原、宋玉的文章中因有对兰草的赞扬，而使得兰草身价倍增，历代的《兰谱》甚至比《诗经》、《离骚》风头更劲。屈宋：指屈原、宋玉，为《楚辞》的两位代表作家。《兰谱》：宋王贵学撰，讲述兰的品第及养护之法等。宋赵时庚也有《金漳兰谱》，详细记述兰品及养护之法。风骚：指《诗经》、《离骚》。

如何烂贱从人卖，十字街头论担挑——这两句的意思是：为什么当今之世兰花却那么便宜低贱，被人们在十字街头论担子卖？

郑板桥生活在清廷大兴"文字狱"的年代，有感于人才压抑和摧残，通过诗歌表达了他的愤怒不平。作者把兰花比喻为人才，可是社会把人才当做一文不值的野草，抛掷在十字街头，贱价出售。这真是一首绝妙的政治讽刺诗。

◎ 词

渔家傲

王荆公新居

【题解】

这是一首怀古词。王荆公：即王安石，北宋文学家、政治家；字介甫，号半山，抚州临川（今属江西）人；神宗时为相，倡行新法，封荆国公，人称王荆公；新法失败后，于熙宁九年辞相，退居江宁（今南京），筑新居半山堂。郑板桥将王安石与吕惠卿辈区别开来，对王安石的文章表示赞赏，"千古文章根肺腑"也表现了作者对"文章知己"的渴求。

积雨新晴江日吐，小桥著水烟缠树。茅屋数间谁是主？王介甫，而今晓得青苗误。 吕惠卿曹何足数，苏东坡遇还相恕。千古文章根肺腑，长忆汝，蒋山山下南朝路。

积雨新晴江日吐，小桥著水烟缠树——这两句是说：连阴雨后天气晴朗，太阳出来了，小桥被水浸着，烟霭缠绕着树林。缠：缠绕。

茅屋数间谁是主？王介甫，而今晓得青苗误——这三句是说：几间茅屋的主人是谁？王安石，如今他该明白新法误国了。青苗误：谓新法误国。青苗法是新法的一项重要措施，这里代指新法。

吕惠卿曹何足数，苏东坡遇还相恕——这两句是说：吕惠卿辈势利小人又何足计较呢，和苏东坡相见还是要互相原谅。吕惠卿：北宋泉州晋江（今属福建）人；举进士，初为王安石所信任，参与制订青苗、均输等法，后与王安石破裂。苏东坡：苏轼号东坡。按，苏轼曾因反对王安石新法被贬官。元丰七年（1084），苏轼由黄州移汝州，路过金陵见王安石（时罢相闲居），尽释前嫌。

千古文章根肺腑，长忆汝，蒋山山下南朝路——这三句是说：千古文章都出自真心，常常想起王安石《桂枝香》词中关于南朝兴亡的描写。千古文章：王安石在金陵曾写过一首《桂枝香·金陵怀古》词，被誉为千古绝唱。其下阕云："念往昔，繁华竟逐。叹门外楼头，悲恨相续。千古凭高对此，漫嗟荣辱。六朝旧事随流水，但寒烟衰草凝绿。至今商女，时时犹唱后庭遗曲。""千古文章"当指此。根肺腑：发自肺腑。

蒋山:南京钟山的别名。南朝路:金陵曾是南朝宋、齐、梁、陈建都之地,故称南朝路。

　　这首词,上阕对王安石新法表示反对,而下阕对其诗文则表示首肯。郑板桥对王安石变法持保守的看法,却对王安石的人格与文学表示敬佩,所以他认为政治分野是一时的和不足为据的,而人格分野才是最终的和根本的。郑板桥的咏古之作往往颇有见地,张维屏曾说:"板桥先生疏旷洒脱,然见地极高,天性极厚。其生平词胜于诗,吊古撼怀,激昂慷慨。与集中家书数篇,皆世间不可磨灭文字。余尝谓蒋心余、郑板桥之词,皆词中大文,不得以小技目之。"(《松轩随笔》)

蝶恋花
晚　景

　　这首词写黄昏时登楼者怀人远眺的孤寂之感。

　　一片青山临古渡,山外晴霞,漠漠收残雨。流水远天波似乳,断烟飞上斜阳去。　　徙倚高楼无一语,燕不归来,没个商量处。鸦噪暮云城堞古,月痕淡入黄昏雾。

　　一片青山临古渡,山外晴霞,漠漠收残雨——这三句是说:青山临近古渡口,雨停了,山后的晚霞寂静无声。漠漠:寂静无声。

　　流水远天波似乳,断烟飞上斜阳去——这三句是说:远方的流水仿佛乳汁一般凝结不动,被风吹散的炊烟在夕照中飘荡。波似乳:远望阳光映照流水的样子。

　　徙倚高楼无一语,燕不归来,没个商量处——这两句是说:徘徊在高楼上,也没有可以商量的人说说话。徙倚:徘徊。燕:似指女子。按白居易《燕子楼诗序》:"徐州故尚书(张建封)有爱奴曰盼盼,善歌舞,雅多风态。尚书既没,彭城有旧第,第中有小楼名燕子。盼盼念旧爱而不嫁,居是楼十余年。"苏轼《永遇乐·彭城夜宿燕子楼,梦盼盼,因作此词》有"燕子楼空,佳人何在"之句。

　　鸦噪暮云城堞古,月痕淡入黄昏雾——这两句是说:黄昏时乌鸦在古城墙上飞翔鸣叫,月色和黄昏的雾气溶成一片。城堞:城上的垛口。月痕:月色。

此词上阕写景,青山、古渡、晴霞、残雨、断烟,构成了一幅色彩清雅的动人画面,富有意境,从这些景物中已经透露出一种孤寂凄清的情调。《板桥集五家评语》中认为"断烟飞上斜阳去"句"与白石翁'冷香飞上'诗句同一峭拔"。下阕抒情,由凄清的环境过渡到作者落寞的情怀,感叹无人可语。最后以景结情,苍茫暮色中的飞鸦聒噪声越发衬托出内心的苍凉与寂寞。全词从残阳写到月黄昏,词意凄婉,语言优美。

浪淘沙
平沙落雁

此词描写了一群没有安全感,对外界时时充满警惕的行雁,揭示了社会人生的险恶。

秋水漾平沙,天末澄霞。雁行栖定又喧哗。怕见洲边灯火焰,怕近芦花。 是处网罗赊,何苦天涯。劝伊早早北还家。江上风光留不得,请问飞鸦。

秋水漾平沙,天末澄霞。雁行栖定又喧哗——这三句是说:秋水拍打着沙岸,天边有一抹晚霞。雁队栖息后又喧哗起来。漾:荡。

怕见洲边灯火焰,怕近芦花——这两句是说:害怕沙洲边的灯火,又怕靠近芦花。

是处网罗赊,何苦天涯。劝伊早早北还家——这三句是说:到处都设有罗网,何苦流浪天涯呢?我劝你还是早早向北飞回自己的家乡吧。是处:到处。赊(shā):多。伊:你,指雁。

江上风光留不得,请问飞鸦——这两句是说:江上虽然风光好可是还是不能停留,不信你可以问那些飞鸦。

此词中用大雁栖惶不定的生活处境来比喻动荡不安的社会环境,"雁行栖定又喧哗。怕见洲边灯火焰,怕近芦花",表达了作者和世人普遍具有的深层心理感受,告诫大家身处如此险恶的环境想要生存,是多么困难呀!此词真是"神在个中,意在言外"。(陈廷焯《词则·别调集》卷五《国朝词》)

浪淘沙
种 花

这首词表现了郑板桥在人生仕途上不计得失的旷达情怀。

宿雨昨宵晴,今日还阴,小楼帘卷卖花声。伏枕半酣犹未足,又是斜曛。 晴雨总无凭,诳杀愁人,种花聊慰客中情。结实成阴都未卜,眼下青青。

宿雨昨宵晴,今日还阴,小楼帘卷卖花声——这三句是说:连日下雨,昨天终于晴了,今天又转阴了,卷起小楼的窗帘听到外面叫卖花的声音。宿雨:连日落雨。

伏枕半酣犹未足,又是斜曛——这两句是说:趴在床上半醒半睡还没够,已经到了黄昏。斜曛:落日的余光。

晴雨总无凭,诳杀愁人,种花聊慰客中情——这三句是说:天晴天雨总没个定准,这真是欺哄了心情愁闷的人,只能靠种花姑且慰藉客中情怀。凭:凭据,准数。诳:迷惑。

结实成阴都未卜,眼下青青——这两句是说:种花人对于所种的花木将来是否会结实成阴都不能预测,只图眼前的一片青青的颜色吧。卜:预测。眼下:目前。

此词抒写了客中无聊孤寂之感,表现了作者对于名利得失的淡然。这种思想在他的《浪淘沙·远浦归帆》中也有类似表述,如"名利竟如何?岁月蹉跎,几番风浪几晴和。愁水愁风愁不尽,总是南柯"。扬州博物馆藏板桥所书诗云:"船中人被名利牵,岸上人牵名利船。江水滔滔流不息,问君辛苦到何年?"也可作本词注脚。另外,词中"小楼帘卷卖花声"句化用陆游诗句"小楼一夜听春雨,深巷明朝卖杏花",清新可爱。

贺新郎
徐青藤草书一卷

这首词记叙徐渭的草书卷。徐青藤：名渭，字文长，明文学家、书画家，浙江山阴（今浙江省绍兴）人；善画水墨，特别是在水墨大写意花卉画方面，成就更加突出；晚号青藤道人，其诗文恣肆奇纵，自称书法第一，而又擅行草；有《徐文长全集》《南词叙录》《四声猿》等行世。

　　墨沈余香剩，扫长笺狂花扑水，破云堆岭。云尽花空无一物，荡荡银河泻影，又略点箕张鬼井。未敢披图容易玩，拨烟霞直上嵩华顶。与帝座，呼相近。　半生未挂朝衫领，狠秋风青衿剥去，秃头光颈。只有文章书画笔，无古无今独逞，并无复自家门径。拔取金刀眉目割，破头颅血迸苔花冷。亦不是，人间病。

墨沈余香剩，扫长笺狂花扑水，破云堆岭——这三句是说：徐青藤草书卷还留有墨汁余香，笔势起始横扫长笺，如同狂风席卷飞花扑向流水，又如同散开的云朵簇拥着山岭。墨沈：墨汁。狂花扑水、破云堆岭：形容草书笔势恣肆雄浑。

云尽花空无一物，荡荡银河泻影，又略点箕张鬼井——这三句是说：笔势随后起了变化，狂乱的花、云不见了，变得像银河泻影般平淡徐缓，这中间又略略点缀着点点星座。箕、张、鬼、井：廿八宿四星名。

未敢披图容易玩，拨烟霞直上嵩华顶。与帝座，呼相近——这四句是说：这副草书品调很高，未敢轻易展卷玩赏。一打开，就像拨开烟霞，登上嵩山、华山之顶，与帝座星宿相接近了。容易：随便。嵩华：中岳嵩山与西岳华山。披图：展开图卷。帝座：星官名。

半生未挂朝衫领，狠秋风青衿剥去，秃头光颈——这三句是说：徐青藤半生没有做过官，仍然被打入大狱服刑。半生：徐渭一生不曾做官，此言半生，特指发狂之前。朝衫领：官服。徐渭二十岁为诸生（秀才），青衿是诸生的服装。后发狂，因杀妻入狱，青衿亦被剥去。狠秋风：暗指官家。

只有文章书画笔，无古无今独逞，并无复自家门径——这三句是说：只有徐青藤的文章、书、画古今独步，无人能比。

拔取金刀眉目割，破头颅血迸苔花冷。亦不是，人间病——这四句是说：徐青藤发狂自戕，他的病也不同一般。这几句写徐渭的狂态。徐渭因精神错乱几次自杀，他有时或以竹钉贯耳孔，或以铁锥自刺下身。

郑板桥对徐渭的艺术和为人都很钦佩，此词尽情赞美徐渭直冲云霄的才气。上阕用一连串的比喻，极赞青藤草书的超逸高妙，使用了"扫"、"狂花"、"扑"、"泻"等形象的动词，将徐渭草书的磅礴气势形神毕肖地表现出来。随后作者大胆地想象，"拨烟霞直上嵩华顶。与帝座，呼相近"，夸张地描绘了徐渭草书与神灵相通的胆气。下阕同情徐渭一生的不幸遭遇，对其不屈服的精神给予了大胆的肯定，称颂其书画文章"无古无今独逞"，描绘出一个落拓不羁、行为乖张、内心有大痛苦的知识分子形象。徐渭之"狂怪"的根源在于他感受到一种强大的无可摆脱的压抑，因而导致自戕。别人视之为狂怪、可怕，避之唯恐不远，乃至"谈虎色变"，郑板桥发现了徐渭内心深沉之处，曾刻印"徐青藤门下走狗郑燮"，公然引以为同调。《板桥集五家评》评此词为："然则，文长不遇于时，抱恨而卒，亦深可悲矣。非石公之笔，不能为之传；亦非板桥之笔，不能题其书。"《题画·靳秋田索画》亦云："文长、且园才横而笔豪，而燮亦有倔强不驯之气，所以不谋而合。"确实这样，郑板桥身上也有狂怪的特点，使他的诗词在清代文坛发出奇异的光芒，给人们留下了深刻的印象。

贺新郎

西村感旧

这首词作于乾隆二十三年，作者重返西村时。词述旧地重游之见，抒抚今追昔之感。西村：即真州之江村。板桥二十六岁时在此设塾。上阕是忆旧，下阕是伤今。

抚景伤飘泊，对西风怀人忆地，年年担搁。最是江村读书处，流水板桥篱落，绕一带烟波杜若。密树连云藤盖瓦，穿绿阴折入闲亭阁，一静坐，思量着。　今朝重践山中约，画墙边朱门欹倒，名花寂寞。瓜圃豆棚虚点缀，衰草斜阳暮雀，村犬吠故人偏恶。只有青山还是旧，恐青山笑我今非昨，双鬓减，壮心弱。

抚景伤飘泊，对西风怀人忆地，年年担搁——这三句是说：见到旧地不由得感叹自己漂泊多年，年年对西风怀念故人旧地而不得重来。担搁：同"耽搁"，羁留。从西村离去之后，作者曾客游扬州、京师及大江南北诸地。

最是江村读书处，流水板桥篱落，绕一带烟波杜若——这三句是说：特别是江村我读书的地方，有小桥流水、篱笆院落，环绕着芳草烟波。杜若：芳草名，又称竹叶莲。

密树连云藤盖瓦，穿绿阴折入闲亭阁，一静坐，思量着——这四句是说：茂密的树木像云一样遮住天空，紫藤爬上屋瓦，我穿过绿荫拐入休息的亭阁，静静地坐着，思考着。藤盖瓦：紫藤爬上屋瓦。

今朝重践山中约，画墙边朱门欹倒，名花寂寞——这三句是说：今天我又实行了和青山的盟约，画墙边朱门已经倾倒，名花也无人欣赏。山中约：归山隐居的盟约。画墙、朱门：涂漆的墙和红色的门，指富家或庙宇。欹(qī)倒：倾倒。

瓜圃豆棚虚点缀，衰草斜阳暮雀，村犬吠故人偏恶——这三句是说：瓜圃豆棚作为点缀，黄昏时的荒草、暮雀，村犬已不识故人，吠之尤凶恶。

只有青山还是旧，恐青山笑我今非昨，双鬓减，壮心弱——这四句是说：只有青山还是我的旧友，害怕青山笑我已今非昔比，双鬓苍苍，壮心消磨。双鬓减，壮心弱：谓年老志衰。

郑板桥对西村特别有感情，有《客扬州不得之西村》、《再到西村》等诗，还有"送花邻女看都嫁"等句。这首词从"抚景伤漂泊"一句，写出无限抚今思昔之感，点出"怀人忆地"。上阕写未归时之追念，"画墙"五句，可能是情人嫁后之感怀。下阕写既归后之感慨。作者对江村读书处寄予无限怀念，他魂牵梦绕于那树篱青瓦、流水板桥、瓜田豆棚、衰草斜阳的乡村景色。这首词写法上清俊有力，词末尾四句写世情冷落，偏衬以青山知己，是板桥豪放的名句。这几句脱胎于李白《独坐敬亭山》："相看两不厌，只有敬亭山。"以及辛弃疾《贺新郎》："我见青山多妩媚，料青山，见我应如是，情与貌，略相似。"郑板桥化用得非常巧妙。陈廷焯评此词为："感伤而不叫嚣，板桥词之有把握者。"(《词则·放歌集》卷六《国朝词》)

贺新郎
赠王一姐

这首词回忆了幼时与一姐的情谊，并描写了今日见面的情景。可能作于板桥四十岁前后。王一姐，当是作者的表妹。

竹马相过日,还记汝云鬟覆颈,胭脂点额。阿母扶携翁负背,幻作儿郎妆饰,小则小寸心怜惜。放学归来犹未晚,向红楼存问春消息。问我索,画眉笔。廿年湖海长为客,都付与风吹梦杳,雨荒云隔。今日重逢深院里,一种温存犹昔,添多少周旋形迹!回首当年娇小态,但片言微忤容颜赤。只此意,最难得。

【新解】

竹马相过日,还记汝云鬟覆颈,胭脂点额——这三句是说:年幼我们骑竹为马相嬉戏之时,我还记得你一头黑发,用胭脂红点在额头正中。

阿母扶携翁负背,幻作儿郎妆饰,小则小寸心怜惜——这三句是说:父母亲带着你,假作男孩子的打扮,我虽小,也有怜爱一姐之心。幻作:假作。

放学归来犹未晚,向红楼存问春消息。问我索,画眉笔——这四句是说:我放学后,常至一姐处探试她对自己的情意。一姐还向我索取眉笔。红楼:指女子闺阁。

廿年湖海长为客,都付与风吹梦杳,雨荒云隔——这三句是说:二十多年漂泊江湖,我们再也没有见过面,这份感情早已风吹云散。雨荒云隔:谓互相隔离不得见面。郑板桥十六岁就离家到外地读书,二十六岁又开始在真州西村设塾,中间又几次至京师、江西等地游历。

今日重逢深院里,一种温存犹昔,添多少周旋形迹——这三句是说:今天重逢,昔日温柔体贴之意虽存,但无形中似添一种应酬之感,不像昔日两情的纯真了。

回首当年娇小态,但片言微忤容颜赤。只此意,最难得——这四句是说:回顾你小时候的样子,一句话不合心意就生气得脸发红,只有这个样子最难得。片言微忤:话语稍有不合心意。

此词上阕描写了作者幼时与王一姐之间的交往,那种两小无猜、纯真的感情让人向往。下阕描述了今日重逢的情景,经过了人世沧桑后,立即勾起两人往日无限缠绵温柔之情,可是逝去的时光一去不复返,王一姐的举止中却少了当年的纯真,平添许多"周旋形迹"。作者带着几分怅惘的感情追忆逝去的美好场景。陈廷焯评价说:"意芊婉而语俊爽,是板桥本色。"(《词则·闲情集》卷六《国朝词》)此词发自肺腑,情感真切,出语真诚。

贺新郎
有 赠

【题解】

这首词是作者回顾他在康熙末或雍正初第一次客海陵之作。词人向萍水相逢的朋友,寄达他深情向往的心意。

旧作吴陵客,镇日向小西湖上,临流弄石。雨洗梨花风欲软,已逗蝶蜂消息,却又被春寒微勒。闻道可人家不远,转画桥西去萝门碧,时听见,高楼笛。 缘悭觌面还相失,谁知向海云深处,殷勤款惜。一夜尊前知己泪,背着短檠偷滴,又互把罗衫抆湿。相约明年春事早,嚼花心红蕊相思汁。共染得,肝肠赤。

【新解】

旧作吴陵客,镇日向小西湖上,临流弄石——这三句是说:过去客居吴陵时,整日在小西湖上玩耍。吴陵:古亦名海陵、泰州,即今江苏省泰州市。小西湖:据《泰州志》,小西湖在泰州城内西门里泰山(土石砌成)西侧。西湖春雨,为古海陵八景之一。

雨洗梨花风欲软,已逗蝶蜂消息,却又被春寒微勒——这三句是说:那时正值梨花盛开、春雨淅沥,初春乍暖还寒的季节。

闻道可人家不远,转画桥西去萝门碧,时听见,高楼笛——这四句是说:听说友人家不远,只要走过画桥向西见到碧绿的萝门,就会不时听到高楼上传来的笛声。可人:称心如意的人,这里指友人。

缘悭觌面还相失,谁知向海云深处,殷勤款惜——这三句是说:哪知我们缘分浅,刚刚相会,不料又要分手。缘悭:缺少缘分。觌(dí):见。海云深处:指吴陵某地。款惜:诚恳道其惜别之情。款:诚恳。

一夜尊前知己泪,背着短檠偷滴,又互把罗衫抆湿——这三句是说:在离别前夕的酒宴上,我们依依不舍,洒泪而别。尊:酒杯。檠(qíng):灯架。抆(wěn):揩拭。

相约明年春事早,嚼花心红蕊相思汁。共染得,肝肠赤——这四句是说:我们互约明春虽不能相见,亦不要忘掉相思。共嚼赤蕊:表示两心都一样的赤诚相念。

【新评】

此词上阕回忆当年在海陵与友人相见的情景,作者并未明写友人相貌、品性如何,只是渲染了一幅令人心醉的画面,春风送暖、雨打梨花的季节,作者"转画桥西去萝门碧"寻找友人,在音乐声中终于见到了友人,这位友人高雅脱俗的形象就呼之欲出了。下阕写与友人离别时的情景,可见作者的缱绻深情。《板桥集五家评》中评论末尾四句:"方之诗句,在长吉、义山之间。"

贺新郎
落 花

词写流落风尘女子的不幸遭遇和内心的伤痛,表现了作者的同情。

　　小立梅花下,问今年暖风未破,如何开也?不是花开偏怨早,总为早开先谢,被断雨零烟飘洒。粉蝶游蜂谁念旧,背枝飞过秋千架,只落得,蛛丝挂。　江南二月花抬价,有多少游童陌上,春衫细马。十里香车红袖小,婉转翠眉如画,佯不解傍人觑咱。忽见柳花飞乱絮,念海棠春老谁能嫁?泪暗湿,香罗帕。

　　小立梅花下,问今年暖风未破,如何开也——这三句是说:站在梅花下问:春风未到,梅花为何今年开得早?小立:短暂逗留。暖风未破:春风未到。
　　不是花开偏怨早,总为早开先谢,被断雨零烟飘洒——这三句是说:不是埋怨开花早,是因为惋惜梅花早开先谢,易遭摧残。
　　粉蝶游蜂谁念旧,背枝飞过秋千架,只落得,蛛丝挂——这四句是说:那些纨绔子弟谁会念旧,一转眼就全忘了,抛下那些女子悲惨一生。粉蝶游蜂:喻指那些混迹花柳的浮浪公子、纨绔子弟。蛛丝挂:用花落挂到蛛网上,喻女子的悲惨结局。
　　江南二月花抬价,有多少游童陌上,春衫细马——这三句是说:那些女子正当妙龄,身价亦高,有许多浪荡少年追逐。游童:游冶的少年。细马:装饰精致的坐骑。
　　十里香车红袖小,婉转翠眉如画,佯不解傍人觑咱——这三句是说:这些女子坐着香车,打扮漂亮,装作不懂别人为何看她。香车:熏香的小车,古时女子所乘。婉转:委宛曲折,形容翠眉。佯不解:装作不知。觑(qù):瞧、看。这几句写女子的娇态。
　　忽见柳花飞乱絮,念海棠春老谁能嫁?泪暗湿,香罗帕——这四句是说:女子忽然看见飞絮而伤悼自身,知道自己将来也会像春尽凋谢的海棠一样,无所依托。

上阕以梅花早开先谢,喻女子色衰为人所冷落和遗弃。下阕写女子虽当盛年,亦不免有海棠春老的哀叹。此词有一种幽秀之气,颇有宋代词人姜夔的风格。

贺新郎
答小徒许樗存

这首词当是作者四十岁前后尚未成进士,在焦山别峰庵读书时,他的学生许樗存写信安慰他后作。许樗存:大概是板桥设塾真州江村时的学生。

十载名场困,走江湖盲风怪雨,孤舟破艇。江上萧萧黄叶寺,乱草荒烟满径,惹客子斜阳梦冷。检点残诗寻旧句,步空廊古殿琉璃影。一个字,吟难定。 书来慰勉殷勤甚,便道是前途万里,风长浪稳。可晓金莲红烛赐,老了东坡两鬓,最辜负朝云一枕。拟买清风兼皓月,对歌儿舞女闲消闷。再休问,清华省。

十载名场困,走江湖盲风怪雨,孤舟破艇——这三句是说:我多年只身一人在科场中挣扎,仕途道路艰险坎坷。名场:指科举。困:困顿、挣扎。盲风:疾风,大风。

江上萧萧黄叶寺,乱草荒烟满径,惹客子斜阳梦冷——这三句是说:寄居江寺,荒草萋萋惹人无限愁苦。

检点残诗寻旧句,步空廊古殿琉璃影。一个字,吟难定——这四句是说:在江寺中十分孤寂,作诗炼字,总是难于推敲得定。

书来慰勉殷勤甚,便道是前途万里,风长浪稳——这三句是说:许樗存的来信中安慰我将来一定会前途顺利。书来:指许的来信。

可晓金莲红烛赐,老了东坡两鬓,最辜负朝云一枕——这三句是说:可曾知道就算像苏东坡那样得到皇帝的恩宠,但年岁也老了,辜负了与所爱者缠绵的大好青春时光。言外是说,等功名到手,人也老了,好时光也过去了。朝云:苏轼的爱妾,官钱塘时所纳。

拟买清风兼皓月,对歌儿舞女闲消闷。再休问,清华省——这四句是说:我要及时行乐,不再追求功名利禄。清华省:翰林院的别名。

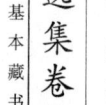

此词发泄了郑板桥不得志的牢骚和矛盾心理,牢骚生怨又产生了归隐的想法。上阕叙事,追述自己在焦山的读书生活,自言曾长期困顿名场,心境孤凄;下阕抒情,他自觉功名或有希望,又担心功名成就时自己已经老了,描写了他矛盾的心理,也有鄙弃功名之意。词句措辞激烈,抑郁不平之气溢于言表。

贺新郎

食 瓜

这首词中作者由食瓜想到许多人一食官禄就忘掉根本,不思退步;并引以自咎,流露归田之意。这首词当作于范、潍知县任上。

　　五色嘉瓜美,问东陵故侯安在,圃园残废。多少金台名利客,略啖腥羶滋味,便忘却田家甘旨。门径薜萝荒不剪,绿杨板桥断空流水。总不作,抽身计。吾家家在烟波里,绕秋城藕花芦叶,渺然无际。底事欲归归不得,说是粗通作吏,听此话令人惭耻。不但古贤吾不逮,看眼前何限贤劳辈。空日费,官仓米。

　　五色嘉瓜美,问东陵故侯安在,圃园残废——这三句是说:各色好瓜味道甘美,如今田园荒芜,种瓜的东陵侯在哪里呢?五色嘉瓜:各色好瓜。美:味甘。东陵故侯:西汉邵平,秦时封东陵侯,秦亡后在长安城东种瓜,味甜美,世称东陵瓜。

　　多少金台名利客,略啖腥羶滋味,便忘却田家甘旨——这三句是说:有些人本是田家出身,一旦为官就忘掉了田家的好处。金台名利客:热衷于仕进的人。金台,黄金台,燕昭王求贤所设,这里指官场。田家甘旨:田家的美味,指瓜,与腥羶滋味相对。

　　门径薜萝荒不剪,绿杨板桥断空流水。总不作,抽身计——这四句是说:这些金台名利客任凭田园荒芜,也不思退隐。陶渊明《归去来兮辞》:"归去来兮,田园将芜胡不归!"郑燮化用其意。

　　吾家家在烟波里,绕秋城藕花芦叶,渺然无际——这三句是说:我的家乡风景优美,有无边无际的荷花塘。板桥故乡江苏兴化城,地处淮河下游,四周多水,风景秀丽。

　　底事欲归归不得,说是粗通作吏,听此话令人惭耻——这三句是说:什么事让我想归隐又不能归隐呢?如果说是粗通做官之道,那么听了此话真让人羞愧。底事:何事。

不但古贤吾不逮,看眼前何限贤劳辈。空日费,官仓米——这四句是说:不但古时贤达我不能及,就是和眼前那些被称为贤能的人,自己也不敢比,自己不过是空食国禄无益生民罢了。古贤:指邵平。

这首词借食瓜抒发自己退隐的心愿,也表示了对劳动人民的尊重。《范县署中寄舍弟墨第四书》说:"我想天地间第一等人,只有农夫,而士为四民之末。""使天下无农夫,举世皆饿死矣"也表达了这种思想。

青玉案
官　况

这首词作于潍县任上,词中流露出对官场的厌倦情绪。

　　十年盖破黄绸被,尽历遍,官滋味。雨过槐厅天似水,正宜泼茗,正宜开酿,又是文书累。　坐曹一片吆呼碎,衙子催人妆傀儡,束吏平情然也未?酒阑烛跋,漏寒风起,多少雄心退!

十年盖破黄绸被,尽历遍,官滋味——这三句是说:久为县令,尝遍了做官的甘苦。盖破黄绸被:指久任县官。据《倦游录》,宋文彦博知榆次县,题诗衙鼓上云:"置向谯楼一面挝,挝多挝少不知他。黄绸被里晓眠熟,探出头来道放衙。"郑板桥于乾隆七年为范县令,至乾隆十八年为请赈得罪大吏而罢官,为官十一年。"十年"是约略言之。

雨过槐厅天似水,正宜泼茗,正宜开酿,又是文书累——这四句是说:雨停了,天空如水洗过般明净,我坐在栽有槐树的厅堂中,这时正适合喝茶和饮酒,可惜又被公事拖累。槐厅:指官府正厅。《梦溪笔谈》:"唐学士院第三厅阁子前有巨槐一株,因号槐厅。"泼茗:泡茶。

坐曹一片吆呼碎,衙子催人妆傀儡,束吏平情然也未——这三句是说:在一片衙役的吆呼声中升堂,就好像被衙役催促的傀儡一般。约束下属,平息民情,就是这样吗?坐曹:犹言坐堂。曹:官署治狱之处。吆呼碎:吆呼嘈杂。束吏:约束下属官吏。

平情:平息民情。然也未:做得对不对。

酒阑烛跋,漏寒风起,多少雄心退——这三句是说:酒喝尽、灯已残,更漏声声送来寒意,多少雄心就在这样的生活中消退了啊!阑:尽。跋:同"茇",烛根。

郑板桥才情卓然,为县令十年,可以说阅尽人间风情,尝遍为官滋味。此词抒写了郑板桥对于官场生活的厌倦,"十年盖破黄绸被,尽历遍,官滋味",把为官的苦处描写得淋漓尽致,这对于傲岸不羁的郑板桥实在不易,更何况还要苦苦守住自己内心的那方净土呢?板桥曾有"我被微官困煞人"之句,与本词思想相似。全词一气呵成,"酒阑烛跋,漏寒风起"与"雨过槐厅天似水"对比,愈发使人体会到为官的不自由。

菩萨蛮
留 春

这首词上阕写留春,下阕伤叹衰老到来,虽有烟花美景也不能玩赏。

留春不住由春去,春归毕竟归何处?明岁早些来,烟花待剪裁。 雪消春又到,春到人偏老。切莫怨东风,东风正怨侬。

留春不住由春去,春归毕竟归何处——这两句是说:无法留住春天只能由着春天离去,春天不知去了哪里?

明岁早些来,烟花待剪裁——这两句是说:大自然的景色要待春来装点一新。烟花:指春景。剪裁:制作、安排、装饰。

雪消春又到,春到人偏老——这两句是说:雪化了春天就到了,春天到了人偏偏也老了。

切莫怨东风,东风正怨侬——这两句是说:不要怨春不留,春正怨我辜负它的一片心意,使良辰美景如同虚设。侬:我。沪宁一带方言称"你"亦作"侬"。

作者在词中感叹:有的人不珍惜大好春光,一年一年把春光浪费掉了。哪知道岁月催人老,他又怨天尤人了。但该怨的正是自己!

沁园春

恨

【题解】

这首词以"恨"为题,是郑板桥四十岁中举之前的作品。此词抒写了作者胸中的积恨,充分体现了板桥狂放怪诞的风貌和对清政府钳制舆论的悲愤心情。由于郑板桥处于贫贱受压抑地位,他自己和朋友都受过清朝统治者的迫害,使他恨不得把一切功名富贵都抛毁掉。当然,另一方面也反映了作者急欲得到它们的心情。

　　花亦无知,月亦无聊,酒亦无灵。把夭桃斫断,煞他风景;鹦哥煮熟,佐我杯羹。焚砚烧书,椎琴裂画,毁尽文章抹尽名。荥阳郑,有慕歌家世,乞食风情。　单寒骨相难更,笑席帽青衫太瘦生。看蓬门秋草,年年破巷,疏窗细雨,夜夜孤灯。难道天公,还箝恨口,不许长吁一两声?癫狂甚,取乌丝百幅,细写凄清。

花亦无知,月亦无聊,酒亦无灵——这三句是说:花、月、酒都不足以消愁释憾。极写积恨之深。

把夭桃斫断,煞他风景;鹦哥煮熟,佐我杯羹——这四句是说:要把盛开的夭桃砍掉,大煞风景。把作为宠物的鹦鹉煮熟,当下酒菜。夭桃:茂盛的桃树。斫(zhuó):砍。煞(shā):同"杀",减损。

焚砚烧书,椎琴裂画,毁尽文章抹尽名——这三句是说:把砚台、书、琴、画、文章和名声通通毁掉。椎(chuí):捶。

荥阳郑,有慕歌家世,乞食风情——这三句是说:我由于家族传统的影响,喜爱欣赏歌舞,不怕讨吃要饭。郑板桥自称"荥阳郑",以表对封建礼法的蔑视。"荥阳郑"指郑元和的故事。荥阳为郑氏郡望,相传郑元和即荥阳人,流落长安,唱莲花落乞食于市,妓女李亚仙拯救他于困顿之中,后来元和做了大官,亚仙亦封国夫人。唐白行简《李娃传》即叙其事。板桥对这个充满风流韵事,然而近于子虚乌有的远祖十分敬佩,在作品中曾三次提到他。

单寒骨相难更,笑席帽青衫太瘦生——这两句是说:我的骨相贫贱,不能更改。骨相:指人的骨骼相貌。旧谓骨相好坏,注定人一生的命运。席帽青衫:明清科举时儒生或秀才的服装。太瘦生:即太瘦。生,语助词。

看蓬门秋草,年年破巷,疏窗细雨,夜夜孤灯——这四句是说:我自己居住在贫民的破巷之中,柴门前长满秋草,常在雨打窗棂的静夜,挑灯苦读。蓬门、破巷:贫者所居。

难道天公,还箝恨口,不许长吁一两声——这三句是说:老天爷,难道你要用钳子夹住人的嘴巴,连长吁短叹一两声也不允许吗?箝(qián):钳制。

癫狂甚,取乌丝百幅,细写凄清——这三句是说:我要取一百张乌丝纸,写下自己凄苦的感情。乌丝:全称乌丝栏,一种专供书写用,带黑格的绢素或纸张。

时代气氛的沉闷压抑,加之个人命途多舛,空怀救时济世之志却难有作为,使得郑板桥经常处于无法摆脱的精神苦闷之中。此词最能体现其狂怪的风貌和愤世不平之情。

此词上阕抒发作者愤世嫉俗的狂态。开篇的三个排比句"花亦无知,月亦无聊,酒亦无灵",把这些自我遣兴、排忧解愁的事物全给否定了。也就是说,自己内心深广的忧愤,不是它们可以化解的。接着倾吐出积聚胸中的压抑不平之气,把夭桃、鹦鹉,连同关系仕途和艺术生涯的砚、书、琴、画、文章、功名彻底毁掉,说明他对当时的那个世道已经彻底失望了。下阕描写自己穷困潦倒的处境,在自嘲中诉说着自己怀才不遇的孤寂凄清。作者先为自己"相面":"单寒骨相难更",是说自己天生就不是一副福相,无法更改,接着描写自己的贫困处境,"蓬门秋草"、"破巷"、"细雨"、"孤灯"一片凄惶的景象,令人顿生哀怨。康、雍、乾三代,虽然号称"盛世",但文字狱却迭兴,株连甚广。板桥的友人、同学,有的因文字狱被撤职罢官,有的死后还惨遭戮尸;板桥自己为了避祸全身,也不得不从已经刻好的《诗钞》书版上将可能惹祸的诗作铲掉。所以,词人在这里压抑不住满腔悲愤,发出一声强烈的呼号:"难道天公,还钳恨口,不许长吁一两声?"结尾三句,将难以言说的"恨"之情痛快淋漓地抒发,同时表达自己将一如既往,我行我素,绝不改变"颠狂"的态度去迎合世俗。全词以情感波澜为主线,呈汹涌澎湃之势,展现了一个肆口而言、任情而行、坦率痛快、清高孤傲的狂士形象。

沁园春
西湖夜月有怀扬州旧游

这首词作于雍正十年,板桥第一次游西湖之时,勾起了对昔日扬州春游情景的回忆。上阕写西湖月夜游乐,下阕回顾往昔扬州游冶盛况,流露出苦闷的心情。

飞镜悬空,万叠秋山,一片晴湖。望远林灯火,乍明还灭;近堤人影,似有如无。马上提壶,沙边奏曲,芳草迷人卧莫扶。非无故,为青春不再,著意萧疏。 十年梦破江都,奈梦里繁华费扫除。更红楼夜宴,千条绛蜡;彩船春泛,四座名姝。醉后高歌,狂来痛哭,我辈多情有是夫!今宵月,问江南江北,风景何如?

飞镜悬空,万叠秋山,一片晴湖——这三句是说:月亮像一面镜子悬在天空,远处是重重叠叠的山峦,湖水清明透彻。

望远林灯火,乍明还灭;近堤人影,似有如无——这四句是说:在月下,远处树林中的灯火忽明忽暗,近处的人影模模糊糊看不清楚。

马上提壶,沙边奏曲,芳草迷人卧莫扶——这三句是说:在马背上提拎着酒壶,在沙洲边演奏曲子,芳草可爱,久卧其上,不想离去。

非无故,为青春不再,著意萧疏——这三句是说:不是没有原因,是因为青春不再,人已老去。萧疏:原指草木飘零,这里形容人衰老。

十年梦破江都,奈梦里繁华费扫除——这两句是说:由于看惯扬州,对它的繁华,在印象里怎么也抹不掉。梦破:频频梦见。江都:即扬州。

更红楼夜宴,千条绛蜡;彩船春泛,四座名姝——这四句是说:昔日在歌楼楚馆,与众歌伎坐着彩船游春。

醉后高歌,狂来痛哭,我辈多情有是夫——这三句是说:醉酒后我们高声唱歌、痛哭,我们也是那么的多情。我辈:指昔日共游的朋友。有是夫:是这样吧。

今宵月,问江南江北,风景何如——这三句是说:问问今晚的月亮,不知江南和江北风景哪里更好?江南:指西湖。江北:指扬州。

对着西湖美景,酒至半酣之时,郑板桥思念起美丽的家乡,然后纵笔狂书。此词回忆了当初在扬州与风尘女子共度良辰美景的情形。回忆起当年扬州春游:"马上提壶,沙边奏曲,芳草迷人卧莫扶。"而如今"青春不再,著意萧疏",与当年的高歌痛哭任自如形成了鲜明对照,更映衬出往昔的可爱、今朝的可叹!词作酣畅淋漓,笔酣墨饱,语气奔放,展现了一个狂放的郑板桥形象。

踏莎行
无 题

【题解】

这是一首情词,记叙了郑板桥对表妹的一段情愫,这段情事今已不可考。无题:传统的诗题,多写爱情。

　　中表姻亲,诗文情愫,十年幼小娇相护。不须燕子引人行,画堂得到重重户。　　颠倒思量,朦胧劫数,藕丝不断莲心苦。分明一见怕销魂,却愁不到销魂处。

中表姻亲,诗文情愫,十年幼小娇相护——这三句是说:我们从小一起长大,既是亲戚,又有因诗文而结的感情。

不须燕子引人行,画堂得到重重户——这两句是说:不需要燕子带路,我就很熟悉闺房的路。

颠倒思量,朦胧劫数,藕丝不断莲心苦——这三句是说:无奈我们硬被分开,稀里糊涂就遭遇到婚姻的不幸,只能痛苦地思念。朦胧:糊里糊涂。劫数:厄运,此处指包办婚姻。莲心苦:莲、怜谐音,字意双关。

分明一见怕销魂,却愁不到销魂处——这两句是说:我害怕相见会更痛苦,可更发愁连相见的机会都没有。

此词含蓄地披露了板桥与"中表姻亲"间的痛苦相恋。上阕记叙作者年幼时与表妹的青梅竹马,亲密无间,"不须燕子引人行,画堂得到重重户",熟悉之情,记忆之深,溢于言表。下阕抒情,表达作者无尽的思念。"朦胧劫数"暗露板桥对自己糊里糊涂厄运的无奈,及对"封建礼教"的无声慨叹。"分明一见怕销魂,却愁不到销魂处",语意凄婉伤感而又缠绵悱恻,把这对恋人备受煎熬、欲说还休、难以排遣的苦闷心绪表现得淋漓尽致,读之令人黯然。

虞美人
无 题

这是一首怀人之作。考证板桥身世及有关作品,此女子似为作者妾饶氏。

盈盈十五人儿小,惯是将人恼。撩他花下去围棋,故意推他勍敌让他欺。　　而今春去花枝老,别馆斜阳早。还将旧态作娇痴,也要数番怜惜忆当时。

【新解】

盈盈十五人儿小,惯是将人恼——这两句是说:那个年轻美丽的女子常常缠人,使人难于应付。盈盈:仪态美好的样子。

撩他花下去围棋,故意推他勍敌让他欺——这两句是说:逗引她去花下下围棋,我故意输给女子,让她取胜。撩:逗引。勍(qíng)敌:有力的对手。

而今春去花枝老,别馆斜阳早——这两句是说:如今她人老了,我也远在异乡作客。花枝老:形容女子年老。别馆:客馆。

还将旧态作娇痴,也要数番怜惜忆当时——这两句是说:想起旧日娇痴的样子仍然让人无限怜爱。娇痴:少女可爱而天真的样子。

【新评】

此词记录了板桥当年恋爱时的心迹。上阕是回忆作者当年与一女子相处的情景,描写了一个娇嗔可爱的年轻女子形象,作者将两人下棋的情景写得非常动人;下阕说她如今虽然老大,但旧日的情态依然时时勾起作者的回味与无限怜爱之情,词中弥漫着淡淡的哀愁情调。陈廷焯评曰:"情态可哂,亦可怜。"(《词则·别调集》卷五《国朝词》)全词语言朴素自然,意象疏朗明快。

念奴娇
周瑜宅

这组词共十二首,作于雍正十年(1732),当时板桥赴南京乡试。应试之余,板桥情绪极好,诗兴大发,游历了金陵、杭州的名胜古迹,以《念奴娇》的词牌写成了《金陵怀古十二首》，展现了板桥在作词方面的才华。此词歌颂了周瑜的英杰挺秀。周瑜宅：相传在今南京市，明时为应天府邸，清时为江宁府邸。但据后人考证，其说不可信。周瑜，字公瑾，三国东吴大将。辅佐孙权，曾率孙刘联军在赤壁(今湖北武昌县西)之下击破曹操军，稳定了孙氏在江东的统治。

　　周郎年少，正雄姿历落，江东人杰。八十万军飞一炬，风卷滩前黄叶。楼橹云崩，旌旗电扫，熛射江流血。咸阳三月，火光无此横绝。　想他豪竹哀丝，回头顾曲，虎帐谈兵歇。公瑾伯符天挺秀，中道君臣惜别。吴蜀交疏，炎刘鼎沸，老魅成奸黠。至今遗恨，秦淮夜夜幽咽。

　　周郎年少，正雄姿历落，江东人杰——这三句是说：周瑜正年轻，雄姿英发，是江东出类拔萃的人才。周郎年少：《三国志·周瑜传》载，建安三年孙策授瑜建威中郎将，"瑜时年二十四，吴中皆呼为周郎"。建安十三年破操军时他才三十四岁。历落：清矫拔俗的样子。江东：长江以东，指东吴。

　　八十万军飞一炬，风卷滩前黄叶——这两句是说：曹操八十万大军被周瑜的火攻之计一举烧光。风卷滩前黄叶：形容火势凶猛。赤壁之战时曹操南征大军号称八十万，船舰泊于长江北岸赤壁之下，周瑜部将黄盖献火攻之计，遂烧操战船并延烧岸上营垒，操军败退。

　　楼橹云崩，旌旗电扫，熛射江流血——这三句是说：曹军为火攻所败，战船被焚，旌旗一空，死尸逐波，血染江水。楼橹：古时作战供侦察、防守和攻城用的木制高台，这里指曹军的战船。熛(biāo)：迸飞的火焰。

　　咸阳三月，火光无此横绝——这两句是说：项羽焚烧秦咸阳宫殿，也赶不上这次火势凶猛。《史记·项羽本纪》："项羽……烧秦宫室，火三月不灭。"横绝：这里形容火势凶猛。

　　想他豪竹哀丝，回头顾曲，虎帐谈兵歇——这三句是说：周瑜在军帐中听着音乐就指挥了这场战争。豪竹哀丝：指管弦乐器。顾曲：《周瑜传》载："瑜少精意于音乐，虽三爵之后，其有阙误，瑜必知之，知之必顾。故时人谣曰：曲有误，周郎顾。"虎帐：军中帅帐陈虎皮，故云。

　　公瑾伯符天挺秀，中道君臣惜别——这两句是说：周瑜和孙策都天资挺秀，可惜在中年君臣就惜别了。中道：中年。公瑾，周瑜字。伯符，孙策字。策，长沙太守孙坚长子，权兄。坚死后，孙策割据江东吴、会稽等五郡，封吴侯。孙策与周瑜是生死之交。建安五年,策死,年仅二十六岁,故云"中道惜别"。

吴蜀交疏,炎刘鼎沸,老魅成奸黠——这三句是说:赤壁战后,吴、蜀因争夺荆州连年攻战,加之东汉政权极度动荡不稳,因使曹操"挟天子以令诸侯"之计得以成功。交疏:关系疏远。炎刘:汉,刘姓,以火德王,故称。老魅:指曹操。

至今遗恨,秦淮夜夜幽咽——这两句是说:周瑜死后,吴国终于灭亡,秦淮流水发出幽咽之声,宛如周郎叹恨不已。周瑜临终前与孙权书曰:"俺短命矣,诚不足惜,但恨微志未展,不复奉教命耳。"

此词歌颂了雄姿英发的周瑜在赤壁之战中的作用。上阕写赤壁之战,下阕深为周瑜没有最后成就东吴帝业而惋惜。此词具有苏东坡"大江东去"般的雄伟、豪放,词作简洁明快,语言通俗浅显,在平易自然的话语中渗透着发人深省的人生哲理。

念奴娇
桃叶渡

这首词由桃叶渡而想起桃叶,更想到历代无数被埋没的杰出女子,为她们的遭遇鸣不平。桃叶渡:在秦淮河与青溪汇合处。相传晋王献之送妾桃叶于此渡江,献之赠桃叶诗一首,桃叶以《团扇诗》作答,后人遂名其地为桃叶渡。

桥低红板,正秦淮水长,绿杨飘撇。管领春风陪舞燕,带露含凄惜别。烟软梨花,雨娇寒食,芳草催时节。画船箫鼓,歌声缭绕空阔。　　究竟桃叶桃根,古今岂少,色艺称双绝。一缕红丝偏系左,闺阁几多埋灭。假使夷光,苎萝终老,谁道倾城哲。王郎一曲,千古艳说江楫。

桥低红板,正秦淮水长,绿杨飘撇——这三句是说:秦淮河涨水的季节,桥显得低了,杨树飘荡着枝条。长:读为"涨"。飘撇:摆动。

管领春风陪舞燕,带露含凄惜别——这两句是说:绿杨带领着春风陪着燕子飞舞,带着露珠凄然离别。这两句的主语是"绿杨",古人常用折杨柳枝表示伤春惜别。

烟软梨花,雨娇寒食,芳草催时节——这三句是说:在轻烟细雨之中,来到了梨花开放、芳草吐绿的寒食季节。

画船箫鼓,歌声缭绕空阔——这两句是说:画船上歌舞音乐缭绕。

究竟桃叶桃根,古今岂少,色艺称双绝——这三句是说:古今如桃根、桃叶色艺都佳的女子,并不在少数。桃根:桃叶妹。

一缕红丝偏系左,闺阁几多埋灭——这两句是说:月下老人偏把红丝线拴在桃叶足上,她有幸嫁给王献之,因而扬名后世,而更多的女子则湮没无闻。左:指桃叶。古礼以左为尊贵,故姊妹相论,姊为左。

假使夷光,苎萝终老,谁道倾城哲——这三句是说:当年西施如果终老故乡,谁还称道她的美貌呢?夷光:西施,春秋时越国人,中国历史上有名的美女。越王勾践把她献给吴王夫差。苎萝:西施生长的村庄。倾城哲:谓绝美的女子。《诗·大雅·瞻卬》:"哲夫成城,哲妇倾城。"

王郎一曲,千古艳说江楫——这两句是说:由于王献之一首《桃叶词》,而使桃叶渡江之事流传千古。王献之赠桃叶诗,据《晋书·五行志》载:"陈时江南盛歌王献之《桃叶词》云:桃叶复桃叶,渡江不用楫;但渡无所苦,我自迎接汝。"艳说:羡慕地称道。江楫:这里指献之送桃叶渡江之事。

此词上阕写景,描写了秦淮河的春景,情调婉转旖旎。"管领春风陪舞燕,带露含凄惜别",以拟人的手法写绿杨飘飞,非常动人,流露出伤感的情绪。"烟软梨花,雨娇寒食"则把江南的春色勾勒成带有女性柔情的色彩。下阕抒情,感叹人世间如桃叶一样出色的女子并不在少数,但都被历史埋没了,作者深深地为她们惋惜。作者的感慨中应有自伤身世的成分。

念奴娇
劳劳亭

这首词上阕揭示人生离别的痛苦;下阕以老庄达观思想,对自己半生为名利奔波作了检讨,指出闻达不如守穷。劳劳亭:在南京旧上元县治西南近江渚处。相传三国吴所建,为送别之所。李白《劳劳亭》诗:"天下伤心处,劳劳送客亭。"

劳劳亭畔,被西风一夜,逼成衰柳。如线如丝无限恨,和雨和烟偏瘦。江上征帆,尊前别泪,眼底多情友。寸言不尽,斜阳脉脉凄瘦。　半生图利图名,闲中细算,十件长输九。跳尽胡孙装尽戏，总被他家哄诱。马上旌笮，街头乞叫，一样归乌有。达将何乐，穷更不若株守。

【新解】

劳劳亭畔，被西风一夜，逼成衰柳——这三句是说：西风吹过，劳劳亭边的柳树都憔悴了。

如线如丝无限恨，和雨和烟僝僽——这两句是说：无边无际的愁绪，伴着烟雨更增加了愁苦。僝僽(chánzhòu)：烦恼、憔悴。

江上征帆，尊前别泪，眼底多情友——这三句是说：与朋友决别时感慨万千。

寸言不尽，斜阳脉脉凄瘦——这两句是说：离别时想说的话很多，斜阳也像我一样内心凄苦。寸言：谓内心之言。钱起《逢侠者》云："寸心言不尽，前路日将斜。"脉脉：含情欲吐的样子。凄瘦：凄凉瘦削。

半生图利图名，闲中细算，十件长输九——这三句是说：半生在名利场上角逐，所失者多，所获者少。

跳尽胡孙装尽戏，总被他家哄诱——这两句是说：处世如耍猴作戏，总是被他人所诱使与哄骗。胡孙：又作"猢狲"，猴子的别称。

马上旌笮，街头乞叫，一样归乌有——这三句是说：不管是生前高官显赫，还是街头乞讨，到头来万事皆空。旌笮：指高官的仪仗，这里指高官。归乌有：谓死后一切皆空。

达将何乐，穷更不若株守——这两句是说：乐达不如守穷，免得遭横祸。

【新评】

此词上阕借景抒发离愁别苦，"如线如丝无限恨，和雨和烟僝僽"，通过秋天柳的憔悴状态，来衬托人的离愁别恨。同时表明了作为一个长年浪迹他乡的游子对离别的深切体会。

下阕作者以亭为题，透过一层，总结了自己的人生道路，借劳劳亭的秋风感叹"半生图利图名，闲中细算，十件长输九"。他用老庄思想来看待世事，"马上旌笮，街头乞叫，一样归乌有"，立意高妙，运思超脱，使词的境界上了一个台阶。

念奴娇

胭脂井

这是一首咏史词，对陈后主、隋炀帝荒淫女色，贻误国事，进行了揭露和讽刺。

胭脂井：六朝陈景阳宫中景阳井。相传井栏以手拭之作胭脂色，故名。公元589年隋大将韩擒虎攻入建康，陈后主与张丽华、孔贵嫔二妃藏于井中，被俘获，故又名辱井。

　　辘轳转转，把繁华旧梦，转归何许？只有青山围故国，黄叶西风菜圃。拾橡瑶阶，打鱼宫沼，薄暮人归去。铜瓶百丈，哀音历历如诉。　过江咫尺迷楼，宇文化及，便是韩擒虎。井底胭脂联臂出，问尔萧娘何处？《清夜游》词，《后庭花》曲，唱彻江关女。词场本色，帝王家数然否？

　　辘轳转转，把繁华旧梦，转归何许——这三句是说：胭脂井上的辘轳至今还在转动，但昔日帝王的繁华旧梦已无迹可寻了。

　　只有青山围故国，黄叶西风菜圃——这两句是说：只有青山依旧，繁华都已不再。故国：故都，指南京。

　　拾橡瑶阶，打鱼宫沼，薄暮人归去——这三句是说：昔日宫苑中的瑶阶和池沼，都变成了渔樵的场所。瑶阶：宫殿的玉石台阶。

　　铜瓶百丈，哀音历历如诉——这两句是说：倾听井上铜瓶汲水声，分明为往事发出哀诉。历历：清晰、分明。

　　过江咫尺迷楼，宇文化及，便是韩擒虎——这三句是说：隋帝杨广蹈陈后主覆辙，在扬州修筑迷楼，被宇文化及所杀，隋灭，也如昔日隋将韩擒虎灭陈一样。过江咫尺：扬州在江北，与金陵只一江之隔，故云。迷楼：隋炀帝时修建。宇文化及：炀帝时任右屯卫将军，大业十四年在江都（扬州）杀死隋帝杨广，立秦王杨浩，后杀浩自立，国号许，次年被窦建德擒杀。韩擒虎：隋大将。公元589年率兵攻入建康，俘陈后主。

　　井底胭脂联臂出，问尔萧娘何处——这两句是说：陈后主与张、孔二妃从井底一块被俘获，而隋炀帝被杀时，嫔妃却不知躲在哪里。尔：指隋炀帝。萧娘：女子泛称，这里指炀帝嫔妃。

　　《清夜游》词，《后庭花》曲，唱彻江关女——这三句是说：陈后主与隋炀帝所作歌辞，到处被歌女所传唱。清夜游、后庭花：乐曲名。《资治通鉴·隋大业元年五月》载："上好以月夜从宫女数千骑游西苑，作《清夜游曲》，于马上奏之。"又，据《隋书·乐志》载，陈后主于清乐中造《玉树后庭花》曲，与幸臣制其歌词，绮艳相高，极于轻荡，男女相合，其音甚哀。

词场本色，帝王家数然否——这两句是说：陈后主与隋炀帝都是词场行家，但却不懂皇帝怎么做法。家数：犹言成法。然否：疑问词，是不是这样。

此词上阕写景，通过萧瑟、荒凉的景色感慨逝去的繁华旧事。下阕抒情、议论，追叙陈后主、隋炀帝荒淫误国的史实，作者对此进行揭露和控诉。陈廷焯评："此词精绝，为诸篇之冠。"（《词则·放歌集》卷六《国朝词》）

念奴娇
高座寺

这首词上阕写高座寺当时荒凉残破的景象；下阕讽刺六朝那些表面信佛实则迷恋于权势的人（如梁武帝），他们内心充满杀机，与佛教教义根本不相容。高座寺：在今南京市中华门外雨花台梅冈上。相传东晋时西天竺僧人释黎密来中国，为丞相王导等所礼敬，因号所居为高座。既卒，于冢侧立刹，谢鲲因名为高座寺。

暮云明灭，望破楼隐隐，卧钟残院。院外青山千万叠，阶下流泉清浅。鸦噪松廊，鼠翻经匣，僧与孤云远。空梁蛇脱，旧巢无复归燕。　　可怜六代兴亡，生公宝志，绝不关恩怨。手种菩提心剑戟，先堕释迦轮转。青史讥弹，传灯笑柄，枉作骑墙汉。恒沙无量，人间劫数自短。

暮云明灭，望破楼隐隐，卧钟残院——这三句是说：暮色昏暗，隐约看到远处的破楼和荒废的寺庙。卧钟：钟躺在地上，说明寺已荒废。

院外青山千万叠，阶下流泉清浅——这三句是说：院外的青山重重叠叠，石阶下的清泉浅而清澈。

鸦噪松廊，鼠翻经匣，僧与孤云远——这三句是说：寺院荒无人迹。经匣：盛佛经的木匣。

空梁蛇脱，旧巢无复归燕——这三句是说：寺中房梁上的漆已经脱落，旧巢再也没有燕子归来。空梁蛇脱：梁木漆画的表皮已经剥蚀掉。

可怜六代兴亡，生公宝志，绝不关恩怨——这三句是说：生公和宝志都是彻悟的高僧，足不履尘世，所以六朝兴替与他们毫无干系。生公：晋末高僧竺道生。传说他在平江虎丘寺讲《涅槃经》，讲到一阐提（佛教谓断了成佛善根的人）亦有佛性之处，群石为之点头。宝志：齐梁时高僧，深受梁武帝敬重，曾住持高座寺。

手种菩提心剑戟，先堕释迦轮转——这三句是说：如梁武帝一类人，口诵佛经，心存杀机，是修不成正果的。菩提，树名，原产印度，相传释迦牟尼坐其下修成正果，后成佛家用语，意谓达到彻悟的境界。轮转：又称轮回。佛家谓众生各依所种业因，在天、人、阿修罗、地狱、饿鬼、畜生等六道中生灭不息，唯有修行成佛，才能脱离轮回之苦。

青史讥弹，传灯笑柄，枉作骑墙汉——这三句是说：前述那种人，既不齿于世俗，又贻笑于释家，白白做了一回骑墙汉。青史讥弹：谓被史家所嘲笑和抨击。传灯笑柄：谓被佛门所讪笑。传灯，犹言传法，佛家以灯喻法。骑墙：谓游移两可之间的人，如骑在墙上可左可右也。

恒沙无量，人间劫数自短——这三句是说：与永恒的佛法相比，人世实在短暂。恒沙：印度"恒河沙"的简语。佛家称数量多得无法计算为恒沙。劫数：佛家谓人世永远经历着由始至灭（成、住、坏、空）的周期性循环。众生都逃不脱这种劫数，唯有成佛才能得到超脱，万劫不坏。

此词上阕写景，描写了高座寺凄凉破败的荒芜景色。下阕写梁武帝之类的人虽然口诵佛经，但内心充满杀机，只是骑墙汉而已。

唐多令

思归

这首词当作于潍县任上。伤老思乡，对官场感到厌倦。

绝塞雁行天，东吴鸭嘴船，走词场三十余年。少不如人今老矣，双白鬓，有谁怜？　宦舍冷无烟，江南薄有田，买青山不用青钱。茅屋数间犹好在，秋水外，夕阳边。

绝塞雁行天，东吴鸭嘴船，走词场三十余年——这三句是说：我行踪不定，到处漂泊，从事翰墨之事三十多年。绝塞雁：飞到极北边塞的大雁。鸭嘴船：一种体扁的小船。走词场：谓从事翰墨之事。

少不如人今老矣,双白鬓,有谁怜——这三句是说:年轻时就不如别人,更别提我现在老了! 两鬓斑白,有谁会可怜我呢?

官舍冷无烟,江南薄有田,买青山不用青钱——这三句是说:官衙人事冷清,我在家乡还有一些田产,况且家乡一带诸山,可随时登玩,不需付钱。青钱:青铜钱。板桥在家乡兴化置有少量田产。

茅屋数间犹好在,秋水外,夕阳边——这三句是说:夕阳下的池塘边,我的几间茅屋仍然还在。茅屋数间:指板桥家乡自有房屋。板桥家原居兴化城东,先是与弟墨同住,后弟移居他所。

此词紧扣题目,描写了郑板桥的思归之情。上阕作者总结了自己三十多年的沧桑经历,"绝塞雁行天,东吴鸭嘴船",用南、北两地富有特征性的景物写出了自己四处漂泊的艰辛,形象鲜明。下阕"官舍冷无烟,江南薄有田"用对比的手法,抒发作者对于人情冷淡的官场的厌恶,相较之下,家乡虽然不富裕,可是能够给人带来温馨的感觉,也更有人情味。"买青山不用青钱"化用李白"清风明月不用一钱买",亲切可爱。词作以秋水、夕阳和茅屋的画面结尾,意境深远,意味深长。

满江红

思　家

这首词作于乾隆十六年潍县任所。当时郑板桥已为官十年,对官场的黑暗日渐不满,词中思念家乡的美好,有归隐之想。

我梦扬州,便想到扬州梦我。第一是隋堤绿柳,不堪烟锁。潮打三更瓜步月,雨荒十里红桥火。更红鲜冷淡不成圆,樱桃颗。何日向,江村躲;何日上,江楼卧。有诗人某某,酒人个个。花径不无新点缀,沙鸥颇有闲功课。将白头供作折腰人,将毋左?

我梦扬州,便想到扬州梦我——这两句是说:我常梦到扬州,就想到扬州也会梦见我。扬州:板桥家兴化,除读书、漫游和后来做官,其余大部分时间都生活在扬州,扬州可算是他的第二故乡。

第一是隋堤绿柳,不堪烟锁——这两句是说:第一是烟雾笼罩中的隋堤绿柳。

隋堤：隋代开通济渠，沿渠筑堤，堤上密栽杨柳，后成为隋堤。

潮打三更瓜步月，雨荒十里红桥火——这两句是说：瓜步山的月色和十里红桥的景色都让人难忘。瓜步：瓜步山，该山南临大江。红桥：即虹桥。据吴绮《扬州鼓吹词序》中载，在扬州城西北二里。该桥雕栏画栋绵亘十余里，而四围荷香柳色，是扬州的游冶胜地。

更红鲜冷淡不成圆，樱桃颗——这两句是说：还有红艳的樱桃。

何日向，江村躲；何日上，江楼卧——这四句是说：我什么时候能够回到原来的江村、江楼啊？江村、江楼：指作者家乡一带水村，或具体指板桥当年设塾之江村。

有诗人某某，酒人个个——这两句是说：与这个或那个诗友、酒友谈天说地。诗人、酒人：指板桥的诗友和酒友。这儿和下两句词，都是作者想象中的情景。

花径不无新点缀，沙鸥颇有闲功课——这两句是说：与沙鸥为伴，过闲适的隐居生活。

将白头供作折腰人，将毋左——这两句是说：年纪这么大了还要去趋奉长官，这不是很失算吗？折腰：行礼，谓趋奉上级长官。《晋书·陶潜传》："吾不为五斗米折腰，拳拳事乡里小人耶！"郑板桥《柱石图》曾说："挺然直是陶元亮，五斗何能折我腰？"足见对陶渊明是景仰的。将毋左：不是很失算的吗？左，同"拙"，失于计算。

郑板桥一生在扬州度过了很长时间，《署中与舍弟墨》说在扬州的生活是"日卖百钱，以代耕稼。实救困贫，托名风雅。免谒当途，企求官舍。座有清风，门无车马。"后来郑板桥对这段充满艺术气质的落拓生活非常怀念。此词上阕开头新颖别致，"我梦扬州，便想到扬州梦我"，把扬州当做有情之物对待，可见作者对扬州的浓浓深情，寻常之语写出不寻常的新颖。接着抓住扬州特点描写，令人十分神往。下阕勾勒出一幅理想生活的蓝图，表达了渴望远离污浊官场、归隐田园的愿望。陈廷焯对此词评价很高："命意措语，全以神行。情词双绝，令人不能释手。"（《词则·放歌集》卷六《国朝词》）

瑞鹤仙

帝王家

这首词指出争夺天下是改朝换代的根本原因。一个朝代既然在争夺中兴起，就必然在争夺中灭亡，任何勉强的人为都丝毫无济于事。

山河同敝屣,羡废子传贤,陶唐妙理。禹汤无算计,把乾坤重担,儿孙挑起。千祀万祀,淘多少英雄闲气。到如今故纸纷纷,何限秦头汉尾。　　休倚,几家宦寺,几遍藩王,几回戚里。东扶西倒,偏重处,成乖戾。待他年一片宫墙瓦砾,荷叶乱翻秋水。剩野人破舫斜阳,闲收菰米。

山河同敝屣,羡废子传贤,陶唐妙理——这三句是说:尧把天下看得很轻,传给贤人(舜),不传给自己的儿子。敝屣:穿破的鞋,比喻不足珍惜的东西。《孟子·尽心上》:"舜视弃天下,犹弃敝屣也。"

禹汤无算计,把乾坤重担,儿孙挑起——这三句是说:把管理天下重担传给子孙,是夏禹和商汤的一个过错。据古代传说,尧和舜都是把帝位传给贤人,禹、汤开始把它传给子孙。事实上,这反映了由原始社会到奴隶社会的转变。

千祀万祀,淘多少英雄闲气——这两句是说:为了抢夺天下,引起了几千年英雄豪杰无休止的争斗。千祀万祀:千年万年。淘闲气:故作顽皮,这里指抢夺天下的斗争。

到如今故纸纷纷,何限秦头汉尾——这两句是说:史书上记载着数不清的改朝换代之事。故纸:指史籍。秦头汉尾:代表朝代更替。

休倚,几家宦寺,几遍藩王,几回戚里——这四句是说:一个朝代到将亡之时,宦官、藩王、外戚都是靠不住的。宦寺:即宦官。寺人是古代宫廷中供使令的小官,故后世宦官亦有"寺人"之称。藩王:有封地的同姓或异姓王,朝廷倚为藩蔽,故称。戚里:指外戚。《史记·万石列传》:"高祖召石奋姊为美人,徙其家长安中戚里。"《索隐》:"于上有姻亲者皆居之,故曰戚里。"

东扶西倒,偏重处,成乖戾——这三句是说:一会儿这个家族兴盛起来了,一会儿那个豪门又衰落下去了。权势煊赫之处,到头来终不免败亡。乖戾:不合,这里指灭亡。

待他年一片宫墙瓦砾,荷叶乱翻秋水。剩野人破舫斜阳,闲收菰米——这四句是说:亡国后,一片衰败景象。舫(fǎng):船。菰(gū)米:水生植物菰的果实,可煮食。

此词充分体现了郑板桥对封建制度的批判态度。开篇一句"山河同敝屣",把江山社稷看作敝屣,有了这个视角,红尘中纷纷攘攘的争斗,在郑板桥的眼中都无谓而又可笑了。在郑板桥看来,痴迷帝位者为江山社稷争得你死我活,昏天黑地,反不如做个自在安稳的平民百姓,在樵歌渔唱中安度一生。古人敢于这样直斥封建王朝子孙世袭制度的,委实不多,因而陈廷焯叹他"魄力自不可及"。

◎ 小唱

道情十首

【题解】

这组《道情十首》约作于雍正三年，郑板桥三十三岁。郑板桥在扬州卖画不景气，加上夫人多病，家庭经济陷入困顿之中，为解心中的忧愁烦恼，谱写了《道情十首》，后经他"屡抹屡更"，历十四年才定稿，成为流传极广、脍炙人口的名作，被誉为"十首道情天地情"，代表了清代道情体散曲的最高成就。郑板桥道情十首道出了世人对历史沧桑轮回的百般无奈，反映了当时士大夫阶层和民众的心态。道情：曲艺的一种，因源出演唱道教故事的道曲，故名；内容多为离尘绝俗之类，形式以唱为主，以说为辅，也有只唱不说的。

枫叶芦花并客舟，烟波江上使人愁。劝君更进一杯酒，昨日少年今白头。自家板桥道人是也。我先世元和公公，流落人间，教歌度曲。我如今也谱得《道情十首》，无非唤醒痴聋，销除烦恼。每到山青水绿之处，聊以自遣自歌。若遇争名夺利之场，正好觉人觉世。这也是风流世业，措大生涯。不免将来请教诸公，以当一笑。

小序的意思是：登上枫叶飘零的客舟，放眼江上，烟波浩淼，芦荻萧萧，更令羁旅中人平添人生苦短的感叹。我是板桥道人，我的先祖郑元和曾经流落人间，教人作曲唱歌。我现在谱写了十首道情诗，就是想要唤醒愚痴的众生，消除烦恼。到了青山绿水的地方，能够歌唱自娱。如果遇到争名夺利的事情，可以启发人心。这也是穷书生教化风俗的办法。拿这些小诗来请教各位，聊博一笑。序首这四句七言诗是集唐诗而成。元和公公：即郑元和，见《沁园春·恨》注。度曲：作曲。《汉书·元帝纪赞》："自度曲，被歌声。"风流：风俗教化。措大生涯：穷书生谋生的手段。措大，亦作"醋大"，旧时对穷书生的蔑称。将来：拿来。

（一）

老渔翁，一钓竿，靠山崖，傍水湾，扁舟来往无牵绊。沙鸥点点轻波远,荻港萧萧白昼寒,高歌一曲斜阳晚。一霎时波摇金影,蓦抬头月上东山。

老渔翁,一钓竿,靠山崖,傍水湾,扁舟来往无牵绊——这五句是说:老渔翁手持钓竿在水边钓鱼,小船来来往往,无所牵挂。扁舟:小船。

沙鸥点点轻波远,荻港萧萧白昼寒,高歌一曲斜阳晚——这三句是说:沙鸥在波浪间飞翔,风吹动长满芦苇的河港发出沙沙的声音,白天已经很冷了,天色已晚,放声高歌一曲。轻波:墨迹作"清波"。荻港:两岸长满芦荻的河港。港,小河。萧萧:风吹草木声。

一霎时波摇金影,蓦抬头月上东山——这两句是说:突然看见波光晃动中闪着金色的光芒,猛然抬头才发现月亮已爬上东山。蓦(mò):猛然。

(二)

老樵夫,自砍柴,捆青松,夹绿槐,茫茫野草秋山外。丰碑是处成荒冢,华表千寻卧碧苔,坟前石马磨刀坏。倒不如闲钱沽酒,醉醺醺山径归来。

老樵夫,自砍柴,捆青松,夹绿槐,茫茫野草秋山外——这五句是说:老樵夫独自去砍柴,砍了一大捆的青松和绿槐,荒寂的山中长满野草。

丰碑是处成荒冢,华表千寻卧碧苔,坟前石马磨刀坏——这三句是说:功德碑处早已成了荒坟,高大的华表上面爬满苔藓,陵墓前的石兽已破碎倒地,做了樵夫的磨刀石。丰碑:记载功德的石碑。华表:古代设在宫殿、坟墓前面作为装饰和标志的大柱。千寻:形容很高。寻,八尺。

倒不如闲钱沽酒,醉醺醺山径归来——这两句是说:还不如拿闲钱买点酒,喝得醉醺醺地回家。闲钱:余钱。沽酒:买酒。

(三)

老头陀,古庙中,自烧香,自打钟,兔葵燕麦闲斋供。山门破落无关锁,斜日苍黄有乱松,秋星闪烁颓垣缝。黑漆漆蒲团打坐,夜烧茶炉火通红。

老头陀,古庙中,自烧香,自打钟,兔葵燕麦闲斋供——这五句是说:古庙中的老头陀独自敲钟、独自上香,吃着粗茶淡饭。头陀:佛教名词,梵语音译,意为"抖擞(排除)烦恼"。僧侣行"头陀"时,须守十二项苦行(如乞食、穿破衣等),后用以称呼行脚乞食或贫苦僧人。兔葵:即冬葵,我国古代重要蔬菜之一,后多指粗菜。燕麦:野麦。闲斋供:作平常的饭食。斋供:僧饭。

山门破落无关锁,斜日苍黄有乱松,秋星闪烁颓垣缝——这三句是说:山门破败也不需要锁,夕阳照在松树上呈现出青黄色,透过破败的破墙缝能看到秋星闪烁。苍黄:青黄色,指落日映照松树的颜色。

黑漆漆蒲团打坐,夜烧茶炉火通红——这两句是说:在黑漆漆的蒲团上打坐,夜里把茶炉的火烧得旺旺的。蒲团:蒲草编成的圆垫。打坐:释家盘腿而坐,使心入定,谓之打坐。

(四)

水田衣,老道人,背葫芦,戴袱衣,棕鞋布袜相厮称。修琴卖药般般会,捉鬼拿妖件件能,白云红叶归山径。闻说道悬岩结屋,却教人何处相寻。

水田衣,老道人,背葫芦,戴袱衣,棕鞋布袜相厮称——这五句是说:身着水田衣的老道人背着葫芦,包着头巾,穿着棕鞋和布袜。水田衣:道士的衣服有方纹似水田之界,故名。袱巾:方形包头巾。棕鞋:用棕树丝编织成的鞋。相厮称:相称。厮,互相。

修琴卖药般般会,捉鬼拿妖件件能,白云红叶归山径——这三句是说:修琴、买药、捉鬼、拿妖样样精通,踏着满山红叶回到白云深处。捉鬼拿妖:旧时迷信,谓有妖鬼能使人、宅等不安,道士能用符水降服它。

闻说道悬岩结屋,却教人何处相寻——这两句是说:听人说道士在悬崖边的岩石上建了房屋,这叫人去哪里找他呢?

(五)

老书生,白屋中,说黄虞,道古风,许多后辈高科中。门前仆从雄如虎,陌上旌旗去似龙,一朝势落成春梦。倒不如蓬门僻巷,教几个小小蒙童。

老书生,白屋中,说黄虞,道古风,许多后辈高科中——这五句是说:老书生住在破草屋,博古通今,讲说着上古时代的君王之事,教了许多学生考中进士。白屋:草屋。《汉书·吾丘寿王传》颜师古注:"白屋,以白茅覆屋也。"黄虞:黄帝与虞舜,谓远古时代。高科中:谓考中进士。

门前仆从雄如虎,陌上旌旗去似龙,一朝势落成春梦——这三句是说:那些做高官的后辈门前的仆役、随从气概如同老虎一样雄健,他出行时路上旌旗不断,如同游龙一样蜿蜒,可是一旦失势就什么都没有了。

倒不如蓬门僻巷,教几个小小蒙童——这两句是说:还不如老书生在穷乡僻壤教几个儿童。蓬门僻巷:旧指穷人所居之处。蒙童:无知儿童。

(六)

尽风流,小乞儿,数莲花,唱竹枝,千门打鼓沿街市。桥边日出犹酣睡,山外斜阳已早归,残杯冷炙饶滋味。醉倒在回廊古庙,一凭他雨打风吹。

尽风流,小乞儿,数莲花,唱竹枝,千门打鼓沿街市——这五句是说:小乞儿所唱的曲子真美妙,数说莲花落,演唱竹枝词,沿着街道一边打鼓一边唱。风流:超逸美妙,这里指乞儿所唱的曲。莲花:即《莲花落》,曲艺名,宋时即已流行,为乞儿所唱。竹枝:即《竹枝词》,本巴、渝(今四川东部)一带民歌,唐刘禹锡改作新词,后人多依曲作词,遂盛行于世。

桥边日出犹酣睡,山外斜阳已早归,残杯冷炙饶滋味——这三句是说:日上三竿小乞儿仍然酣睡,太阳还没下山他早已归来,虽然吃的是残羹冷炙但兴致不差。饶:富有。

醉倒在回廊古庙,一凭他雨打风吹——这两句是说:随便就醉倒回廊、古庙,哪管他雨打风吹。

(七)

掩柴扉,怕出头,剪西风,菊径秋,看看又是重阳后。几行衰草迷山郭,一片残阳下酒楼,栖鸦点上萧萧柳。撮几句盲辞瞎话,交还他铁板歌喉。

掩柴扉,怕出头,剪西风,菊径秋,看看又是重阳后——这五句是说:我关上柴门,又是重阳时节,西风吹过菊花开满路。剪:剪剪,风轻寒貌。

几行衰草迷山郭,一片残阳下酒楼,栖鸦点上萧萧柳——这三句是说:野草长满山村,我在太阳落山时去酒楼,天色渐渐暗了。迷:分辨不清。萧萧:草木摇落声。

撮几句盲辞瞎话,交还他铁板歌喉——这两句是说:拼凑几句荒唐的歌词,交给歌人去演唱。撮:拈取。盲辞瞎话:指无史实可考的民间故事之类。盲辞,旧时盲人说唱家所演唱的故事。交还:退还不用。铁板歌喉:指用乐器伴奏的歌唱,常为官宦富豪之家宴乐时所演唱。

(八)

邈唐虞,远夏殷。卷宗周,入暴秦。争雄七国相兼并。文章两汉空陈迹,金粉南朝只废尘,李唐赵宋慌忙尽。最可叹龙盘虎踞,尽销磨《燕子》、《春灯》。

邈唐虞,远夏殷。卷宗周,入暴秦。争雄七国相兼并——这五句是说:唐虞、夏殷已是十分遥远了,历史又席卷过正宗的周朝,进入残暴的秦朝。争雄的七国互相发动兼并战争。邈:荒远。宗周:指周朝。周夺取天下后,分封同姓或异姓为许多诸侯国,这些国家都尊周天子为宗主,故称。七国:指战国时期秦、齐、楚、燕、韩、赵、魏等七个大国。

文章两汉空陈迹,金粉南朝只废尘,李唐赵宋慌忙尽——这三句是说:两汉文章都已成为历史,奢华的南朝早已化为灰烬,唐、宋两朝也难逃衰亡的命运。文章两汉:汉代诗、赋、乐府、史记极一时之盛,故称。金粉南朝:指南朝统治阶级豪侈奢靡的生活。金粉:妇女化妆用的铅粉;南朝贵族中男子也敷粉。李唐赵宋:唐朝皇帝姓李,宋朝皇帝姓赵,故云。

最可叹龙盘虎踞,尽销磨《燕子》、《春灯》——这两句是说:最可叹息的是明朝建都在金陵这样的形胜之地,却在《燕子笺》、《春灯谜》的靡靡之音中灭亡了。龙盘虎踞:历史上称金陵形胜有虎踞龙盘之势,此处代指明王朝。销磨:慢慢耗掉。《燕子》、《春灯》:《燕子笺》和《春灯谜》,明末阮大铖所作二传奇名,这里指歌舞酒宴。

(九)

吊龙逢,哭比干,羡庄周,拜老聃;未央宫里王孙惨。南来薏苡徒兴谤,七尺珊瑚只自残,孔明枉作那英雄汉。早知道茅庐高卧,省多少六出祁山。

吊龙逢,哭比干,羡庄周,拜老聃;未央宫里王孙惨——这五句是说:哭吊看不透世事的忠臣龙逢、比干,羡慕老子、庄子的看透世事明哲保身。可叹那韩信在未央宫惨遭杀害。龙逢(péng):关龙逢,夏桀王的臣子,因直谏被杀。比干,商纣王的叔父,因直谏被剜心而死。庄周,老聃(dān):春秋、战国时期道家学派的两位创始人,倡清静淡泊、与世无争、敝屣功名富贵的人生哲学,对历代失意的知识分子影响很大。未央宫:汉宫名,汉初萧何主持建造。王孙:指韩信。《史记·淮阴侯列传》载漂母对韩信说:"吾哀王孙而进食,岂望报乎!"

南来薏苡徒兴谤,七尺珊瑚只自残——这两句是说:马援因薏苡被诬告,石崇因夸富斗富而遭戮。薏苡:指东汉伏波将军马援,因从南方往内地载运薏苡而被诬陷一事。《后汉书·马援传》:"南方薏苡实大,援欲以为种,军还载之一车……及卒后,有上书谮之者,以为前所载还皆明珠文犀。"薏苡:植物,可供食用或酿酒,亦可入药。七尺珊瑚:《世说新语·汰侈篇》载西晋大官僚石崇与贵戚王恺斗富,打碎珊瑚。此言"七尺",系夸大之辞。

孔明枉作那英雄汉。早知道茅庐高卧,省多少六出祁山——这三句是说:诸葛亮枉作了英雄,早知道在隆中隐居,省得六出祁山。孔明:蜀汉丞相诸葛亮,字孔明,东汉末隐居隆中,刘备闻其名,三顾草庐,聘为军师,后辅佐刘备据西蜀定三分大局,备死,又辅佐后主刘禅,曾六次由祁山出师北伐中原,都没有成功,他死后,西蜀竟被曹魏所吞灭。

(十)

拨琵琶,续续弹,唤庸愚,警懦顽,四条弦上多哀怨。黄沙白草无人迹,古戍寒云乱鸟还,虞罗惯打孤飞雁。收拾起渔樵事业,任从他风雪关山。

拨琵琶,续续弹,唤庸愚,警懦顽,四条弦上多哀怨——这五句是说:拨响琵琶慢慢地弹奏,为了唤醒愚昧、昏庸之人,警示怯懦、贪鄙之人,琵琶声里几多哀怨。懦顽:怯弱与贪鄙之人。《孟子·万章下》:"故闻伯夷之风者,顽夫廉,懦夫有立志。"四条弦:指琵琶。白居易《琵琶行》:"四弦一声如裂帛。"

黄沙白草无人迹,古戍寒云乱鸟还,虞罗惯打孤飞雁——这三句是说:边塞荒无人迹,古老的边防没有人烟,猎人只会打落孤飞的大雁。"黄沙"三句:写边塞,用以形容人世间。戍:边防营垒或城堡。虞罗:指猎人的网罗。虞,古时司山林之官,这里指猎人。

收拾起渔樵事业,任从他风雪关山——这两句是说:还是归隐渔樵,免涉世间政治风险吧。收拾:整理。风雪关山:喻世间风波险阻。

风流家世元和老,旧曲翻新调;扯碎状元袍,脱却乌纱帽,俺唱这首道情儿归山去了。是曲作于雍正七年,屡抹屡更;至乾隆八年,乃付诸梓。刻者司徒文膏也。

【新评】

这组道情名气极大,作者在世时就已广为流传,二百余年来在文学界和社会上都产生了很大的影响。鲁迅先生在《怎么写》一文里,对《道情十首》也给予了称赞。

《道情十首》前六首分别写了渔翁、樵夫、道人、头陀、书生、乞儿,主要表现作者关心民间疾苦,感慨人事纷乱和社会生活的艰难。他写了生活底层的渔翁、樵夫、和尚、道士、贫士、乞丐的日常生活,描写了他们自由自在的天地,表现了他们无羁无绊的性格。这七种人都是生活在社会底层的人,他们虽然过着清贫的生活,但他们自得其乐,我行我素,活得很洒脱。这些人道出了作者的出世思想:蔑视功名,淡薄名利,与其挣扎于名利场中,还不如过这样的生活。这六首道情通过沙鸥点点、荻港萧萧、茫茫野草、荒冢碧苔、古庙白屋、柴扉菊径、衰草栖鸦等自然景物构成了凄婉萧瑟的氛围,多了几分远离尘嚣的安宁寂静,少了几分人世的烦恼和名利的羁绊。这几首道情写得如诗如画,韵味无穷。

后面四首写历代兴亡,撩开历史的面纱,看破世情,赞成清静无为,表现了作者的出世思想。《道情》第八首和第九首咏叹历史,感慨沧桑。郑板桥以道家虚无的态度回顾了历史,上自唐虞,下至明朝,感叹历朝历代的兴亡交替,咏叹历代英贤名流操劳忙碌,鞠躬尽瘁,最后还是竹篮打水。他崇拜庄子与老子的清静无为,逍遥自得。《道情》第十首点明了整个道情的主旨:讽古咏今,超脱于世俗名利之上,达到无牵无绊、自由自在的境界,表现出对功利主义、仕途经济的淡漠与蔑视。

这组道情用语明白如话,风格朴素自然,清新飘逸,内涵丰富,其中宣扬了道教"清静"、"寡欲"、"不争"等思想,以劝人劝世为宗旨,散发出超脱散淡的情调。这组诗有着旺盛的生命力,经过一代代的传唱,仍然光景常新,无论是文人雅士还是平民百姓对它都很欣赏。

◎ 文

板桥偶记

题解　乾隆十二年（1747）秋天，郑板桥五十五岁时，由德保推荐出任乡试考官，写作此篇。文称"偶记"，自然是记忆所及，随笔而书。其中主要记述了板桥自己与姜饶氏相识成婚的经过，是板桥文章中独一无二的一篇。

扬州二月，花时也。板桥居士晨起，由傍花村过虹桥[1]，直抵雷塘[2]，问玉勾斜遗迹[3]，去城盖十里许矣。树木丛茂，居民渐少，遥望文杏一株，在围墙竹树之间。叩门径入，徘徊花下。有一老媪，捧茶一瓯，延茅亭小坐[4]。其壁间所贴，即板桥词也。问曰："识此人乎？"答曰："闻名，不识其人。"告曰："板桥，即我也。"媪大喜，走相呼曰："女儿子起来[5]，女儿子起来！郑板桥先生在此也。"是刻已日上三竿矣，腹馁甚。媪具食。食罢，其女艳妆出，再拜而谢曰："久闻公名，读公词，甚爱慕，闻有《道情》十首[6]，能为妾一书乎？"板桥许诺。即取淞江蜜色花笺，湖颖笔[7]，紫端石砚，纤手磨墨，索板桥书。书毕，复题《西江月》一阕赠之，其词曰："微雨晓风初歇，纱窗旭日才温；绣帷香梦半朦腾[8]，窗外鹦哥未醒。蟹眼茶声静悄，虾须影清明[9]；梅花老去杏花匀，夜夜胭脂怯冷。"母女皆笑领词意[10]。问其姓，姓饶；问其年，十七岁矣。有五女，其四皆嫁，惟留此女为养老计，名五姑娘。又曰："闻君失偶，何不纳此女为箕帚妾[11]？亦不恶，且又慕君。"板桥曰："仆寒士，何能得此丽人？"媪曰："不求多金，但足养老妇人者可矣。"板桥许诺，曰："今年乙卯，来年丙辰计偕[12]，后年丁巳，若成进士，必后年乃得归，能待我乎？"媪与女皆曰："能。"即以所作赠词为订。明年，板桥成进士，留京师。饶氏益贫，花钿服饰，折卖略尽。宅边有小园五亩，亦售人。有富贾者，发七百金，欲购五姑娘为妾。其母几动，女曰："已与郑公约，背之不义。七百两亦有了时耳[13]。不过一年，彼必归，请待之。"江西蓼洲人程羽宸[14]，过真州江上茶肆[15]，见一对联云："山光扑面因朝雨，江水回头为晚潮。"傍写"板桥郑燮题"。甚惊异，问何人,茶肆主人曰:"但至扬州问人,便知一切。"羽宸至扬州,问板桥,在京,且知饶氏事,即以五百金为板桥聘资授饶氏。明年,板桥归,复以五百金为板桥纳妇之费。常从板桥游,索书画。板桥略不可意,不敢硬索也。羽宸年六十余,颇貌板桥,兄事之。

江秩文[16],小字五狗,人称为五狗江郎。甚美丽。家有梨园子弟十二人,奏十种番乐者[17]。十二人皆少俊,主人一出,俱废矣。其园亭索板桥一联句,题曰:"草因地暖春先翠,燕为花忙暮不归。"江郎喜曰:"非惟切园亭[18],并切我。"遂彻玉杯为寿。

常二书民有园[19],索板桥题句。题曰:"怜莺舌嫩由他骂,爱柳腰柔任尔狂。"常大喜,以所爱僮赠板桥,至今未去也。

王箬林澍[20],金寿门农,李复堂鱓,黄松石树谷,后名山,郑板桥燮,高西唐翔,高凤翰西园,皆以笔租墨税,岁获千金,少亦数百金,以此知吾扬之重士也。

乾隆十二年,岁在丁卯,济南锁院[21],板桥居士偶记。

〔1〕傍花村:扬州北郊一村名,居民多种菊花。虹桥:原名"红桥",因桥栏杆红色,故得此名,后改建为石桥。

〔2〕雷塘:地名,在扬州北郊。

〔3〕玉勾斜:地名,在雷塘附近。《嘉庆一统志》:"戏马台,其下有路,号玉勾斜,为隋帝葬宫女处。"

〔4〕延:延请。

〔5〕女儿子:女儿。

〔6〕道情十首:初稿作于雍正七年(1729),乾隆八年(1743)刻印。前有序曰:"我如今也谱得《道情十首》,无非唤醒痴聋,销除烦恼。每到山清水绿之处,聊自遣自歌。若遇争名夺利之场,正好觉人觉世。"

〔7〕湖颖笔:湖州所产的毛笔。毛笔亦称毛颖,典出韩愈《毛颖传》。

〔8〕朦腾:犹朦胧。

〔9〕蟹眼:蟹的眼睛,这里指水初沸时冒出的小气泡。虾须:形容细薄如丝的竹帘。唐陆畅《咏帘》诗:"劳将素手卷虾须,琼室流光更缀珠。"

〔10〕笑领词意:郑板桥摹写女子半睡半醒的情态,其中暗寓其思春及挑逗之意,饶氏心领神会,故曰"笑领词意"。

〔11〕箕帚:簸箕、扫帚,指洒扫。箕帚妾:即妻妾的谦称。

〔12〕计偕:指举人进京参加进士考试。

〔13〕了时:用完之时。

〔14〕程羽宸:郑板桥有《怀程羽宸》七绝二首,小序曰:"余江湖落拓数十年,惟程三子䚵(xūn)奉千金为寿,一洗穷愁。羽宸是其表字。"

〔15〕真州:今江苏省仪征市。

〔16〕江秋文：其人不详。

〔17〕十种番乐：又名"十番鼓"。李斗《扬州画舫录》卷十一："是乐不用小锣、金锣、铙钹、号简,只用笛、管、箫、弦、提琴、云锣、汤锣、木鱼、檀板、大鼓十种,故名十番鼓。番者,更番之谓。"

〔18〕切：贴切。

〔19〕常二书民：其人不详。板桥题画文曰："书民二哥,晚过寓斋,强索予画……"

〔20〕王澍：字箬林,金坛人,康熙年间进士,曾官吏部员外郎,书法在当时享有盛名。黄树谷,字松石,又号黄山,钱塘人,善书法。高翔,字凤岗,号西唐,扬州甘泉人,擅长山水画。高凤翰,字西园,号南村,山东胶州人,擅诗、画、书法。

〔21〕锁院：指科举考场。明清科举考试时,为防止考试作弊,考生入场后要将试院上锁,故称锁院。郑板桥于乾隆十二年,曾赴山东济南为乡试阅卷官。

　　本文叙述了作者与姜饶氏相识及结婚的经过,情味盎然,饶有意趣,颇有唐人传奇的特色。如与崔护《游都城南庄》相对看："去年今日此门中,人面桃花相映红；人面不知何处去,桃花依旧笑春风。"更觉文人风流自赏的习气流露无余。

板桥自叙

　　本文作于乾隆十四年(1749),郑板桥五十七岁,其时作者任潍县知县,对官场已生厌恶,正是百般无奈之际。作者作此文,述己生平意趣,流露归隐之意。全文气势贯畅,是其代表作之一,颇得公安派"性灵"之真传。

　　板桥居士,姓郑氏,名燮,扬州兴化人。兴化有三郑氏,其一为"铁郑",其一为"糖郑",其一为"板桥郑"〔1〕。居士自喜其名,故天下咸称为郑板桥云。板桥外王父汪氏〔2〕,名翊文,奇才博学,隐居不仕。生女一人,端严聪慧特绝,即板桥之母也。板桥文学性分,得外家气居多。父立庵先生〔3〕,以文章品行为士先。教授生徒数百辈,皆成就。板桥幼随其父学,无他师也。幼时殊无异人处,少长,虽长大,貌寝陋〔4〕,人咸易之〔5〕。又好大言,自负太过,谩骂无择。诸先辈皆侧目,戒勿与往来。然读书能自刻苦,自愤激,自竖立,不苟同俗,深自屈曲委蛇,由浅入深,由卑及高,由迩达远,以赴古人之奥区,以自畅其性情才力之所不尽。人咸谓板桥读书善记,不知非善记,乃善诵耳。板桥每读一书,必千百遍。舟中、马上、被底,或当食忘匕箸,或对客不听其语,并自忘其所语,皆记书默诵也。书有弗记者乎？

　　平生不治经学，爱读史书以及诗文词集，传奇说簿之类[6]，靡不览究。有时说经，亦爱其斑驳陆离，五色炫烂，以文章之法论经，非"六经"本根也。

　　酷嗜山水，又好色，尤多余桃口齿[7]，及椒风弄儿之戏[8]。然自知老且丑，此辈利吾金币来耳。有一言干与外政[9]，即叱去之，未尝为所迷惑。好山水，未能远迹，其所经历，亦不尽游趣。乾隆十三年，大驾东巡，燮为书画史，治顿所[10]，卧泰山绝顶四十余日，亦足豪矣。

　　所刻诗抄、词抄、道情十首、与舍弟书十六通，行于世。善书法，自号"六分半书"。又以余闲作为兰竹，凡王公大人、卿士大夫、骚人词伯、山中老僧、黄冠炼客[11]，得其一片纸、只字书，皆珍惜藏庋[12]。然板桥从不借诸人以为名。惟同邑李鱓复堂相友善[13]。复堂起家孝廉，以画事为内廷供奉[14]。康熙朝，名噪京师及江湖淮海，无不望慕叹美。是时板桥方应童子试，无所知名。后二十年，以诗词文字与之比并齐声。索画者，必曰复堂；索诗字文者，必曰板桥。且愧且幸，得与前贤埒也[15]。李以滕县令罢去。板桥康熙秀才，雍正壬子举人，乾隆丙辰进士。初为范县令，继调潍县。乾隆己巳，时年五十有七。

　　板桥诗文，自出己意，理必归于圣贤，文必切于日用。或有自云高古而几唐宋者，板桥辄呵恶之，曰："吾文若传，便是清诗清文；若不传，将并不能为清诗清文也。何必侈言前古哉！"明清两朝，以制艺取士，虽有奇才异能，必从此出，乃为正途。其理愈求而愈精，其法愈研而愈密。鞭心入微，才力与学力俱无可恃，庶几弹丸脱手时乎[16]？若漫不经心，置身甲乙榜之外[17]，辄曰"我是古学"，天下人未必许之，只合自许而已。老不得志，仰借于人，有何得意？

　　贾、董、匡、刘之作[18]，引绳墨[19]，切事情。至若韩信登坛之对，孔明隆中之语，则又切之切者也。理学之执持纲纪，只合闲时用着，忙时用不着。板桥十六通家书，绝不谈天说地，而日用家常，颇有言近指远之处[20]。

　　板桥非闭户读书者，长游于古松、荒寺、平沙、远水、峭壁、墟墓之间。然无之非读书也。求精求当，当则粗者皆精；不当则精者皆粗。思之，思之，鬼神通之！

　　板桥又记，时年已五十八矣。

〔1〕板桥郑:以郑氏故居兴化东城外古城桥附近而称之。而"铁郑"、"糖郑"则当以职业见称。
〔2〕外王父汪氏:即郑板桥之外祖父翊文。
〔3〕立庵先生:板桥父字,其父名本,字立庵。
〔4〕寝陋:指丑陋。
〔5〕易:轻视。
〔6〕传奇说簿:"说簿"亦作"说部",代指通俗小说以及宋元以来之话本。
〔7〕余桃口齿:指美貌的男子,此处借指歌童。《左传·定公六年》载,卫灵公幸臣弥子瑕曾获一桃,极甜,遂以其半奉君。后人便以余桃代歌童。
〔8〕椒风弄儿:唐玄宗曾置椒房以为歌舞,白居易《长恨歌》云"椒房阿监青娥老"。原指宫廷嫔妃居住地,代指嫔妃。弄儿:即俳优。椒风弄儿在此处指侧室侍妾。
〔9〕外政:指分外之事。
〔10〕顿所:停留之地。
〔11〕黄冠炼客:道士戴黄冠,方士炼丹药,所以以黄冠代指道士,又称为炼客。
〔12〕藏庋(guǐ):收藏的意思。
〔13〕李鱓:郑板桥之友,字宗扬,号复堂,画风独特,为"扬州八怪"之一。
〔14〕供奉:内廷中掌管文诗书画的官员。
〔15〕埒(liè):相等。
〔16〕弹丸脱手:比喻文思敏捷。苏轼《次韵答王巩》:"新诗如弹丸,脱手不暂停。"
〔17〕甲乙榜:清朝时,称考中进士者为甲榜,考中举人者为乙榜,两榜出身,被视为仕宦之途。
〔18〕贾、董、匡、刘:贾指贾谊,董指董仲舒,匡指匡衡,刘指刘向,均为汉代人。
〔19〕绳墨:比喻法度或规矩。
〔20〕言近指远:指语言浅近而涵义隽永。指:通"旨",意旨。

"板桥诗文,自出己意",郑板桥崇尚个性,追求独特面目,一空依傍,不在宗唐宗宋中兜圈子,他说:"吾文若传,便是清诗清文;若不传,将并不能为清诗清文也。何必侈言前古哉!"本文中还主张读书"求精"、"求当"、"当则粗者皆精,不当则精者皆粗",别具一格,富有辨证特色。这些见解都高出时流。

板桥自序

乾隆二十五年(1760),郑板桥六十八岁时在如皋的汪氏庄园做客,为柳村刘三作《刘柳村册子》作序。信手写作此篇,披露自己的生平志趣,题目又作《板桥后序》。当时,板桥已辞官七年,回顾生平不免感喟,文中两次表明为文不当"叹老嗟卑",正见他文后藏着叹老嗟卑的牢骚。

板桥居士读书精不求多，非不多也，唯精乃能运多，徒多徒烂耳。少陵七律、五律、七古、五古、排律皆绝妙[1]，一首可值千金。板桥无不细读，而尤爱七古，盖其性之所嗜，偏重在此。《曹将军丹青引》《渼陂行》《瘦马行》《兵车行》《哀王孙》《洗兵马》《缚鸡行》《赠毕四曜》，此其最者，其余不过三四十首，并前后《打鱼歌》，尽在其中矣。是《左传》，是《史记》，似《庄子》《离骚》，而六朝香艳[2]，亦时用之以为奴隶。大哉杜诗，其无所不包括乎！

　　七律诗《秋兴》八首、《诸将》五首、《咏怀古迹》五首，皆由此而推之；五律诗《秦州杂诗》二十首、《咏物》三十余首、《新婚别》《垂老别》《无家别》《北征》《彭衙行》以及排律之《经昭陵》《重经昭陵》《别严贾二阁老》《别高岑》，皆由此而推之。立志不分，乃疑于神。

　　板桥平生，无不知己，无一知己。其诗文字画，每为人爱，求索无休时，略不遂意，则怫然而去。故今日好，为弟兄，明日便成陌路。

　　紫琼崖主人极爱惜板桥[3]，尝折简相招[4]，自作骈体五百字以通意，使易十六祖械[5]、傅雯凯亭持以来[6]。至则袒而割肉以相奉，且曰："昔太白御手调羹[7]，今板桥亲王割肉，后先之际，何多让焉！"

　　板桥游历山水虽不多，亦不少；读书虽不多，亦不少；结交天下通人名士虽不多，亦不少。初极贫，后亦稍稍富贵；富贵后亦稍稍贫。故其诗文中无所不有。

　　陋轩诗最善说穷苦[8]，惜其山水不多，接交不广，华贵一无所有。所谓一家言，未可为天下士也。板桥诗如《七歌》，如《孤儿行》，如《姑恶》，如《逃荒行》《还家行》，试取以与陋轩同读，或亦不甚相让。其他山水、禽鱼、城郭、宫室、人物之茂美，亦颇有自铸伟词者。而又有长短句及家书，皆世所脍炙。待百年而论定，正不知鹿死谁手。

　　乾隆庚辰，郑燮克柔甫自叙于汪氏之文园[9]，与刘柳村册子合观之[10]，亦足以知其梗概。

　　叹老嗟卑，是一身一家之事；忧国忧民，是天地万物之事。虽圣帝明王在上，无所可忧，而往来古今，何一不在胸次？叹老嗟卑，迷花顾曲[11]，偶一寓意可耳，何谆谆也！燮又记。

〔1〕排律：律诗的一种。凡五言、七言律诗中间对偶句在三联以上者称排律，也称长律。
〔2〕六朝香艳：魏晋六朝时期，诗歌崇尚浮华艳丽，宫体诗盛行一时。故称六朝诗，多称其香艳。
〔3〕紫琼崖主人：指康熙之子、雍正之弟、乾隆的叔父，慎郡王允禧。其人字谦斋，号紫琼道人。
〔4〕折简：写信。
〔5〕易十六祖械：即易祖械，字张有，号啸溪，湖南汀乡人，兄弟排行十六，游历京城期间曾做客慎郡王府。
〔6〕傅雯凯亭：傅雯，字凯亭，善书画，终身未仕。
〔7〕太白御手调羹：昔日李白在长安时，一夜酒醉，明皇亲自为其调羹试味，一时间恩遇隆重，天下盛传。
〔8〕陋轩：明末清初泰州人吴嘉纪，字宾贤，号野人，自嘲己之居所为"陋轩"。有《陋轩集》四卷。
〔9〕克柔：郑板桥的字。
〔10〕刘柳村册子：板桥在撰写本文的同年秋天，曾为柳村刘三的诗集撰写过一篇序言，其中也叙述了平生的经历、志趣等。
〔11〕顾曲：《三国志·周瑜传》："瑜少精意于音乐，虽三爵之后，其有阙误，瑜必知之，知之必顾，故时人谣曰：'曲有误，周郎顾。'"后因谓欣赏音乐戏曲为顾曲。此处意为自赏。

此文中，郑板桥讨论诗文创作的问题。板桥论诗，要求诗歌从两个方面反映现实：一是范围的广泛，要做到无所不包。一是要忧国忧民。故而郑板桥从小就爱读杜诗，特别推崇杜甫。他认为杜诗具备《诗经》的现实主义传统，又具备曹操的沉雄之气。板桥的很多诗作，如《七歌》、《逃荒行》、《还家行》等都明显受了杜甫现实主义诗风的影响。郑板桥在文中特别提出好作品要精读，一般作品则只需泛读。"板桥居士读书精不求多，非不多也，唯精乃能运多，徒多徒烂耳。"他反对浅尝辄止、不求甚解的读书方法。这篇文章显示了郑板桥作为一位文学家所具备的一些气质。在文中，从诗歌反映社会现实的角度，他把自己的作品与清初诗人吴嘉纪作了比较，自以为"不甚相让"，可见无论贫富穷通，郑板桥终生都是重视自己诗中反映社稷民生的作品，这是难能可贵的。

十六通家书小引

这篇文章是乾隆十四年己巳（1749）郑板桥把自己的十六封家书修改编定、即将付梓时所作的序言。在文中，他批评了当时文坛上作序时的不良风气，具有针砭时弊的意义，对于我们今天探讨清朝的文坛作序现象有一定的参考价值。

板桥诗文,最不喜求人作叙。求之王公大人,既以借光为可耻;求之湖海名流,必至含讥带讪[1],遭其荼毒而无可如何,总不如不叙为得也。几篇家信,原算不得文章。有些好处,大家看看;如无好处,糊窗糊壁、覆瓿覆盎[2]而已,何以叙为! 郑燮自题,乾隆己巳[3]。

[1]讪(shàn):讥笑、毁谤。
[2]覆瓿覆盎:晋代左思欲作《三都赋》,陆机知道后说:"此间有村夫欲作《三都赋》,待其成后,当以覆酱缸耳。"后来左思文章作成以后,陆机读了觉得确实是非常精彩,于是抛弃前嫌,二人遂成为挚友。后人谦虚自己的文章写得不好,就称自己的文章只能"覆瓿覆盎"。
[3]乾隆己巳:即公元1749年。

　　这是一篇短小精悍的小品文,写得十分精彩。文章幽默风趣,典故随手拈来,尖锐地批评了当时文坛上做序时的丑陋现象:比如请达官作序,以抬高自己;比如找一些名流作序,以使自己也跟着进入他的那个文学圈子之类。笔调辛辣,体现了板桥嫉恶如仇的刚肠。

尺牍自序

　　本文作于乾隆十七年(1752),当时郑板桥六十岁。是年底,他辞官回家,从此再也没有出仕。这篇文章或多或少地透露了他当时的一些想法。

　　板桥之尺牍[1],不是古文[2],不是今文[3],要说便说,随意写来;尺牍只是尺牍而已。朋友书札往还[4],信笔乱涂,历年既久,共有百数十通[5],或不曾留底,或底稿久已遗失,及今搜检,只存五十五通。春长无事,重行抄成一本,藏之家中,使将来子孙看看,不欲刻也[6]。
　　《板桥家书》,刻成于二年前,见者都说不好。《家书》不好,《尺牍》未必会好。如其刻成,不识字者拿去补窗糊壁,识字者厌恶叹气,又要说不好,作孽! 作孽! 何必! 何必! 不如省下刻书钱去买酒吃,吾得之矣。乾隆壬申年板桥自题。

〔1〕尺牍：一种书信，篇幅短小，初见魏晋时期，后来明朝末年公安派又将其发扬光大，在明清时期大为盛行。

〔2〕古文：以上古汉语写作的散文。

〔3〕今文：指当时流行的八股文。

〔4〕书札：指信件。

〔5〕通：量词，用于文书电报。

〔6〕刻：刻印。当时图书的刊行出版是透过木刻和石刻两种方式进行的，所以后来就称图书的出版为"刻"。

郑板桥生平著述丰富，但作品往往随手散佚，在这篇小序里面，板桥说他的书信"共有百数十通"，但"只存五十五通"。板桥的家书往往针砭时弊，痛快淋漓，毫不留情；随手写来，绝不矫饰，质朴自然，平易中又不乏真知灼见。可惜的是，自己引以为快的作品又不能被庸夫俗子所接受，板桥无处发泄满腹牢骚，只能在幽默中带着痛苦的自嘲。

雍正十年杭州韬光庵中寄舍弟墨

此文作于雍正十年壬子（1732）秋，郑板桥四十岁因乡试赴杭州游学时，写给堂弟郑墨的。当时他寓居在杭州北山的韬光庵，一时有感，因而作之。信中用天道福善祸淫的思想教导弟弟为人处世要存心宽厚。

谁非黄帝尧舜之子孙，而至于今日，其不幸而为臧获、为婢妾〔1〕，为舆台、皂隶〔2〕，窘穷迫逼，无可奈何。非其数十代以前即自臧获、婢妾、舆台、皂隶来也。一旦奋发有为，精勤不倦，有及身而富贵者矣，有及其子孙而富贵者矣，王侯将相岂有种乎！而一二失路名家〔3〕，落魄贵胄，借祖宗以欺人，述先代而自大。辄曰："彼何人也，反在霄汉；我何人也，反在泥涂。天道不可凭，人事不可问！"嗟乎！不知此正所谓天道人事也。天道福善祸淫，彼善而富贵，尔淫而贫贱，理也，又何伤？天道循环倚伏〔4〕，彼祖宗贫贱，今当富贵，尔祖宗富贵，今当贫贱，理也，又何伤？天道如此，人事即在其中矣。愚兄为秀才时，检家中旧书簏，得前代家奴契券，即于灯下焚去，并不返诸其人。恐明与之，反多一番形迹，增一番愧恶〔5〕。自我用人,从不书券,合则留,不合则去。何苦存此一纸,使吾后世子孙,借为口实,以便苛求抑勒乎[6]！如此存心,是为人处,即是为己处。若事事预留把柄,使入其网罗,无能逃脱,其穷愈速,其祸即来,其子孙即有不可问之事、不可测之忧。试看世间会打算的,何曾打算得别人一点,直是算尽自家耳！可哀可叹,吾弟识之[7]。

注释

〔1〕臧获、婢妾:汉代扬雄《方言》中记载,中国东部南部称男奴隶为"臧",称女奴隶为"获"。婢者、妾者,皆女奴也。
〔2〕舆台、皂隶:两者皆为社会最低层、地位最低下的小官吏。
〔3〕失路名家:指家道中落的贵族后裔或者是潦倒落魄的名门子弟。
〔4〕循环倚伏:《老子》:"祸兮福之所倚;福兮祸之所伏。"即祸福相生相倚之意。
〔5〕愧恧(nǜ):指羞愧。
〔6〕抑勒:欺压勒索。
〔7〕识之:识:通"志",记住它。

新评

这篇家书是郑板桥写给自己的弟弟的,当时他正好四十岁,这个年龄也正是一个人开始对人生有所感悟的时候。板桥出身贫寒,体验过社会上的不平等,这与儒家的"仁"的思想结合起来,形成了他可贵的平等观念。在这篇文章里,郑板桥提出了人格平等的问题,他认为出身无高低贵贱之分,不管是什么身份的人都同样是"黄帝尧舜之子孙"。他不仅反对以富欺贫,更批判了那些"失路名家,落魄贵胄"妄自尊大而又怨天尤人的没出息思想,主张改变命运要靠个人的"奋发有为"。他还教育弟弟要心存忠厚,与人为善,不要处心积虑地算计别人,实属难能可贵,都表现了郑板桥高洁和豁达的品格。"试看世间会打算的,何曾打算得别人一点,直是算尽自家耳！"真是至理名言。

焦山读书寄四弟墨

题解

雍正十年(1732),郑板桥四十岁时考中了举人。十三年,他在镇江附近的焦山隐居读书,准备第二年进士试,写下了这篇文章。

僧人遍满天下,不是西域送来的[1],即吾中国之父兄子弟,穷而无归,入而难返者也。削去头发便是他,留起头发还是我。怒眉瞠目,叱为异端而深恶痛绝之[2]，亦觉太过。佛自周昭王时下生，迄于灭度[3]，足迹未尝履中国土[4]。后八百年而有汉明帝，说谎说梦[5]，惹出这场事来，佛实不闻不晓。今不责明帝，而齐声骂佛，佛何辜乎？况自昌黎辟佛以来[6]，孔道大明，佛焰渐息，帝王卿相，一遵六经、四子之书[7]，以为齐家治国平天下之道，此时而犹言辟佛，亦如同嚼蜡而已。和尚是佛之罪人，杀盗淫妄，贪婪势利，无复明心见性之规[8]。秀才亦是孔子罪人，不仁不智，无礼无义，无复守先待后之意[9]。秀才骂和尚，和尚亦骂秀才。语云："各人自扫阶前雪，莫管他家屋瓦霜。"老弟以为然否？偶有所触，书以寄汝，并示无方师一笑也[10]。

[1]西域：在中国历史上，称玉门关以西为西域。汉朝张骞出使西域，后来汉武帝时期大规模对西域征战，使西域纳入了汉朝的管辖范围。唐朝时期，皇帝也大规模对西域用兵，设立了安西都护府，更加强了朝廷对西域的管理。在中国历史上，西域是中西文化的中转站，许多今天在中原地区已经找不到的文化遗迹在敦煌和吐鲁番还可以找到。

[2]叱：大声责骂。

[3]迄于灭度：迄：至，到。灭度，佛教用语，指僧人死亡。

[4]履：踩踏，到达的意思。

[5]说谎说梦：东汉明帝夜梦金人入帐，大臣认为这个"金人"就是"佛"。于是明帝就派人出使西域，带回了《四十二章经》。这是佛教流入中国见于史料的最早纪录。

[6]昌黎辟佛：唐代韩愈，郡望河北昌黎，世以韩昌黎称之。韩愈大力攻击佛说，倡导儒教，有《谏迎佛骨表》等反释文章。

[7]六经：指《诗》、《书》、《礼》、《易》、《乐》、《春秋》。

[8]明心见性：佛教禅宗所倡导的修行宗旨。

[9]守先待后：《孟子》："守先王之道，以待后之学者。"

[10]无方师：和尚，郑板桥的好友。

自唐代韩愈力辟佛教以来，历代都有些自视儒家正统的读书人，不分青红皂白地诋毁佛教。板桥虽然是儒家，但他一生多与方外人交往，这篇文章表达了郑板桥圆融大度的宗教观念。在此文中，郑板桥谈到对待和尚的两种截然不同的态度，他认为应把和尚作为普通"人"来看待，不应该"叱为异端而深恶痛绝之"。进而，从对和尚的态度扩展到对贫苦人民的同情，体现了板桥人本主义的平等思想。郑板桥在文中也鞭挞和讽刺了当时儒家观念的堕落，以及儒生颓废的现状，行文犀利明快，发常人之未敢发，抒常人之未敢抒之情，这些惊世骇俗的想法，敢冒天下之大不韪的勇气，正是郑板桥被称为"狂怪"的原因，也正是郑板桥身上最可贵的品质。

仪真县江村茶社寄舍弟

题解 本文作于雍正十三年(1735)夏天。当时郑板桥正在焦山读书,准备参加第二年的会试。这年夏天他受学生许既白的邀请,去游历了当年他曾开馆教书的江村。游后有感,因作此文。仪真:今江苏省仪征市。

江雨初晴,宿烟收尽,林花碧柳,皆洗沐以待朝暾[1];而又娇鸟唤人,微风叠浪,吴、楚诸山[2],青葱明秀,几欲渡江而来。此时坐水阁上,烹龙凤茶[3],烧夹剪香,令友人吹笛,作《落梅花》一弄[4],真是人间仙境也。

嗟乎!为文者不当如是乎!一种新鲜秀活之气,宜场屋[5],利科名,即其人富贵福泽享用,自从容无棘刺。王逸少、虞世南书[6],字字馨逸,二公皆高年厚福。诗人李白,仙品也;王维,贵品也;杜牧[7],隽品也。维、牧皆得大名,归老辋川、樊川,车马之客,日造门下[8]。维之弟有缙[9],牧之子有荀鹤[10],又复表表后人[11]。惟太白长流夜郎[12],然其走马上金銮,御手调羹,贵妃侍砚,与崔宗之著宫锦袍游遨江上,望之如神仙。过扬州未匝月[13],用朝廷金钱三十六万,凡失路名流、落魄公子,皆厚赠之,此其际遇何如哉!正不得以夜郎为太白病。先朝董思白[14]、我朝韩慕庐[15],皆以鲜秀之笔,作为制艺[16],取重当时[17]。思翁犹是庆、历规模,慕庐则一扫从前,横斜疏放,愈不整齐,愈觉妍妙。二公并以大宗伯归老于家,享江山儿女之乐。方百川、灵皋两先生[18],出慕庐门下,学其文而精思刻酷过之;然一片怨词,满纸凄调。百川早世[19],灵皋晚达[20],其崎岖屯难亦至矣[21],皆其文之所必致也。吾弟为文,须想春江之妙境,挹先辈之美词[22],令人悦心娱目,自尔利科名,厚福泽。

或曰:吾子论文,常曰生辣,曰古奥,曰离奇,曰淡远,何忽作此秀媚语?休曰:论文,公道也;训子弟,私情也。岂有子弟而不愿其富贵寿考者乎!故韩非、商鞅、晁错之文[23],非不刻削,吾不愿子弟学之也;褚河南、欧阳率更之书[24],非不孤峭,吾不愿子孙学之也;郊寒岛瘦,长吉鬼语[25],诗非不妙,吾不愿子孙学之也。私也,非公也。是日许生既白买舟系阁下,邀看江景,并游一钱港[26]。书罢,登舟而去。

〔1〕朝暾(tūn):初升的太阳。

〔2〕吴、楚:春秋时期,南方的吴国建都在姑苏(即今之苏州),据有江苏、浙江等地;楚国据有湖南、湖北、江苏、河南等地。后代则以吴、楚泛指南方。

〔3〕龙凤茶:宋朝时,宰相丁谓为邀宠而进贡极品茶,制成饼状,饰以龙纹者曰"龙团",饰以凤纹者曰"凤团"。后来蔡襄帅福建,进"小龙团"与"小凤团"。郑板桥在此以龙凤是夸耀的说法,代指好茶。

〔4〕落梅花:曲名,亦称《梅花落》。弄:乐曲的段落、乐章。

〔5〕场屋:科举时代士子考试的考场。

〔6〕王逸少、虞世南:晋代大书法家王羲之,字逸少。唐代大书法家虞世南,擅长楷书。

〔7〕李白:唐代大诗人,有"诗仙"之称,故称"仙品"。王维:唐代大诗人,字摩诘,官至尚书右丞,故称"贵品"。杜牧:与李商隐合称"小李杜",诗风潇洒俊逸,故称"隽品"。

〔8〕造:拜访。

〔9〕缙:王维之弟王缙,因在平定"安史之乱"中立功,官至显要。

〔10〕荀鹤:晚唐诗人杜荀鹤,传说是杜牧的私生子。

〔11〕表表:不寻常,卓异。

〔12〕太白长流夜郎:唐朝安史之乱以后,李白曾经在永王李璘的手下做过幕僚。永王起兵叛乱失败以后,李白也受到了牵连,被流放到夜郎(今贵州一带)。

〔13〕匦:满。

〔14〕董思白:明代著名的书法家、画家董其昌,字思白。

〔15〕韩慕庐:韩炎,字元少,号慕庐,官至礼部尚书,以文章名于世。

〔16〕制艺:也称时艺、时文,此处指八股文。

〔17〕取重当时:在当时很有影响。

〔18〕方百川:方舟,清代桐城人,号百川,桐城派创始人之一,死时仅三十七岁;灵皋,方舟之弟方苞,号灵皋,桐城派古文领袖。

〔19〕早世:指早死。

〔20〕晚达:达、显贵、发达。指显贵发达得很迟。

〔21〕屯:艰难。

〔22〕扒:援引。

〔23〕韩非:战国时期韩国人,法家学派的代表人物和集大成者;商鞅:春秋时期卫国人,帮助秦孝公变法,使秦国的国力一跃成为诸国之首;晁错:汉代名臣,曾上书请废藩国,后来在"七国之乱"时被诛杀。

〔24〕褚河南:即褚遂良,唐朝著名书法家,也是初唐著名的文学家;欧阳率更:即欧阳询,唐朝著名的书法家,初唐著名的文学家,曾任太子率更令,故称"欧阳率更"。

〔25〕郊寒岛瘦:中唐诗人孟郊、贾岛,二人俱以"苦吟"出名,作诗风格清冷瘦硬,故合称"郊寒岛瘦";长吉鬼语:中唐诗人李贺,字长吉,风格奇诡冷艳,有"诗鬼"之称。

〔26〕戗(qiāng):反方向的,逆行。

  这篇文章集中体现了郑板桥的文风。在这篇文章里,他认为:"为文须想春江之妙境",文章、书法的风格决定一个人的命运。风格秀丽明快的,作者的一生也就会荣华富贵；但是如果风格哀怨忧愁的，一生必定会受尽委屈。文中作者列举了王羲之、虞世南、王维、杜牧、李白、方百川、方灵皋等例子来证明他的观点。当然，板桥的观点是以八股文的标准来要求的。认为为文作书的风格决定人的命运的观点当然是唯心主义的文论，但是板桥也说明了由于这是一封家书，他是用不同的标准来区分文艺创作与应试文章不同的内容和风格，是希望子弟能够"富贵寿考"，由此可见他的良苦用心。实际上，板桥一生的创作中，潇洒"鲜秀"者固然有之，"怨词"、"凄调"牢骚满纸者为数更多，所以他的文艺观中也是有矛盾的。

焦山别峰雨中无事寄舍弟墨

本文作于雍正十三年（1735），是郑板桥在焦山读书时所作。这个时期是郑板桥创作的高峰时期，他的风格也是在这个时期里形成的。此文可视作其读经的笔记，板桥总结了自己对读书的感悟，希望子弟能够从中得到启示。

秦始皇烧书，孔子亦烧书。删《书》断自唐、虞[1]，则唐、虞以前，孔子得而烧之矣。《诗》三千篇[2]，存三百十一篇，则二千六百八十九篇，孔子亦得而烧之矣。孔子烧其可烧，故灰灭无所复存，而存者为经，身尊道隆，为天下后世法。始皇虎狼其心，蜂虿[3]其性，烧经灭圣，欲剜天眼[4]而浊人心，故身死宗亡国灭，而遗经复出[5]。始皇之烧，正不如孔子之烧也。

自汉以来，求书著书，汲汲每若不可及。魏、晋而下，迄于唐、宋，著书者数千百家。其间风云月露之辞，悖理伤道之作，不可胜数，常恨不得始皇而烧之。而抑又不然，此等书不必始皇烧，彼将自烧也。昔欧阳永叔读书秘阁中，见数千万卷皆霉烂不可收拾，又有书目数十卷亦烂去，但存数卷而已。视其人名皆不识，视其书名皆未见。夫欧公不为不博，而书之能藏秘阁者，亦必非无名之子。录目数卷中，竟无一人一书识者，此其自焚自灭为何如！尚待他人举火乎？近世所存汉、魏、晋丛书，唐、宋丛书，《津逮秘书》，《唐类函》，《说郛》，《文献通考》，杜佑《通典》，郑樵《通志》之[6]类，皆卷册浩繁，不能翻刻，数百年兵火之后，十亡七八矣。

刘向《说苑》、《新序》，《韩诗外传》，陆贾《新语》，扬雄《太玄》、《法言》，王充《论衡》，蔡邕《独断》[7]，皆汉儒之矫矫者也[8]。虽有些零碎道理，譬之"六经"，犹苍蝇声耳，岂得为日月经天，江河行地哉！吾弟读书，

"四书"之上有"六经","六经"之下有《左》、《史》、《庄》、《骚》,贾、董策略[9],诸葛表章,韩文、杜诗而已,只此数书,终身读不尽,终身受用不尽。至如《二十一史》[10],书一代之事,必不可废。然魏收秽书[11]、宋子京《新唐书》,简而枯;脱脱《宋书》,冗而杂。欲如韩文、杜诗脍炙人口,岂可得哉!此所谓不烧之烧,未怕秦灰,终归孔炬耳。"六经"之文,至矣尽矣,而又有至之至者;浑沌磅礴,阔大精微,却是日常家用,《禹贡》、《洪范》、《月令》[12]、"七月流火"是也[13]。当刻刻寻讨贯串,一刻离不得。张横渠《西铭》一篇[14],巍然接"六经"而作,呜呼休哉!雍正十三年五月二十四日,哥哥字。

注释

[1] 断自唐、虞:孔子编定《尚书》,其首篇即为《尧典》、《舜典》,在此之前的文献全部都没有保留,所以说是"断自唐、虞"。

[2]《诗》三千篇句:据司马迁《史记》记载,《诗》原来有三千首,经孔子编定后仅存三百十一首。

[3] 虿(chài):蝎子一类的有毒的虫。

[4] 天眼:佛教中认为"天眼"能烛照过去和将来,郑板桥认为圣贤经典也有此功能,故引以为喻。

[5] 遗经复出:西汉初年,社会稳定,经过秦末战火的儒生出来讲学,他们口传古经,称"今文派"。同时又在山东等地发现了用上古文字书写成的经书,学者称之为"古文经"。

[6]《津逮秘书》:明人毛晋所辑之丛书名。凡15卷,141种,中多宋、元人著作,偏重掌故琐记。《唐类函》:类书名,明俞安期辑。200卷,分43部,汇集唐人类书之。《说郛》:笔记丛书,元陶宗仪编。100卷,原本已佚。《文献通考》:宋、元之际马端临撰,348卷,记载上古至宋宁宗时典章制度的沿革。《通典》:唐代杜佑撰,200卷,记载历代典章制度的沿革。《通志》:南宋郑樵撰,200卷,综合历代史料而成的通史。

[7]《说苑》、《新序》:西汉刘向撰,摘录历代遗闻佚事,分类编撰而成。《韩诗外传》:西汉韩婴撰,其书杂述古事古语。《新语》:西汉陆贾著,阐述《春秋》、《论语》大意。《太玄》、《法言》:西汉扬雄撰,分别模仿《易经》、《论语》之作。《论衡》:东汉王充所作的哲学著作,宣扬无神论。《独断》:东汉蔡邕撰,记载有汉一代制度、礼仪及前代礼乐事。

[8] 矫矫:同"佼佼",胜过一般水平。

[9] 贾、董策略:汉朝贾谊和董仲舒都是名噪一时的大学者,他们的文章被后世所传诵,其中最著名的就是策论文章。所以说贾、董策略,就是讲他们两人在策论文章上面的成就。

[10]《二十一史》:指我国历史上流传的二十一部正史,包括自《史记》而起的《十七史》和后来编修的宋、辽、金、元四史。

[11] 魏收秽书:北齐人魏收奉命编《魏书》,他趁此机会过分褒扬自己的亲戚和朋友,同时恶意地攻击与自己不和睦的人。他的这种做法违背了史书编修的基本原则,因此在历史上被称为"秽书"。

[12]《禹贡》、《洪范》:《尚书》中的篇目。《月令》:《礼记》篇名,记述每年夏历十二个月的时令及其相关事物。

[13] "七月流火":《诗经·豳风》中的一首诗《七月》的首句。

[14] 张横渠:北宋哲学家张载,陕西横渠人,世称"横渠先生"。《西铭》乃其论学篇名。

新评

郑板桥一生博览群书,他读书多而且善于读书,这篇文章就是他指点郑墨如何读书、读哪些书的。这篇文章也可看做是郑板桥对中国主流文学的一个概括。

在郑板桥看来,中国古代的文献数量极为庞大,单单读书求多是无用的。读书人应在广泛阅读的基础上,做到精读书、有选择地读书,读那些"终身读不尽,终身受用不尽"的书。他列举了一些重要的以儒家经典为主的精读书籍,包括"六经"、四书、《左传》、《史记》、《离骚》等。他的这种想法对于指导年轻学子来说,是比较务实的,也是一种提纲挈领的做法。中国文化博大精深,如果没有找好路径,是很容易迷失路径的。当然,板桥自己是博览群书,诸子百家道藏佛典无不涉猎。另外,板桥强调选择作品应注重自身价值,历史对于作品的选择取舍是公正的。

仪真客邸复文弟

题解

在这封郑板桥给弟弟的信中,他对中国的墨竹画史进行了一个概括讲解。此信写于雍正十三年七月至八月间。

苍头王升来仪[1],接展我弟来书,殷殷以画竹相询[2],并嘱绘尺页,以资临摹。我弟误矣!问途于盲,焉能指迷?愚兄之画竹,信笔乱涂,并无师承。本来画墨竹,幽人韵士聊以抒写性情,故画有六法,惟竹与兰不与焉。按画墨竹之始创者,为唐张立[3]。王摩诘亦擅墨竹。五代郭崇韬之妻李夫人[4],临摹窗上竹影,别成一派。更有黄筌父子[5]、崔白弟昆[6],有文湖州[7]、苏东坡、赵孟坚、孟頫、仲穆、管仲姬、吴仲圭、倪云林等[8]。诸子中,惟湖州笔法最臻神化。其布局,有浅深层次向背照应之分别;其补地,有邱石泉壑荆棘野草之变化;其点景,有烟云雪月风晴雨露之烘托。是惟意在笔先,始能笔超法外,诚为画墨竹之圣手。东坡与之同时,尚北面事之也。其后金之完颜樗轩[9],元之李息斋父子、自然老人、乐善老人[10],明之王孟端、夏仲昭[11],都师法湖州,兼师东坡。湖州、息斋各立墨竹谱以传厥派。后世师承其法者,代有传人。更有写墨而兼擅勾勒着色者,有王澹远、黄华老人、吴道子[12]。画紫竹者有程堂[13],画朱竹者有宋仲温[14],画雪竹者有解处中[15],此犹如禅宗中之别派也。老弟素习传神,亦属执艺之一,似当专心研究,不宜分心旁务,则业精于勤,必能出人头地。质之老弟,以为何如?毕竟与我有同嗜,将笑愚兄鄙吝区区画法,毫无手足之情,则我岂敢?还望稍安勿躁,容待尽我所能,笔之于纸而见赠焉。兄板桥手草。

〔1〕苍头:仆人。仪:仪真,今扬州市西仪征市。
〔2〕殷殷:恳切。
〔3〕张立:唐朝时期的画家。
〔4〕李夫人:五代西蜀时的画家。
〔5〕黄筌:五代后蜀的画家,与其子两人都擅长花鸟画和山水画。
〔6〕崔白:北宋画家。其弟悫,长于花竹翎毛,与其齐名。
〔7〕文湖州:文同,北宋画家,曾经做过湖州的知州,擅长画竹,主张"胸有成竹"。
〔8〕苏东坡、赵孟坚、孟頫、仲穆、管仲姬、吴仲圭、倪云林:这些人均为历史上有名的画家。
〔9〕完颜樗轩:金代画家、书法家。
〔10〕李息斋父子、自然老人、乐善老人:以上诸人均为元代书法家和画家。
〔11〕王孟端、夏仲昭:明代画家。
〔12〕王澹远、黄华老人:明朝画家。吴道子:著名画家,被称为"画圣"。
〔13〕程堂:北宋画家,字公明,眉山人。
〔14〕宋仲温:明朝书法家,名克,字仲温。
〔15〕解处中:南唐李煜之宠臣,世称解将军。

郑板桥在这短短几百字中,介绍了墨竹绘画的历史发展历程,对于从唐至明代间杰出的墨竹画家以及他们绘画的特点、技法、师承门户,都有自己独到的见解。从艺术史的角度来讲,这篇文章是对中国绘画史上画竹诸名家的一个概括和总结,是研究中国绘画史的极好参考材料。

再复文弟

这封信是承接上面一封信而写的,从这封信中可以看出郑板桥的艺术素养。

接展来函,谦抑之怀溢于纸背,相较狂兄以骂人为胜者,大相迳庭也。所云传神为俗笔,俗人所赖以谋温饱者,此语失之自轻。夫技艺只分高下,不别雅俗,圣门六艺,各有专执,御车之役,更俗于传神万万,未闻七十子之徒[1],鄙视之而不屑为。况吾都系寒素[2],技艺即为生活之资本,宜郑重视之,精益求精,庶足赖以谋温饱。我弟虚心若谷,谅不以斯言为河汉也[3]。又云画竹雅事,雅人所赖以舒性情者,洵哉是言[4]!老弟既然道得破画竹主旨,愚兄敢不竭诚相告?惟余不喜钩勒着色,所以只论写墨。

凡画墨竹,分立竿、添节、画枝、画叶四法。循序而行,起笔先立竿留节,梢与根须短,中竿须长,又贵长短各殊,最忌一律,便落呆板。竿宜两边如界,节贵上下相承,其形若半环。若画一二竿,墨色可随意,画三竿以上者,前者墨宜浓,后者墨宜淡,始有前后之别。梢至根,虽一节节画出,而笔意须贯穿。竿既定,随手画节,上节须覆盖下节,下节须承上节。中虽断,笔意须连属。落笔不可太弯,不可太远,不可齐大,不可齐小,宜两头粗,中间细,宜两头放起,中间落下,始见全竿圆浑而得势矣。画枝须枝枝着节,行笔须迅速,迟续则无生气;用笔须道健圆劲,始有生意;嫩枝须和柔而顺,其节小,老枝须挺拔而起,其节大;枝覆者叶多,枝昂者叶少;风枝欹斜[5],雨枝下垂,贵在描摩得神也。画叶须一抹而成,行笔愈速愈妙,少迟留便呆笨失势。写墨竹惟叶为最难,下笔要劲利,实按而虚起,须有破法搭法,墨色须有浓淡,则老嫩反正分明矣。更有七忌:一忌孤生,二忌并立,三忌如叉,四忌如并,五忌如手指,六忌粗如桃叶,七忌细如柳叶。避免七忌,又须参以四宜:雨叶宜垂,露叶宜润,风叶宜翻,雪叶宜压。更有八法须知:老嫩须别,阴阳须分,春叶须嫩而上承,夏叶须浓而下俯,秋叶须带萧疏之态,冬叶须具苍老之形,风叶无一字之排,雨叶无人字之列。画竹之法虽不仅此数端,而我弟天资聪颖,得此数语,定能举一反三,将来成一画竹能手,愚兄亦与有荣也。兄板桥手草。

〔1〕七十子之徒:指孔子的弟子,俗称"孔门七十子"。
〔2〕寒素:指寒微、寒苦。
〔3〕谅:估量、料想的意思。斯:此。河汉:天河,比喻天方夜谭。
〔4〕洵(xún):的确,诚然。
〔5〕欹(qī):通"攲",倾斜的意思。

板桥是一位出色的画家,本文中郑板桥为他弟弟郑墨讲解了墨竹的画法。从本文中我们可以看出,郑板桥不但在艺术创作上取得了很大的成就,而且在艺术理论方面也有很高的造诣。他总结了前人所定的"七忌"、"四宜"、"八法"等心得,又有他自己独特的思考和感性经验的升华,两者结合让人很容易理解。由此看出,郑板桥之所以能在绘画等艺术上取得这么大的成就,就在于他能够把前人的经验与自己的构思完美地融合起来。

范县署中寄舍弟墨第三书

题解

此信写于乾隆九年(1744)六月,是一篇关于读书的经验之谈,旨在说明有志于求学的人要明白"书中有书,书外有书",不要被书中记载的现象或前人的结论所迷惑,提出了读书要有"特识"的主张。

禹会诸侯于涂山,执玉帛者万国[1]。至夏、殷之际,仅有三千,彼七千者竟何往矣?周武王大封同异姓,合前代诸侯,得千八百国,彼一千余国又何往矣?其时强侵弱,众暴寡,刀痕箭疮,熏眼破肋[2],奔窜死亡无地者,何可胜道。孔子作《春秋》,左丘明为传记,故不传于世耳。世儒不知,谓春秋为极乱之世,复何道?而春秋以前,皆若浑浑噩噩[3],荡荡平平,殊甚可笑也。以太王之贤圣[4],为狄所侵,必至弃国与之而后已。天子不能征,方伯不能讨[5],则夏、殷之季世,其抢攘淆乱为何如[6],尚得谓之荡平安辑哉!至于《春秋》一书,不过因赴告之文[7],书之以定褒贬。左氏乃得依经作传。其时不赴告而背理坏道乱亡破灭者,十倍于《左传》而无所考。即如"汉阳诸姬,楚实尽之",诸姬是若干国?楚是何年月日如何殄灭他[8]?亦寻不出证据来,学者读《春秋》经传,以为极乱,而不知其所书,尚是十之一,千之百之也。

嗟乎!吾辈既不得志于时,困守于山椒海麓之间[9],翻阅遗编,发为长吟浩叹,或喜而歌,或悲而泣。诚知书中有书,书外有书,则心空明而理圆湛,岂复为古人所束缚,而略无张主乎!岂复为后世小儒所颠倒迷惑,反失古人真意乎!虽无帝王师相之权,而进退百王,屏当千古[10],是亦足以豪而乐矣。

又如《春秋》,鲁国之史也。如使竖儒为之[11],必自伯禽起首[12],乃为全书,如何没头没脑,半路上从隐公说起?殊不知圣人只要明理范世,不必拘牵。其简册可考者考之[13],不可考者置之。如隐公并不可考,便从桓、庄[14]起亦得。或曰:《春秋》起自隐公,重让也[15];删《书》断自唐、虞,亦重让也。此与儿童之见无异。试问唐、虞以前天子,哪个是争来的?大率删《书》断自唐、虞,唐、虞以前,荒远不可信也;《春秋》起自隐公,隐公以前,残缺不可考也,所谓史阙文耳。总是读书要有特识,依样葫芦,无有是处。而特识又不外乎至情至理,歪扭乱窜,无有是处。

人谓《史记》以吴太伯为世家第一,伯夷为列传第一,俱重让国。但《五帝本纪》以黄帝为第一,是戮蚩尤用兵之始,然则又重争乎?后先矛盾,不应至是。总之,竖儒之言,必不可听,学者自出眼孔、自竖脊骨读书可尔。乾隆九年六月十五日,哥哥字。

〔1〕玉帛:玉石和丝绸,是春秋战国时期诸侯会盟互相赠送的礼物。
〔2〕熏眼:用马粪把眼睛熏瞎,一说用马尿。
〔3〕浑浑噩噩:在这里是指民风朴实。
〔4〕太王:即周王朝的祖先,在武王建立周朝后被追封为太王。
〔5〕方伯:一个地区诸侯中的领袖。
〔6〕抢攘:纷乱。
〔7〕赴告:诸侯之间互相传达或"悲"或"喜"的文件。
〔8〕殄(tiǎn)灭:灭绝、消灭。
〔9〕山椒:指山顶。
〔10〕屏(bǐng)当:亦作"摒挡",原指收拾、料理,此处指评论取舍。
〔11〕竖儒:即小儒,水平不高的史家。
〔12〕伯禽:周公的儿子,鲁国的第一位国君。
〔13〕简册:古代用木片或木简写的书籍。
〔14〕桓、庄:继隐公之后鲁国的两位国君。
〔15〕让:让出国君的位子。

郑板桥看到当时读书人的迂腐和盲从,在此文中尖锐地批评了他们这种害己害人的治学方法,提出了"读书要有特识",每个人都应该"自出眼孔,自竖脊骨读书"。"特识"指独特的眼光,独立思考地读书。板桥认为读书既不能为"古人所束缚",也不能为"后世小儒所颠倒迷惑",而应该明白"书中有书,书外有书"的道理,这是非常重要的。正是他不盲目崇拜古人、肯定自我的心态使他在读书时不受古人的束缚,能够有自己的见解,把艺术的独创性作为自己的审美理想。

范县署中寄舍弟墨第四书

此信写于乾隆九年(1744)秋,集中体现了板桥"天下以农为本"的思想。

十月二十六日得家书,知新置四获秋稼五百斛[1],甚喜。而今而后,堪为农夫以没世矣!要须制碓,制磨,制筛罗簸箕,制大小扫帚,制升斗斛。家中妇女,率诸婢妾,皆令习舂揄蹂簸之事[2],便是一种靠田园长子孙气象。天寒冰冻时,穷亲戚朋友到门,先泡一大碗炒米送手中,佐以酱姜一小碟,最是暖老温贫之具。暇日咽碎米饼,煮糊涂粥[3],双手捧碗,缩颈而啜之,霜晨雪早,得此周身俱暖。嗟乎!嗟乎!吾其长为农夫以没世乎!

我想天地间第一等人,只有农夫,而士为四民之末[4]。农夫上者种地百亩,其次七八十亩,其次五六十亩。皆苦其身,勤其力,耕种收获,以养天下之人。使天下无农夫,举世皆饿死矣。我辈读书人,入则孝,出则弟[5],守先待后,得志泽加于民,不得志修身见于世,所以又高于农夫一等。今则不然,一捧书本,便想中举、中进士、作官,如何攫取金钱、造大房屋、置多田产。起手便错走了路头,后来越做越坏,总没有个好结果。其不能发达者,乡里作恶,小头锐面[6],更不可当。夫束修自好者,岂无其人;经济自期[7],抗怀千古者,亦所在多有。而好人为坏人所累,遂令我辈开不得口。一开口,人便笑曰:汝辈书生,总是会说,他日居官,便不如此说了。所以忍气吞声,只得摅人笑骂。工人制器利用,贾人搬有运无,皆有便民之处。而士独于民大不便,无怪乎居四民之末也!且求居四民之末而亦不可得也!

愚兄平生最重农夫,新招佃地人,必须待之以礼。彼称我为主人,我称彼为客户,主客原是对待之义,我何贵而彼何贱乎?要体貌他[8],要怜悯他;有所借贷,要周全他;不能偿还,要宽让他。尝笑唐人《七夕》诗,咏牛郎织女,皆作会别可怜之语,殊失命名本旨。织女,衣之源也,牵牛,食之本也,在天星为最贵。天顾重之[9],而人反不重乎!其务本勤民[10],呈象昭昭可鉴矣。吾邑妇人,不能织绸织布,然而主中馈[11],习针线,犹不失为勤谨。近日颇有听鼓儿词,以斗叶为戏者[12],风俗荡轶,亟宜戒之。

吾家业田虽有三百亩,总是典产[13],不可久恃。将来须买田二百亩,予兄弟二人,各得百亩足矣,亦古者一夫受田百亩之义也[14]。若再求多,便是占人产业,莫大罪过。天下无田无业者多矣,我独何人,贪求无厌,穷民将何所措手足乎?或曰:世上连阡越陌[15],数百顷有余者,子将奈何?应之曰:他自做他家事,我自做我家事,世道盛则一德遵王,风俗偷则不同为恶[16],亦板桥之家法也。哥哥字。

〔1〕斛:量器。十升为一斗,十斗为一斛。
〔2〕揄(yóu):舀取。踩:通"揉"。
〔3〕糊涂粥:煮粥时多加米粉或者麦粉,使粥稠浓,称为"糊涂粥"。
〔4〕四民:古代分人民为四类,士(读书人)、农(农民)、工(手工业者)、商(商人)。在中国传统中一般都以士为第一等,农、工其次,而以商人为地位最低者。郑板桥在这里说以士为四民之末,实际上是表达他对当时知识分子堕落的不满。
〔5〕"入则"二句:《论语·学而》:"弟子入则孝,出则弟。"弟,同"悌",尊敬兄长。
〔6〕小头锐面:形容形貌丑恶。
〔7〕经济:读书人经世济用、治理国家的理想。
〔8〕体貌:指以礼相待。
〔9〕顾:副词,却。
〔10〕务本:中国传统中统治者都以农业为国家的根本。所以称"务农"为"务本"。
〔11〕中馈:妇女在家主持饮食等事。
〔12〕斗叶:指斗纸牌。
〔13〕典产:抵押的田产。
〔14〕一夫受田百亩:《唐书·食货志》:"古者百亩田号一夫,盖一夫授田不得过百亩。"
〔15〕连阡越陌:指土地广大。阡、陌为田间小路,南北为阡,东西为陌。
〔16〕"世道盛"二句是说:如果遇太平盛世就与大家一起效忠皇帝,如风俗坏了,也决不和坏人一起去作恶。偷:不厚道,人情浅薄。

郑板桥出身于破落的地主家庭,青少年时代的贫苦生活以及对族人穷困生活的所见所闻,使他对农民的苦难有更深的了解,因而他有一种强烈尊重、重视农民的情感,能够为无地少地的贫苦百姓着想,这也是郑板桥作为一个儒者的仁爱思想的表现。此信中,郑板桥明确提出"天地间第一等人,只有农夫",认为农民应为"四民"之首,把农民的地位和作用提到了极高的位置。在行动上,他也注意维护农民的利益,反对侵吞农民土地。他要求家人对佃户要尽主客之礼,"主客原是对待之义,我何贵而彼何贱乎?"他还教育子弟不能把读书视为做官发财的途径,不能削尖脑袋钻营奔走去追名逐利。信中娓娓道来,亲切感人。在"万般皆下品,惟有读书高"的世俗观念盛行的封建社会里,郑板桥有这样的观念并且用来教育子弟,着实难能可贵。

范县署中寄舍弟墨第五书

题解

此信写于乾隆十年(1745),郑板桥五十三岁,是他作范县县令的最后一年。写罢此信后,他把饶氏和儿子送回兴化老家。不久,郑板桥也离开了范县,调任至潍县。信中板桥强调一切文学作品都应反映民生疾苦,发挥拯救社稷、改造社会的作用。

作诗非难,命题为难。题高则诗高,题矮则诗矮,不可不慎也。少陵诗高绝千古[1],自不必言,即其命题,已早据百尺楼上矣。通体不能悉举,且就一二言之:《哀江头》、《哀王孙》,伤亡国也;《新婚别》、《无家行》、《垂老别》、前后《出塞》诸篇,悲戍役也;《兵车行》、《丽人行》,乱之始也;《达行在所》三首,庆中兴也;《北征》、《洗兵马》,喜复国望太平也。只一开卷,阅其题次,一种忧国忧民、忽悲忽喜之情,以及宗庙丘墟、关山劳戍之苦,宛然在目。其题如此,其诗有不痛心入骨者乎!至于往来赠答,杯酒淋漓,皆一时豪杰,有本有用之人,故其诗信当时,传后世,而必不可废。

放翁诗则又不然[2],诗最多,题最少,不过《山居》、《村居》、《春日》、《秋日》、《即事》、《遣兴》而已。岂放翁为诗与少陵有二道哉?盖安史之变,天下土崩,郭子仪、李光弼、陈元礼、王思礼之流,精忠勇略,冠绝一时,卒复唐之社稷。在《八哀》诗中[3],既略叙其人;而《洗兵马》一篇,又复总其全数而赞叹之,少陵非苟作也[4]。南宋时,君父幽囚,栖身杭越,其辱与危亦至矣。讲理学者,推极于毫厘分寸,而卒无救时济变之才;在朝诸大臣,皆流连诗酒,沉溺湖山,不顾国之大计。是尚得为有人乎!是尚可辱吾诗歌而劳吾赠答乎!直以《山居》、《村居》、《夏日》、《秋日》,了却诗债而已。且国将亡,必多忌,躬行桀、纣,必曰驾尧、舜而轶汤武[5]。宋自绍兴以来[6],主和议,增岁币,送尊号,处卑朝,括民膏,戮大将,无恶不作,无陋不为。百姓莫敢言喘,放翁恶得形诸篇翰以自取戾乎[7]!故杜诗之有人,诚有人也;陆诗之无人,诚无人也。杜之历陈时事,寓谏诤也;陆之绝口不言,免罗织也。虽以放翁诗题与少陵并列,奚不可也[8]!

近世诗家题目,非赏花即宴集,非喜晤即赠行[9],满纸人名,某轩某园,某亭某斋,某楼某岩,某村某墅,皆市井流俗不堪之子,今日才立别号,明日便上诗笺。其题如此,其诗可知,其诗如此,其人品又可知。吾弟欲从事于此,可以终岁不作,不可以一字苟吟。慎题目,所以端人品、厉风教也。若一时无好题目,则论往古,告来今,乐府旧题,尽有做不尽处,盍为之[10]。哥哥字。

[1]少陵:唐朝诗人杜甫,字子美,自号少陵野老,人称"诗圣"。
[2]放翁:南宋诗人陆游,字务观,号放翁,作品极富,今尚存诗歌九千多首,是我国历史上作品保存最多的诗人。
[3]《八哀》诗:杜甫作哀诗八首,伤悼先后去世的王思礼、李光弼、严武等八人,合称《八哀》诗。
[4]苟作:草率写作。
[5]驾、轶:驾,凌驾。轶,超越。
[6]绍兴:南宋高宗赵构的年号。
[7]恶:疑问副词,怎么。戾:罪。
[8]奚:疑问词,何,有什么。
[9]晤:相逢、相聚。
[10]盍(hé):何不。

郑板桥生活的康、雍、乾时期,王士禛的"神韵说"和沈德潜的"格调说"等形式主义、拟古主义诗风在诗坛盛行。"神韵说"主张"含蓄"、"淡远"的艺术风格,脱离现实生活,"格调说"重视模古拟古,轻视创造。郑板桥不满于当时的文坛风气,他从儒家的文学观出发,倡导诗歌的社会作用,他要求一切文学作品都能够起到拯救社稷、反映民生疾苦的作用,而不是一味的吟诵风月或泛泛应酬。板桥同时抨击时人命题低下的诗风,说"其题如此,其诗可知,其诗如此,其人品又可知",因为诗题能够反映出诗歌的题材和主题。信中的这些观点确实切中时弊,值得玩味。

范县署中寄郝表弟

此信约写于乾隆七年(1742),郑板桥年届五十岁。从这封郑板桥给其表弟的信中,可以看到他在为官和退隐之间的矛盾心态,同时也显露出了他狂放的性格。

范县风俗惇厚,四民各安其业[1],不喜干涉闲事,因此讼案稀少。衙署多暇,闲来唯有饮酒看花,醉后击桌高歌,声达户外,一般皂隶闻之,咸窃窃私相告语,谓:主人殆其慎乎[2]!语为雏婢所闻,奔告内子[3],旋来规劝曰:历来只有狂士狂生,未闻有狂官,请勿再萌故态,滋腾物议[4]。从此杯中物,必待黄昏退食,方得略饮三壶。受此压制,殊令人不耐。继思劝我少饮,是属善意,遂与之相约,每晚磬十壶而后睡[5]。次晨宿醒已解[6],从政自无妨碍矣。然而较之在焦山读书时,每饭必得畅饮,其苦乐迥不相同,所以古人不肯为五斗米折腰[7],良有以也[8]。我今直视靴帽如桎梏,奈何,奈何!老表是我之酒友,惠然肯来,欣甚慰甚,当下榻相迎,共谋痛饮也。临颖不胜伫望之至[9]。

[1]四民:即士、农、工、商。
[2]殆:几乎,差不多。慎:同"颠",发疯的意思。
[3]内子:即妻子。
[4]物议:指众人的批评。
[5]磬:通"罄",尽,空。
[6]醒(chéng):酒醉后神志不清。
[7]不肯为五斗米折腰:晋陶渊明为彭泽县令,后挂印辞官,曰:"吾不为五斗米而折腰事乡里小人。"
[8]良:确实。以:因,缘由。
[9]颖:毛笔。

郑板桥性情耿介直爽,具有一种强烈的独立意识和批判精神。他追求个性自由,喜欢走极端,一向放荡不羁的他在参加了多次科举考试后终于做了官。可是做官后,板桥的狂狷性格又使他感到处处受到约束和限制。特别是在喝酒这件事上,远不如不做官时那么自在率性。因此他引陶渊明为同调,在继续做官和退隐的两方面产生了矛盾的心理。从这封信中可以看出郑板桥狂放、放荡的名士作派。

范县署中复四弟墨

此信约写于乾隆七年(1742),郑板桥年届五十岁。

前月寄来之时文五篇,排律诗五首,惟《桐荫》课文,清顺无疵,诗亦稳练。《吾日三省吾身》题,殊嫌渣滓未净。《来朝走马》题,词句殊欠圆足,笔致亦不超脱。我弟既学文,当求议论纵横,则笔下自有才气。一落平庸,难脱陈腐气。我弟年将三十,不为少矣,今科若能入泮[1],固当揣摩先辈大家文。若不幸名落孙山,亦当改弦易辙,专心从事乡场制艺,三年有成,可以纳粟入闱[2],天姿不凡,登贤书[3],亦属意中事耳。若再役役于小题考卷[4],年过三十而业不精、名不成,必遗后悔,宜早图之。惟作大题文,务求语意浑括,气机充畅,最忌意浅词卑,一挑半剔,戒之勉之。哥哥字。

[1]入泮(pàn):考中秀才。泮,泮宫,即古代学校。
[2]纳粟入闱:明清两朝,富家子弟捐纳财货于官府,以入国子监肄业,称为监生,可不经地方府州县学校的考试,直接参加省城或京城的考试。
[3]登贤书:指中举。
[4]役役:孜孜,劳心费神的样子。

板桥的少年时代处于康熙中叶,这时的科举考试已把《四书集注》作为科举考试命题和写作八股文的依据。和其他读书人一样,家境贫寒而又怀"修身、齐家、治国、平天下"抱负的郑板桥,也想在科举中一展怀抱。板桥对八股文有着特殊的爱好,而且钻研极深,在这封信中,板桥鼓励郑墨参加科举考试,谈论了八股文的作法以及考取功名的一些注意事项,在当时也是时势使然。不过此文谈到的笔致超脱、语意浑括等意见颇有真知灼见,对我们写文章也有一定的参考作用。

潍县署中寄舍弟墨第一书

此信写于乾隆十一年(1746),郑板桥五十四岁,当时他已在范县连署五年,从范县调到了潍县。此信中提出"读书以过目成诵为能"观点的异议,也是他大半生读书经验的总结。

读书以过目成诵为能,最是不济事。眼中了了,心下匆匆,方寸无多[1],往来应接不暇,如看场中美色[2],一眼即过,与我何与也。千古过目成诵,孰有如孔子者乎?读《易》至韦编三绝[3],不知翻阅过几千百遍来,微言精义,愈探愈出,愈研愈入,愈往而不知其所穷。虽生知安行之圣[4],

不废困勉下学之功也。东坡读书不用两遍,然其在翰林院读《阿房宫赋》至四鼓,老吏苦之,坡洒然不倦[5]。岂以一过即记,遂了其事乎!惟虞世南、张睢阳[6]、张方平[7],平生书不再读,迄无佳文。且过辄成诵,又有无所不诵之陋。即如《史记》百三十篇中,以《项羽本纪》为最,而《项羽本纪》中,又以钜鹿之战[8]、鸿门之宴[9]、垓下之会为最[10]。反覆诵观,可欣可泣,在此数段耳。若一部《史记》,篇篇都读,字字都记,岂非没分晓的钝汉!更有小说家言[11]、各种传奇恶曲[12],及打油诗词,亦复寓目不忘,如破烂厨柜,臭油坏酱悉贮其中,其龌龊亦耐不得。

〔1〕方寸:指心。
〔2〕场中美色:场中指戏台,场中美色指演戏的美女。
〔3〕韦编三绝:出自《史记·孔子世家》。
〔4〕生知:不待学而知,生而知之。
〔5〕洒(xiān)然:指严肃专注的样子。
〔6〕张睢阳:唐代著名将领,在"安史之乱"的时候,被叛军围困在城中,率领全城百姓和兵将拼死抵抗,后城破被擒,因不愿向叛军屈服,最终惨遭杀害。
〔7〕张方平:北宋人,以其知识广博著称。
〔8〕钜鹿之战:历史上有名的以少胜多的战役,发生在秦末年间。
〔9〕鸿门之宴:项羽在与刘邦争夺帝位的时候,项羽在鸿门设宴,准备诱杀刘邦,后被刘邦识破,并且巧妙逃脱。
〔10〕垓下:今安徽省灵璧县东南。公元前202年,项羽被刘邦围困于此,脱围后至乌江自刎。
〔11〕小说家言:野史文章,也指那些胡乱编写、不足为信的文章。
〔12〕传奇:一种文学体裁。

此信阐述了郑板桥的读书主张和心得。郑板桥对人们推崇的"过目成诵"表示异议,认为这样读书的坏处一是读了不能消化,二是盲目滥读,精华糟粕不分,变成"破烂厨柜"。他教育子弟读书要下苦工夫,不要追求过目不忘,而要发扬"韦编三绝"的精神,同时对当时靠死记硬背以求取功名之人也进行了批评。板桥主张好作品一定要精读,一般的作品则只需泛读。另外,他认为读书不是要求记得多,而是要看自己真正理解了多少。记得再多也不是自己的东西,只有做到学以致用才是真正有价值的。

潍县署中与舍弟墨第二书

题解

此信约写于乾隆十二年(1747)、十三年(1748)。郑板桥本有一个儿子,为原配夫人徐氏所生,在孩童时即夭亡。此信中提到的儿子是妾饶氏所生,不久也夭亡了。此后,郑板桥将郑墨之子郑田过继为子。

余五十二岁始得一子,岂有不爱之理!然爱之必以其道,虽嬉戏顽耍,务令忠厚悱恻[1],毋为刻急也。平生最不喜笼中养鸟,我图娱悦,彼在囚牢,何情何理,而必屈物之性以适吾性乎!至于发系蜻蜓,线缚螃蟹,为小儿顽具,不过一时片刻便摺拉而死。夫天地生物,化育劬劳[2],一蚁一虫,皆本阴阳五行之气絪缊而出[3],上帝亦心心爱念。而万物之性人为贵,吾辈竟不能体天之心以为心,万物将何所托命乎?蛇蚖蜈蚣[4]、豺狼虎豹,虫之最毒者也[5],然天既生之,我何得而杀之?若必欲尽杀,天地又何必生?亦惟驱之使远,避之使不相害而已。蜘蛛结网,于人何罪,或谓其夜间咒月,令人墙倾壁倒,遂击杀无遗。此等说话,出于何经典,而遂以此残物之命,可乎哉?可乎哉?

我不在家,儿子便是你管束。要须长其忠厚之情,驱其残忍之性,不得以为犹子而姑纵惜也。家人儿女,总是天地间一般人,当一般爱惜,不可使吾儿凌虐他[6]!凡鱼飧果饼[7],宜均分散给,大家欢喜跳跃。若吾儿坐食好物,令家人子远立而望,不得一沾唇齿,其父母见而怜之,无可如何,呼之使去,岂非割心剜肉乎!夫读书中举,中进士,作官,此是小事,第一要明理做个好人。可将此书读与郭嫂、饶嫂听,使二妇人知爱子之道,在此不在彼也。

书后又一纸

所云不得笼中养鸟,而予又未尝不爱鸟,但养之有道耳。欲养鸟莫如多种树,使绕屋数百株,扶疏茂密[8],为鸟国鸟家。将旦时,睡梦初醒,尚展转在被,听一片啁啾,如《云门》、《咸池》之奏[9];及披衣而起,颒面漱口啜茗[10],见其扬翚振彩[11],倏往倏来[12],目不暇给,固非一笼一羽之乐而已。大率平生乐处,欲以天地为囿,江汉为池,各适其天,斯为大快!比之盆鱼笼鸟,其钜细仁忍何如也!

〔1〕忠厚悱恻:指忠实厚道,感情真挚。
〔2〕劬(qú)劳:劳苦、劳累的意思,后多指父母养育儿女的劳苦。
〔3〕五行:中国的古人认为,世界上所有的事物都是由"金、木、水、火、土"五种元素构成的。这五种元素既是现实的自然物,又是抽象的哲学概念。絪缊:亦作氤氲,形容烟或云气弥漫,此指绵绵不断,繁衍出生。
〔4〕蛇蚖(yuán):一种毒蛇。
〔5〕虫:古代动物的统称。
〔6〕凌虐:欺凌虐待。
〔7〕鱼飧:鱼汤,也代指简单的饭食。
〔8〕扶疏:形容枝叶茂盛,高低疏密有致。
〔9〕《云门》、《咸池》:都是历史上著名的乐曲,这里形容优美动人的乐曲。
〔10〕靧(huì)面:洗脸。
〔11〕扬翚(huī):展翅飞翔。
〔12〕倏:迅速地。

郑板桥年逾知命之年才得到了饶氏所生的儿子,当然是视之若珍宝,但是他"爱之必以其道",绝不娇惯溺爱孩子。他继承了儒家的仁爱思想,倡导并实践着关怀人生、关爱生命的信念。郑板桥具有强烈的平等意识,他认为穷人与富人"总是天地间一般人",他告诫家人对子女要严加约束,不得使子女有优越感,要求子女做平等待人、忠厚仁慈的好人,在浊世中保持自己的完美人格。更为可贵的是,郑板桥能够推己及物,把仁爱思想发展为普爱众生、关爱生命,对动物生命也同样关爱。

潍县寄舍弟墨第三书

此信写于乾隆十四年(1749)秋,郑板桥五十七岁。信中嘱咐郑墨为其子选择老师,教育儿子尊敬师长,友爱同学。不料其子刚入学就病逝了。

富贵人家延师傅教子弟[1],至勤至切,而立学有成者[2],多出于附从贫贱之家[3],而己之子弟不与焉[4]。不数年间,变富贵为贫贱,有寄人门下者、有饿莩乞丐者[5]。或仅守厥家,不失温饱,而目不识丁。或百中之一亦有发达者,其为文章,必不能沉着痛快,刻骨镂心,为世所传诵。岂非富贵足以愚人,而贫贱足以立志而溶慧乎〔6〕!我虽微官,吾儿便是富贵子弟,其成其败,吾已置之不论;但得附从佳子弟有成,亦吾所大愿也。

至于延师傅,待同学,不可不慎。吾儿六岁,年最小,其同学长者当称为某先生,次亦称为某兄,不得直呼其名。纸笔墨砚,吾家所有,宜不时散给诸众同学。每见贫家之子,寡妇之儿,求十数钱,买川连纸钉仿字簿〔7〕,而十日不得者,当察其故而无意中与之〔8〕。至阴雨不能即归,辄留饭;薄暮,以旧鞋与穿而去。彼父母之爱子,虽无佳好衣服,必制新鞋袜来上学堂,一遭泥汙,复制为难矣。

夫择师为难,敬师为要。择师不得不审,既择定矣,便当尊之敬之,何得复寻其短?吾人一涉宦途,即不能自课其子弟〔9〕。其所延师,不过一方之秀,未必海内名流。或暗笑其非,或明指其误,为师者既不自安,而教法不能尽心;子弟复持藐忽心而不力于学〔10〕,此最是受病处。不知就师之所长,且训吾子弟之不逮〔11〕。如必不可从,少待来年,更请他师,而年内之礼节尊崇,必不可废。

又有五言绝句四首,小儿顺口好读,令吾儿且读且唱,月下坐门槛上,唱与二太太、两母亲、叔叔、婶娘听,便好骗果子吃也:

二月卖新丝,五月粜新谷。医得眼前疮,剜却心头肉。〔12〕
耘苗日正午,汗滴禾下土。谁知盘中飧,粒粒皆辛苦。〔13〕
昨日入城市,归来泪满巾。遍身罗绮者,不是养蚕人。〔14〕
九九八十一,穷汉受罪毕。才得放脚眠,蚊虫獦蚤出。〔15〕

〔1〕延:聘请。
〔2〕立学有成者:指学有所成的人。
〔3〕附从:指陪读。旧时代,富贵人家聘请塾师单独教自己子弟,有的也允许邻近的贫家子弟前来随读。
〔4〕不与:指不参与,没有学成。
〔5〕饿莩(piǎo):饿死的人。
〔6〕溶慧:指深沉而有智慧。
〔7〕川连纸:产于四川的练习写毛笔字的纸。
〔8〕察其故:了解什么原因。
〔9〕自课其子弟:自己教自己的子弟。
〔10〕藐忽:不重视,不当一回事。
〔11〕不逮:指不足、不及。
〔12〕"二月卖新丝"四句:为唐朝诗人聂夷中的《伤田家》。

〔13〕"耘苗日正午"四句:为唐朝诗人李绅的《悯农》。
〔14〕"昨日入城市"四句:为宋朝诗人张俞的《蚕妇》。
〔15〕"九九八十一"四句:为北京地区的谚语。

  在封建社会中,富家子弟因不求上进而败落,清贫子弟学有所成的屡见不鲜,所以板桥慨叹:"富贵足以愚人,而贫贱足以立志而浚慧。"此信中,郑板桥叮嘱要教育好儿子,要他尊师重道,平等待人,做个好人。板桥提出:"延师傅,待同学,不可不慎",对待老师的原则是尊师敬师比择师更重要:"夫择师为难,敬师为要。择师不得不审,既择定矣,便当尊之敬之,何得复寻其短?"真正把尊师重道贯彻落实。对待同学则要讲长幼,板桥教育儿子时刻怀着仁爱之心,要以善良的心态来对待贫苦的同学,甚至显得有些琐碎地关照儿子如何称呼学友、馈赠文具和日常生活用品,可见一片良苦用心,非常难能可贵。

潍县寄舍弟墨第四书

  此文写于乾隆十四年(1749),这段时间郑板桥重订《家书十六通》、《诗钞》、《词钞》,并手写付梓。此信当写于其间,强调了读书的重要性。

  凡人读书,原拿不定发达。然即不发达,要不可以不读书,主意便拿定也。科名不来,学问在我,原不是折本的买卖。愚兄而今已发达矣,人亦共称愚兄为善读书矣,究竟自问胸中担得出几卷书来?不过挪移借贷,改窜添补〔1〕,便尔钓名欺世〔2〕。人有负于书耳,书亦何负于人哉!昔有人问沈近思侍郎〔3〕,如何是救贫的良法?沈曰:读书。其人以为迂阔〔4〕,其实不迂阔也。东投西窜,费时失业,徒丧其品,而卒归于无济,何如优游书史中〔5〕,不求获而得力在眉睫间乎!信此信,则富贵;不信,则贫贱,亦在人之有识与有决并有忍耳。

〔1〕改窜:变动文字。
〔2〕钓名欺世:用不正当的手段去捞取名誉,欺骗世人。
〔3〕沈近思侍郎:沈近思,字位山,浙江钱塘人,康熙年间进士。年少家贫,曾在杭州灵隐寺为僧,后苦读上进,终于获得成功,故主张以读书疗贫。
〔4〕迂阔:指迂远、不切实际。

〔5〕优游：形容悠闲自在的样子。

"书中自有黄金屋，书中自有颜如玉，书中自有千种粟。"郑板桥对那些一心想透过读书考取功名然后谋取官职的人，是非常瞧不起的，但是他也并不反对通过自己的努力进入仕途，也没有极力地反对科举考试。他的这篇文章，可以看成对读书做官的一种正确态度。首先，板桥认为读书在人生中是至关重要的，通过读书能够改变命运。其次，板桥认为不能把读书仅仅看做做官的敲门砖，也把读书视为至为紧要和快乐的事情。"人有负于书耳，书亦何负于人哉！"表现了他的思想确有超过一般世俗的地方。

潍县署中与舍弟第五书

此文写于乾隆十四年（1749），同年，板桥即重订并手写十六通家书付梓。这封信是十六通家书中论文学创作的三封之一。它除了为八股文辩护外，主要论文章风格。

无论时文〔1〕、古文、诗歌、词赋，皆谓之文章。今人鄙薄时文〔2〕，几欲摒诸笔墨之外〔3〕，何太甚也？将毋丑其貌而不鉴其深乎〔4〕！愚谓本朝文章，当以方百川制艺为第一〔5〕，侯朝宗古文次之〔6〕；其他歌诗词赋，扯东补西，拖张拽李，皆拾古人之唾余〔7〕，不能贯串，以无真气故也。百川时文精粹湛深，抽心苗〔8〕，发奥旨〔9〕，绘物态，状人情，千回百折而卒造乎浅近。朝宗古文标新领异〔10〕，指画目前，绝不受古人羁绁〔11〕，然语不遒〔12〕，气不深，终让百川一席。忆予幼时，行匣中惟徐天池《四声猿》〔13〕、方百川制艺二种，读之数十年，未能得力，亦不撒手，相与终焉而已。世人读《牡丹亭》而不读《四声猿》〔14〕，何故？

文章以沉着痛快为最，《左》、《史》、《庄》、《骚》、杜诗、韩文是也。间有一二不尽之言，言外之意，以少少许胜多多许者，是他一枝一节好处，非六君子本色。而世间妮妮纤小之夫〔15〕，专以此为能，谓文章不可说破，不宜道尽，遂訾人为刺刺不休〔16〕。夫所谓刺刺不休者，无益之言，道三不着两耳〔17〕。至若敷陈帝王之事业，歌咏百姓之勤苦，剖析圣贤之精义，描摹英杰之风猷〔18〕，岂一言两语所能了事？岂言外有言、味外取味者，所能秉笔而快书乎？吾知其必目昏心乱，颠倒拖沓[19]，无所措其手足也[20]。王、孟诗原有实落不可磨灭处[21]，只因务为修洁，到不得李、杜沉雄。司空表圣自以为得味外味[22]，又下于王、孟一二等。至今之小夫，不及王、孟、司空万万，专以意外言外自文其陋[23]，可笑也。若绝句诗、小令词，则必以意外言外取胜矣。

"宵寐匪祯，札送闼麻。"[24] 以此誉人，是欧公正当处，然亦有浅易之病。"逸马杀犬于道"，是欧公简练处，然《五代史》亦有太简之病。（高密单进士烺曰："不是好议古人，无非求其至是。"[25]）

写字作画是雅事，亦是俗事。大丈夫不能立功天地，字养生民，而以区区笔墨供人玩好，非俗事而何？东坡居士刻刻以天地万物为心，以其余闲作为枯木竹石，不害也。若王摩诘、赵子昂辈[26]，不过唐、宋间两画师耳！试看其平生诗文，可曾一句道着民间痛痒？设以房、杜、姚、宋[27]在前，韩、范、富、欧阳[28]在后，而以二子厕乎其间，吾不知其居何等而立何地矣！门馆才情[29]，游客伎俩[30]，只合剪树枝、造亭榭、辨古玩、斗茗茶，为扫除小吏作头目而已，何足数哉！何足数哉！愚兄少而无业，长而无成，老而穷窘，不得已亦藉此笔墨为糊口觅食之资，其实可羞可贱。愿吾弟发愤自雄，勿蹈乃兄故辙也。古人云："诸葛君真名士。"名士二字是诸葛才当受得起。近日写字作画，满街都是名士，岂不令诸葛怀羞，高人齿冷。

〔1〕时文：清朝以八股文取士，称为"时文"。
〔2〕鄙薄：看不起。
〔3〕摒：排除。
〔4〕不鉴：不了解、不体察。鉴，明察。
〔5〕方百川：即方苞，清朝散文家，桐城派创始人之一。
〔6〕侯朝宗：侯方域，字朝宗，明末清初人，工诗文，以散文称著，与魏禧、汪琬并称为清初古文三大家。
〔7〕拾古人之唾余：指因袭古人的话，没有创新。唾余，多余的唾沫。
〔8〕抽心苗：指内心深处生发出的苗头。
〔9〕奥旨：指深奥的旨趣。
〔10〕标新领异：指新奇的主张或创造出新奇的样式。
〔11〕羁绁(xiè)：原指马笼头和马缰绳，后比喻为束缚。
〔12〕语不遒：指语言缺乏刚劲有力之气。遒，刚劲有力。
〔13〕行匣：外出时带的行李箱。徐天池：明朝著名的文学家、书法家、画家徐渭，字文长，号天池。《四声猿》是他的四本杂剧的合集。
〔14〕《牡丹亭》：明朝戏剧家汤显祖的名作，尤其以《游园惊梦》一折最为经典。

〔15〕娖娖(chuò):形容矜持拘谨的样子。
〔16〕訾(zī):诽谤,说别人坏话。
〔17〕道三不着两:江淮一带谚语,意为说话颠三倒四、不着边际。
〔18〕风猷:风采、丰姿。
〔19〕颠倒拖沓:指位置错乱,拉杂冗长。
〔20〕无所措其手足:形容不知所措的样子。
〔21〕王、孟:唐朝诗人王维与孟浩然,两个人的诗歌都以诗歌清新淡雅闻名。
〔22〕司空表圣:司空图,字表圣,唐代诗人、评论家。
〔23〕自文其陋:指自己掩饰自己的浅陋。文,掩盖。陋,浅薄简陋。
〔24〕"宵寐匪祯,札送闼麻。":其意为"夜梦不详,题门大吉"。这是欧阳修讽刺宋祁作文生僻晦涩的弱点。
〔25〕单烺:山东莱州高密人,郑板桥的朋友。
〔26〕赵子昂:元代书法家、画家赵孟頫。
〔27〕房、杜、姚、宋:指房玄龄、杜如晦、姚崇、宋璟,均为唐朝著名的宰相。
〔28〕韩、范、富、欧阳:指韩琦、范仲淹、富弼、欧阳修,都是宋朝著名的贤臣。
〔29〕门馆:指塾师。
〔30〕游客:这里指在显贵人家为清客。

新评

在清代,文坛笼罩着浓重的复古主义和形式主义文风,郑板桥对此很不满。此文中,郑板桥首先批评这种作品无"真气",就是诗文中没有那种足以区别于他人的独特的"气"。他主张文章要追求"真气",表达真性情,诗文无真气,就失去了生命力,也失去了存在的价值。郑板桥还继承了明末顾炎武"经世致用"的文学观,倡导诗歌的社会作用,认为诗文应该"敷陈帝王之事业,歌咏百姓之勤苦,剖析圣贤之精义,描摹英杰之风猷"。他以杜甫诗歌为标准,认为文章的最高境界就是"沉着痛快",任何虚饰和隐讳都是不可取的。确实这样,郑板桥本人的文章皆独出机杼、直抒胸臆、不事风雅,力避冷僻的典故和艰涩的字眼,有晓畅简朴的特点,而且继承了现实主义的优良传统,真切地反映了民生疾苦。

潍县署中寄舍弟墨

题解

此文写于乾隆十四年(1749),郑板桥重订《家书十六通》、《诗钞》、《词钞》,并手写付梓。

家屋改建,既买宅旁余地,终必举行,而余之主张缓图者,因仕途中人蓄姬妾、置田产,更进而大兴土木,建筑高堂华厦,行道者见之,必窃窃私语曰：郑某一介寒士，侥幸成名，得为百里侯[1]，谁谓狂士作官要名不要钱，苟不搜括地皮，艳妾华厦自何而来？殊不知我每年笔润[2]，就最近十年平均计算，最少年有三千金，则总数已有三万，我家仅有典产田三百亩，每亩典价二十千，约值钱六千千，合之绝产田八十亩[3]，不过万金耳。故尚余润资二万金，整备改建家园，以为归田娱乐之地，犹恐招摇耳目，惹启悠悠众口，以贪名污我。我纵不能只饮民间一杯水，不取民间一文钱，以清廉自矢[4]，然贪赃枉法，则我岂敢！我弟所绘之建筑草图，与我意见稍有不同。余意门向不宜更动，在我弟以为宅相不旺丁[5]，特请堪舆家谈少岚相宅[6]，主张更正门向，而余则根据耿堪舆之言，门向堂基，均仍旧贯。宅后走路，现已无存，亦不必再事更张，只须将新购地筑墙牵连，辟作园林，亭台楼阁，位置得宜，并须凿地为池，堆石作山，栽花种竹，如是布置。正屋不改作，需费较省，愚兄不主张改动正屋者，保存风水也。余生于斯宅，长于斯宅，得为百里侯，则宅相决无坏处。至于不旺丁口，自宅后种竹，余已得一子，无复他求。且焉单建园林，少授人口实。余决意如此，特将园林草图寄归，劳吾弟雇匠照图施工。一切费用，在田租项下支付可也。哥哥字。

〔1〕百里侯：县令辖区方圆百里，故称"百里侯"，也泛指达官贵人。
〔2〕笔润：旧时读书人为别人写字作画收取的稿费，称为"润笔"，又叫作"笔润"。
〔3〕绝产田：绝，指最、极。绝产田指产量最高的田地。
〔4〕自矢：自誓，发誓。
〔5〕丁：泛指子孙后代。
〔6〕舆：地。

这封信是郑板桥和他弟弟探讨改建房屋的事情。郑板桥是一位廉吏，他任范县令时"爱民如子，绝苞苴，无留牍"；调任潍县时恰遇荒年，他冒着丢弃乌纱的风险开仓赈灾。他认为做官必须爱民、加泽于民，而不能作恶、有害于民。郑板桥没有因做官而发财，用自己的稿费改建房屋，尚且不愿太过于招摇而背上"贪官"的恶名，爱惜名声如此，可谓用心良苦。

潍县署中寄四弟墨

题解

这是郑板桥于潍县官署之中写给弟弟的一封信,主要讲养生与读书。

来书言吾儿体质虚弱,读书不耐劳苦。功课稍严,则饮食减少;过宽,犹恐荒废学业。则补救之法,唯有养生与力学进行[1],庶几身躯可保强健[2],学问可期长进也。养生之道有五:一、黎明即起,吃白粥一碗,不用粥菜;二、饭后散步,以千步为率[3];三、默坐有定时,每日于散学后静坐片刻;四、遇事勿恼怒;五、睡后勿思想。力学之道亦有五:一、每日读书十页,宜熟读背诵;二、每日宜读生书五页,质钝者减半[4];三、每晨习大字一百,午后习小楷二百;四、每日记日记一页,宜有恒心;五、刚日讲经,柔日讲史[5],须随时摘录心得。以上养生五事,终身行之,力学五事,乃本年之功课。我弟前函云犹子悟性已开[6],来春可以握管作文,则来年课程似须更改[7]。余少年时代不知养生,而今后悔之已晚,渴望后辈力行之,则学优而身强,便是振兴之象。望我弟以此教诲子侄,持之有恒,获益良多也。哥哥寄。

[1]养生:保养身体。力学:努力学习。
[2]庶几:连词,表示在上述情况下才能避免某种后果,或实现某种希望。
[3]率:标准。
[4]质:资质、天分。
[5]刚日:单日。双日则谓柔日。
[6]犹子:兄弟之子。
[7]来年:明年。

此信可作为教子训来读。板桥之子天生身体虚弱,所以他一方面叮嘱其弟教育自己儿子一定要用功读书,学做好人,一方面嘱咐要儿子养好身体。养生和读书二者必须兼顾,"学优而身强",是极为正确的。我们现在提倡"德、智、体、美、劳",没有好身体,学习成绩再好,也没法担当重任。

潍县署中寄四弟墨

这是郑板桥于潍县官署中写给弟弟的又一封信。主要讲择师之事,反映了郑板桥的教育观。

教读范芝翁既另有高就[1],自难设法挽回,但儿辈正值求学紧要时代,断不可以一日无师[2],任其旷课。我弟亦早计及之,故自任其劳,已于元宵后一日开学。但愿兄在外,家中一切琐事尽由我弟执管,再欲劳心兼任教读,于家务固有顾此失彼之虞[3],于精神亦太不经济[4]矣。另聘良师,岂容少缓[5]!惟据余所知[6],我乡列胶庠拥皋比之士[7],尽属下驷材[8],纵不能一语抹煞,秀才中亦有博文约礼,循循善诱之良教师,无如稍有才便慕虚荣[9],以为学优则仕,取功名易如反手,不愿再为人师,范师即其例也。至于聘师,本极容易,而欲择宽严适中、讲解无倦、学问渊博之良师,则难矣。我弟久处家乡,耳目切近,一时尚觅不得名师,余离别梓乡二十余年[10],与学界隔膜已久[11],更不知谁优谁劣。昨与署中幕友谈及此事,适有同乡李芳圃之世兄,为习刑幕,随其师杜伯门在署里办公事。芳圃为我乡名师,及门弟子登乡榜、步玉堂者,不胜以偻指计[12],谅我弟亦深悉者也。惟春秋已高[13],久不设帐授徒。今已托其世兄写信,转达洁诚延聘之意。若能得其俯允,惠然肯来,则为后辈子之幸事。俟得复音[14],再行函告。哥哥寄。

[1]教读:教师。另有高就:另外有好去处。
[2]断不可以:绝对不能。
[3]虞:忧虑、担心。
[4]经济:节省。
[5]少:通"稍"。
[6]惟:只是。
[7]胶庠:周代学校名。皋比:虎皮坐席。《宋史·张载传》:"尝坐虎皮讲《易》,京师听从者甚众。"后因称任教者为"坐拥皋比"。
[8]下驷材:下等人才。
[9]无如:无奈。

〔10〕梓乡:家乡。
〔11〕隔膜:彼此不了解。
〔12〕偻(lǚ)指:迅速指出来。
〔13〕春秋:指年纪。
〔14〕俟:等待。

选择老师是一件很重要的事情。所谓教书育人,教书在老师而言反而是其次,最重要的应该是育人。板桥对"师"要求的标准是:"宽严适中、讲解无倦、学问渊博",教育方法、教学态度、教师素质三个方面都顾及到了。

潍县署中寄内子

本文是板桥写给妻子郭氏的信,信中主要谈论了女儿出嫁之事。

淑儿嫁期本定去年四月初二日,旋因其生母疾病缠绵,未遑料理妆奁〔1〕,不得已商之乾宅,拟改缓至九十月间举行。幸得陆亲家同意,遣媒答复,谓既系女亲家染疾,吉人天相,自可喜占勿药〔2〕,惟告痊之迟速,外人自难悬测,以后婚期,请坤宅择定〔3〕,较为便利。体谅人情,可谓至矣。孰知好事多磨,比及饶氏病瘥,正拟选择吉期,而陆亲家猝遇意外风波,丢官撤任。盖为商民聚众抗捐,折毁署堂一案,遭冤去职,莫怪其意兴索然,不乐为后辈行婚礼。来函订期至今春二月十九日举行,现在吉期将届,已经两次阻缓,此番谅无障碍。本拟接尔来署,襄办〔4〕嫁礼,一则因路途遥远,我弟既有家务,不克〔5〕分身偕来,仅恃仆役护送,殊〔6〕不放心,二则挈〔7〕麟儿同来,只恐水土不服;寄托麟儿于弟妇,犹恐稚子不惯,并且来往跋涉,旷废学业,所以主张不接尔来署。兼之届期家乡族戚,必有送礼者,却之不恭〔8〕,受之必报以酒食,尔可相邀叔婶,于后三朝〔9〕置备盛筵,宴请诸族戚及四邻。凡贫族及邻佑之贺分,不论多寡,一概璧还。向来我家送礼分者,则礼尚往来,自当收受,命司帐汇登喜簿。请帖、谢帖,宜预先置备。此系外事〔10〕,恐非尔女流所能胜任,余当另函知照我弟也。春风多厉,母子寒暖,均宜慎之。近日余因公私粟六〔11〕,分外疲乏,疝气又大发,幸有旧方,煎服两剂,始得步履如常。知关系念,特此附闻。

〔1〕料理：准备。妆奁：指女子出嫁时需要携带的陪嫁。
〔2〕勿药：指疾病痊愈。
〔3〕坤宅：女方的家，这里指郑板桥家。
〔4〕襄办：协助操办。
〔5〕不克：不能。
〔6〕殊：非常，很。
〔7〕挈：带领。
〔8〕却之不恭：对于邀请、馈赠等，如果拒绝就显得不够恭敬。
〔9〕三朝：旧俗，婚后第三日称三朝。
〔10〕外事：指涉外之事。
〔11〕栗六：忙碌的意思。

中国人历来特别看重婚礼，也愿意把婚礼办得很隆重。可贵的是，板桥嘱咐家人不准接受贫族及邻里的贺礼，"不论多寡，一概璧还"，这种做法是他在官场上两袖清风作风的自然延续。

潍县署中寄四弟

这是郑板桥于潍县署中写给四弟的一封信，所言家庭琐事，反映了当时的社会风貌。

李荷生先生既属诗赋专家，又能视学生如同胞手足，诚为不可多得之良教师〔1〕。余已托李世兄函聘，所为难者，李师受业弟子共有八人，挈之偕来，太觉嘈杂。商以二人为限，谅可同意。据李世兄云，其受业弟子泰半已成年而全篇者〔2〕，只须出题改作，无须日日听讲。只有李世兄之令弟与表弟，尚未全篇，必须附塾听讲，望我弟代缮聘书〔3〕，脩金每年八十千，就近往访李师，与之当面商妥，即可择日开学，免得与我信札往返，耗费光阴也。苟附徒只有二人，固佳；若不得已再多一二人，亦只能允诺。徐待年底〔4〕，再与之磋商减少。淑儿嫁期，已定二月十九日，我弟如能挈眷偕来，门户可托内子照顾，使多年睽隔之昆季〔5〕，得能叙首一堂，其乐靡涯〔6〕。惟两宅巨细事，皆赖我弟仔肩独任〔7〕，只恐无暇来署，则相烦我弟置备请帖，散发家乡各族戚，务须面面俱到，勿有遗漏，免贻人说余家势利，不认穷亲戚。届后三朝，并烦商同内子，置备盛筵享客，酒菜务须丰盛。余昔年成姻与开贺[8]，皆用聚宝园之菜，尚觉不恶，未识至今犹在营业否？余久未还乡，不知现状，一切均托我弟主持，费用可向内子支取。凡办喜事，不宜惜小费，惹人讪笑。盖此等事，一生能得几回？稍事铺张，亦属有限，非比居家用度，一年三百六十日，无日或缺，不得不尚节省。我弟阅历已深，定能措置适当，不使余稍受委曲也。哥哥寄。

[1]诚：实在、确实。
[2]泰半：大半。全篇：旧时学生读书，首先学小学，即字词之学；而后学经；最后作文。因此说全篇者，就是已经学习到一定程度的学生了。
[3]缮：抄写。
[4]徐待：慢慢等到。
[5]暌隔：离别、分离。昆季：兄弟。
[6]靡涯：无穷。
[7]仔肩独任：独自承担责任。
[8]开贺：指作者举行庆贺酒宴。

此信中谈到的都是家庭琐事，择师、嫁女等面面俱到，无所不谈。看到平常风流倜傥的郑板桥在女儿的婚事上也是这样婆婆妈妈，实在另有一番趣味！

潍县署中寄四弟

本文中板桥表达了对弟弟的挚爱之情，同时也深感自己"忝为兄长，不能分担家事"的愧疚之情。

我弟今年仅得四十二岁，何以鬓发已墨白成斑[1]？谅由家务蝟集[2]，劳心过度所致。余忝为兄长[3]，不能分担家事，已觉有亏友于[4]，而反以犹子教养之责[5]，委之我弟，世间只有板桥忍心出此，我弟不以我为妄，反甘殚精竭力，扶植犹子，余何修而得此爱弟，我弟何不幸而有此阿兄！余叨赖我弟独担家务[6]，得以少费心思，至今白发尚少，不及十分之三。余年五十有九，理当白发苍苍，而犹得黑多白少者，我弟之惠也[7]。惟齿落较多,精神亦愈觉衰惫,兼之近来办事,诸多不顺。招练土著小队[8],余本一片婆心[9]。缘辖境内每届冬令,盗窃之案迭出[10],今冬特编小队,专司巡防缉捕之贵。不料外间啧有烦言[11],或谓遇小儿摸牌,即擅入人家拿赌,讹索金钱;或谓夜遇乡农行路,妄指为窃贼锁拿吊打,讹钱方肯释放。对于所当为之事,反置若罔闻,甚且包庇私盐小贩,窝藏巨窃赃物,弊端百出,众口一词。余招练小队,原为地方除害,乃反为地方生害,贻人讥议,能不令人懊恼乎! 现已一律解散。虽招募至今仅阅两月,而派人暗地调查,四乡被害者约有二十余家,殊令我愧对子民也! 人皆以做官为荣,我今反以做官为苦,既不敢贪赃枉法,积造孽钱以害子孙,则每年廉俸所入,甚属寥寥。苟不入仕途,鬻书卖画,收入较多于廉俸数倍。早知今日,悔不当初! 现拟告病辞职,得邀允准,如天之福。惟余每因事晋谒中丞[12],必蒙青眼相加[13],并见赏我之墨竹,谓为得文湖州真髓[14]。凡遇上辕门[15],必邀余至内花厅留膳。余受宠若惊,不敢放浪。中丞笑语云:"下属无留膳之例,此时吾与尔叙私交,不必目我为上司而兢兢小心也。[16]"既逢此知遇,只恐一时未必许我解组归田[17],奈何! 奈何! 哥哥寄。

〔1〕何以:为什么。
〔2〕蝟集:像刺猬毛一样众多,比喻事情众多而且棘手。
〔3〕忝:有愧于。
〔4〕友于:指兄弟间的友爱。《尚书·君陈》:"惟孝友于兄弟。"
〔5〕犹子:指兄弟之子。
〔6〕叨赖:依赖。
〔7〕惠:恩惠。
〔8〕土著:当地人。
〔9〕婆心:比喻慈爱之心。
〔10〕迭出:接连出现。
〔11〕啧有烦言:很多人说不满意的话。啧,争辩。
〔12〕中丞:巡抚。
〔13〕青眼:重视。晋阮藉不拘于礼教,见志趣相投者,以青眼对之;见凡俗之士,则以白眼对之。
〔14〕文湖州:文同,字与可,宋代画家。
〔15〕辕门:古时军营的门或官署的门。
〔16〕目我为上司:把我当做上司一样看待。目,动词,看待。
〔17〕解组:辞官。

作为一个地方官,板桥为公事劳心劳力,没有怨言。他能够做到"先天下之忧而忧,后天下之乐而乐",这才是公正廉明的为官之道。不过,性格放荡不羁的板桥也时常感到官场的污浊,他说"人皆以做官为荣,我今反以做官为苦",渴望归隐的想法不时地流露出来。

词钞自序

题解

本序写于乾隆十四年(1749)秋,郑板桥五十七岁,时任潍县县令。郑板桥曾于乾隆七年首刻自己的诗、词集;十四年时又重订十六通《家书》及《诗钞》、《词钞》,并手写付刻,本自序即写于此时。

燮词不足存录。兰亭楼夫子谓燮词好于诗,且付梓人,后来进益,不妨再更定。嗟乎! 燮何进也? 燮年三十至四十,气盛而学勤,阅前作辄欲焚去;至四十五六,便觉得前作好;至五十外,读一过便大得意。可知其心力日浅,学殖日退[1],忘己丑而信前是,其无成断断矣! 楼夫子是燮乡试房师[2],得毋爱忘其丑乎?

陆种园先生讳震[3],邑中前辈。燮幼从之学词,故刊刻二首,以见一斑。

为文须千斟万酌以求一是,再三更改,无伤也;然改而善者十之七,必有谬者亦十之三。乖隔晦拙,反走入荆棘丛中去,要不可以废改,是学人一片苦心也。燮作词四十年,屡改屡蹶者,不可胜数。今兹刻本,颇多仍旧,而此中酸甜苦辣备尝而有获者亦多矣。世间为父师者,见其子弟之文疏松爽豁便喜,见其拗渺晦拙便忧。吾愿少宽岁月以待之,必有屈曲达心、沉著痛快之妙。天下岂有速成而能好者乎[4]?

少年游冶学秦柳[5],中年感慨学辛苏[6],老年淡忘学刘蒋[7],皆与时推移而不自知者。人亦何能逃气数也?

[1]学殖:学业上的进步。《左传·昭公十八年》:"夫学,殖也,不学将落,原氏其亡乎?"注:"殖,生长也。"
[2]房师:科举考试该年分房阅卷的考官。
[3]陆种园:兴化县人陆震,字种园,善行、草书,工绝句,尤擅词。
[4]速成:语出韩愈《答李翊书》:"则无望其速成。"
[5]秦、柳:北宋词人秦观、柳永,二人词风婉约,为宋词婉约派代表作家。
[6]辛、苏:宋代词人辛弃疾、苏轼。二人词风豪放,慷慨悲壮,为宋词豪放派代表作家。
[7]刘、蒋:南宋词人刘过、蒋捷。二人词风并不完全相同,也并非是"淡忘"。郑板桥认为他们"淡忘",以寄

托自己的牢骚。

修改作品是一个严肃作家的必不可少的手段,这篇《自序》说出了板桥修改的经验教训:"改而善者十之七,改而谬者亦十之三。"说明有些修改未必真使文章能提高,但为文不能求速成的提法,是颇能给人启迪的。郑板桥总结自己作词的历程,"少年游冶学秦柳,中年感慨学辛苏,老年淡忘学刘蒋",既反映了板桥各个时期的爱好不同,也是他创作历程的概括。

竹

这是郑板桥的一则题画小品文。

江馆清秋[1],晨起看竹,烟光日影露气,皆浮动于疏枝密叶之间。胸中勃勃,遂有画意。其实胸中之竹,并不是眼中之竹叶。因而磨墨展纸,落笔倏作变相[2],手中之竹,又不是胸中之竹叶。总之,意在笔先者,定则也[3];趣在法外者,化机也[4]。独画云乎哉!

〔1〕江馆:江边馆舍。
〔2〕倏:迅速。
〔3〕定则:固定法则。
〔4〕化机:变化机巧。

文章从自己的创作感受出发,通过对画竹步骤方法的论述,揭示了艺术创作中的普遍规律,即艺术形象不再是现实景象的简单再现,而是审美主体和审美客体高度统一、融合的艺术形象,艺术创作的过程是从自然美到艺术美的提炼、升华的创造过程。作者用朴素形象的语言论述了绘画立意的三步曲。第一步,先对描写对象进行观察体验,由"自然之竹"到"眼中之竹",获得直观的印象;第二步,由获取的直观印象经过大脑思维,并从中提炼,加以构思,通过笔墨表现出来。这就是由"眼中之竹"到"胸中之竹"。第三步,把胸中的意象之竹表现在作品上,形成作品,这是创作成败的关键。这就是由"胸中之竹"再到"手中之竹"的阶段。文章简明精辟,亲切自然。

◎ 附 录

清史·郑燮传

郑燮，字克柔，江苏兴化人。乾隆元年进士，官山东范县知县，调潍县，以请赈忤大吏，乞疾归。少颖悟，读书饶别解。家贫，性落拓不羁，喜与禅宗尊宿及期门子弟游。日放言高谈，臧否人物，以是得狂名。及居官，则又曲尽情伪，餍塞众望。官潍县时，岁歉，人相食。燮大兴修筑，招远近饥民赴工就食；籍邑中大户，令开厂煮粥轮饲之。有积粟责其平粜，活者无算。时有循吏之目。善诗，工书画，人以"郑虔三绝"称之。诗言情述事，恻恻动人，不拘体格，兴至则成，颇近香山放翁。书画有真趣，少工楷书，晚杂篆隶，间以画法。所绘兰竹石亦精妙，人争宝之。词吊古撼怀，尤擅胜场，或比之蒋士铨。内行醇谨，幼失怙恃，赖乳母教养，终身不敢忘。所为家书忠厚恳挚，有光禄《庭诰》、《颜氏家训》遗意。晚年归老躬耕，时往来郡城，诗酒唱和。尝置一橐，储银及果食，遇故人子及乡人之贫者，随所取赠之。与袁枚未识面，或传其死，顿首痛哭不已云。著有《板桥诗钞》。

郑燮小传

郑方坤

郑燮，字克柔，号板桥，兴化人。乾隆丙辰举于乡，连登进士第。授范县知县，改调潍县，以疾乞归。板桥幼颖悟，读书饶别解，绰有文名。家固贫，落拓不羁。壮岁客燕市，喜与禅宗尊宿及期门、羽林诸弟子游。日放言高谈，臧否人物，无所忌讳，坐是得狂名。既得官，慈惠简易，与民休息，人亦习而安之。而嵚崎历落，于州县一席，实不相宜。世方以武健严酷为能，而板桥以一书生，欲清净无为，坐臻上理，闻者实应且憎，否则怒骂谴诃及矣。雅善书法，真行俱带篆籀意，如雪柏风松，挺然而秀出于风尘之表。所画兰草竹石，亦峭蒨别致。诗内所云：时时作画，乱石秋苔；时时作字，古与媚偕者是已。诗取道性情，务如其意之所欲出。其自序有云：余诗格卑下，七律尤多放翁习气，屡为知己诟病，好事者又促余付梓。自度后来亦未必能进，姑从谀而背直惭愧汗下云云。其言可谓不自满矣。然其诗流露灵府，荡涤埃，视世间无结不可解之事，即无梗咽不可道之词。空山雨雪，高人独立；秋林烟散，石骨自青，差足肖之。非彼借口白战，以自诩为羌无故实者也。板桥徒以狂故不理于口，然其为人内行醇谨，胸中具有泾渭。所刻寄弟书数纸，皆老成忠厚之言，大有光禄《庭诰》、《颜氏家训》遗意。异乎放荡以为高者,信贤者之不可测也。昔晋文王称阮嗣宗为至慎,吾于板桥亦云。

——《国朝耆献类征》初编卷二百三十三

郑板桥年谱简编

康熙三十二年癸酉(1693),一岁

十月二十五日,郑板桥生于江苏兴化东门外古板桥。

《郑板桥年表》载:"先生姓郑氏,名燮,字克柔,号板桥,兴化县人。先世居苏州,明洪武年间始迁居兴化城内之汪头。曾祖新万,字长卿,庠生。祖湜字清之,儒官。父之本,字立庵,号梦阳,廪生,品学兼优,家居授徒,先后数百人。母汪夫人,继母郝夫人。叔之标,字省庵,生子墨,字五桥,庠生。"

是年,画家八大山人六十八岁,石涛五十二岁,华嵒十二岁,高凤翰十一岁,李鱓八岁、汪士慎八岁,金农七岁,黄慎七岁,高翔六岁。

康熙三十四年乙亥(1695),三岁

是年,李方膺生。

康熙三十五年丙子(1696),四岁

母汪夫人病逝,育于乳母费氏。《七歌》云:"我生三岁我母无。"《乳母诗·序》云:"燮四岁失母,育于费氏。"

康熙三十六年丁丑(1697),五岁

板桥父约于是年继娶郝夫人。

康熙三十八年己卯(1699),七岁

是年,因生活所迫,费氏悄然离开郑家。

康熙四十一年壬午(1702),十岁

随立庵先生在教馆学习。《题画》云:"余少时读书真州之毛家桥。"立庵先生教馆可能设于真州毛家桥。

是年,乳母费氏重返郑家。《乳母诗》:"后三年,来归侍太孺人,抚燮倍挚。"

康熙四十二年癸未(1703),十一岁

是年,乳母子俊任操江提塘官,屡迎母,其母因板桥及其祖母不忍去。

正月,康熙第四次南巡,三月回。十月,康熙帝西巡至西安,十二月回。

康熙四十四年乙酉(1705),十三岁

正月,康熙第五次南巡至杭州,闰四月回。

康熙四十五年丙戌(1706),十四岁

是年，继母郝夫人卒。《七歌》云："无端涕泗横阑干，思我后母心悲酸。十载持家足辛苦，使我不复忧饥寒。"

康熙四十六年丁亥(1707)，十五岁

正月，康熙第六次南巡，五月回。七月，石涛卒于扬州，享年七十八岁。十二月，江南大旱。

康熙四十七年戊子(1708)，十六岁

是年，从兴化词人陆震先生学词，与王国栋、顾于观同塾。《七歌》云："种园先生是吾师，竹楼桐峰文字奇。十载乡园共游憩，壮心磊落无不为。"按：一说于康熙五十一年(1712)师从陆震先生学填词。

九月，废皇太子允礽，惩处其党羽。

康熙四十八年己丑(1709)，十七岁

三月，复立允礽为皇太子。

康熙四十九年庚寅(1710)，十八岁

正月，命修满汉蒙合璧《清文鉴》。

是年，清廷始修《康熙字典》。

康熙五十年辛卯(1711)，十九岁

李鱓举乡试。

十月，戴名世《南山集》文字狱兴，株连甚广。

康熙五十一年壬辰(1712)，二十岁

二月，升朱熹于孔庙四配十哲之次。九月，再废皇太子允礽。

是年，清廷规定："以后滋生人丁，永不加赋。"

康熙五十二年癸巳(1713)，二十一岁

康熙奉太后巡幸塞外，李鱓于古北口献画，经御试后，命从蒋廷锡习画。

二月，《南山集》案结，戴名世被处死。

康熙五十三年甲午(1714)，二十二岁

是年，开始绘画创作。乾隆二十八年(1763)题《墨竹图横幅》："今年七十有一，不学他技，不宗一家，学之五十年不辍，亦非首而已也。"

康熙五十四年乙未(1715)，二十三岁

是年，与同邑徐氏成婚。

秋，于北京瓮山之漱云轩书《小楷欧阳修秋声赋轴》并作《跋》。

康熙五十五年丙申(1716)，二十四岁

约于是年中秀才。

闰三月，《康熙字典》纂成。

袁枚生。金农三十岁，在江上病疟。汪士慎寄寓扬州佛寺，卖字画为生。

康熙五十六年丁酉(1717),二十五岁

堂弟墨(号五桥)生。《怀舍弟墨》云:"我年四十二,我弟年十八。"故推知郑墨生于是年。

康熙五十七年戊戌(1718),二十六岁

设塾于真州之江村,有《村塾示诸徒》诗。

康熙六十一年壬寅(1722),三十岁

板桥父立庵先生去世。作《七歌》,是时已有二女一子。《七歌》中有"郑生三十无一营"、"今年父殁遗书卖"、"我生二女复一儿"等语。检家中旧书簏,将前代家奴契券尽数焚去。

正月,清廷举行"千叟宴"。十一月,康熙帝驾崩。其四子胤禛继位,是为雍正帝。十二月,张廷玉为礼部尚书;诏速将《古今图书集成》编纂成书。

雍正元年癸卯(1723),三十一岁

约于是年卖画扬州,前后历时十年左右。

是年,始与梅鉴和尚交往。友人顾万峰赴山东常使君幕,作《贺新郎》词三阕赠之。

是年,令推行"摊丁入亩"政策。

雍正二年甲辰(1724),三十二岁

其子犉儿约殇于是年。板桥作有《哭犉儿五首》,以志哀痛。

闰四月,命修《大清会典》。

出游江西,于庐山识无方上人。

是年,杭世骏中举人。

雍正三年乙巳(1725),三十三岁

出游北京,与禅宗尊宿及期门羽林诸子弟游,日放言高论,臧否人物,无所忌讳,坐是得狂名。

有《燕京杂诗》三首、《花品跋》诸作。

雍正四年丙午(1726),三十四岁

黄慎于是年书《道情十首》。

八月,中俄签订不平等的《恰克图条约》。

雍正五年丁未(1727),三十五岁

是年,客于南通州(今南通市)。

友人高凤翰为歙县县丞。

雍正六年戊申(1728),三十六岁

读书兴化之天宁寺,咕哔之暇,手写《论语》、《孟子》、《大学》、《中庸》各一部。

雍正七年己酉(1729),三十七岁

完成《道情十首》初稿。

是年,作《满江红·田家四时苦乐歌过桥新格》。

五月,兴吕留良案;九月,颁《大义觉迷录》。

是年,除山西、贵州及少数民族地区外,普遍实行"地丁制"。

雍正八年庚戌(1730),三十八岁

是年,李方膺就职于山东乐安。

雍正九年辛亥(1731),三十九岁

是年,妻徐夫人病殁。板桥作《客扬州不得之西村》诗。

十二月二十九日,作《除夕前一日上中尊汪夫子》诗。

雍正十年壬子(1732),四十岁

秋,赴南京参加乡试,中举人。作《得南闱捷音》、《念奴娇·金陵怀古》。游杭州,观潮于钱塘江上。作《韬光庵》、《观潮行》诗。

作词《沁园春·西湖夜月有怀扬州旧游》。有家书《杭州韬光庵中寄舍弟墨》。

是年,《大清会典》修成。

雍正十一年癸酉(1733),四十一岁

是年,板桥叔父省庵公卒。《怀舍弟墨》云:"我年四十二,我弟年十八。……年来叔父殁,移家僦他宅。"

客海陵,重阳节作《赠梅鉴和尚》诗两首。

雍正十二年甲寅(1734),四十二岁

作《怀舍弟墨》诗。又为顾世永代弟买妾事作七律一首。

是年,金农客扬州,始留髯,人称"髯金"。

是年,扬州梅花书院落成。

雍正十三年乙卯(1735),四十三岁

读书镇江之焦山。

二月,游扬州北郊时,于玉勾斜饶家与饶五姑娘一见钟情,遂赠《西江月》词为媒定情,并书《道情十首》赠之。

有《焦山读书寄四弟墨》、《仪真县江村茶社寄舍弟》、《焦山别峰庵雨中无事寄舍弟墨》、《焦山双峰阁寄舍弟墨》等家书四封。

八月,被聘赴杭州任浙江乡试提调监试。由杭返扬,与李复堂谈及赴浙事,因合作诗画。冬,赴京师,准备迎接会试。十月,收回前颁《大义觉迷录》。十二月,《明史》纂成。

乾隆元年丙辰(1736),四十四岁

春应礼部试,中贡试;殿试中二甲第八十八名。欣喜之余,板桥挥毫泼墨,作《秋葵石笋图》,题诗云:"牡丹富贵号花王,芍药调和宰相祥。我亦终葵称进士,相随丹

桂状元郎。"与伊福纳兼五游西山。

有《赠瓮山无方上人》、《瓮山示无方上人》、《赠图牧山》、《酬中书舍人方超然弟》、《读昌黎上宰相书因呈执政》、《游香山卧佛寺访青崖和尚和壁间晴岚学士虚亭侍读原作》、《寄青崖和尚》、《山中夜坐再陪起林上人作》诸诗。

乾隆二年丁巳(1737),四十五岁

娶饶氏。

正月七日,作《行书道情十首卷》,赠勉友人西峰。

南归扬州,复与友人顾万峰相遇。顾有诗《赠板桥郑大进士》。是年,乳母费氏去世。板桥作《乳母诗》以志其哀。

高凤翰罢官,寓扬州长寿庵。

乾隆三年戊午(1738),四十六岁

是年,江南大旱。

与金农游扬州,甚得山水之趣。

乾隆四年己未(1739),四十七岁

卢见曾为淮南盐运使。

十月二十日,书《赠卢雅雨诗墨迹》,以志友谊。

是年,袁枚中进士。

是年,殿版《二十四史》刻成。

乾隆五年庚申(1740),四十八岁

与沈心定交于金农寓楼。

五月,为董伟业《扬州竹枝词》作序。十一月十二日,自题所作《芝兰轴》。十一月,《大清律令》、《大清一统志》修成。

乾隆六年辛酉(1741),四十九岁

作《逢客入都寄勖宗上人口号》。

入京,有《淮安舟中寄弟墨书》。

需次春明,慎郡王极敬礼之。

乾隆七年壬戌(1742),五十岁

春,铨选得范县令(兼署朝城县)。将赴任,作《将之范县拜辞紫琼崖主人》,答谢慎郡王允禧知遇之恩,允禧亦有《送板桥郑燮为范县令》诗。写刻慎郡王《随猎诗草》、《花间堂诗草》成,并为之作跋。

是年,订定所作《诗钞》、《词钞》,手写付梓,由门人司徒文膏刻板。

乾隆八年癸亥(1743),五十一岁

春暮,与金农、杭世骏等友人在扬州马氏小玲珑山馆聚会。

几易其稿,《道情》十首于是年付梓,门人司徒文膏主其事。

七月十八日，作《破格书王羲之兰亭集序》，并作题跋。作《止足》诗。

乾隆九年甲子(1744)，五十二岁

是年，饶氏生一子。

有《范县诗》、《送陈坤秀才入都》、《赠二生》、《登范县东城楼》、《音布》等诗。作《范县署中寄舍弟墨》、《寄舍弟墨第二书》、《寄舍弟墨第三书》、《寄舍弟墨第四书》。

乾隆十年乙丑(1745)，五十三岁

作《范县呈姚太守兴滇》、《怀扬州旧居》、《怀江七姜七》、《姑恶》、《怀李三鱓》、《署中示舍弟墨》、《破衲》、《扬州福国和尚至范赋二诗赠行》诸诗。作《范县署中寄舍弟墨第五书》。

冬，送饶氏母子返兴化。

是年，潍县疫；七月十九日，海水溢。

乾隆十一年丙寅(1746)，五十四岁

由范县改任潍县，自是连署七年。

是岁，山东大饥，人相食。郑板桥开仓赈贷，又大兴工役，修城凿池，招远近饥民就食赴工，籍邑中大户开厂煮粥轮饲之。有感于潍县饥民外出逃生的惨状，作《逃荒行》。

约于此时画竹呈包大中丞括，并题诗其上。

乾隆十二年丁卯(1747)，五十五岁

是年，饥荒未已，先生随高斌放赈，有《和高相公给赈山东道中并五日自寿之作》。

秋，调济南参加乡试事，于锁院《行书扬州杂记卷》，记与饶五姑娘之浪漫情缘等事。又作有《济南试院奉和宫詹德大主师枉赠之作》、《和学使者于殿元敏中枉赠之作》、《御史沈椒园先生新修南池建少陵书院并作杂剧侑神令岁时歌舞以祀》等诗。有词《玉女摇仙佩·寄呈慎郡王》。

秋，与汪士慎、李方膺合作《花卉图轴》。

是年春，潍县旱，大饥。自五月十八日后，连雨两月，造成潦灾。

三月，殿版《十三经注疏》、《二十一史》刻成。

乾隆十三年戊辰(1748)，五十六岁

乾隆东巡，先生为书画史，治顿所，卧泰山绝顶四十余日。常以此自豪，镌一印章云："乾隆东封书画史"。

潍县饥民由关外络续返乡，先生撰《还家行》以纪其事。

九月，作《与江宾谷、江禹九书》，论文章风格。

是年，作有《潍县署中寄舍弟墨第一书》、《潍县署中与舍弟墨第二书》。

乾隆十四年己巳(1749)，五十七岁

子入塾就师。

作《潍县寄舍弟墨第三书》、《潍县寄舍弟墨第四书》、《潍县署中与舍弟墨第五书》、《与四弟书》。饶氏子六岁,病殇于兴化。为载臣作《自咏》诗。约于此时,作《潍县竹枝词》。重订家书十六通、诗钞、词钞,并手写付梓。撰《板桥自叙》,述已之生平志趣颇详。

乾隆十五年庚午(1750),五十八岁

二月十日,作《潍县文昌祠记》。夏,作《行书诗三首条幅》。

是年,缀附记于《板桥自叙》后。

乾隆十六年辛未(1751),五十九岁

九月十六日,作六分半书"难得糊涂"匾额。秋,作《竹轴图》、《梅兰竹菊四条屏》。

是年,板桥对官场黑暗多致不满,归老田园之志愈益强烈,作《思归行》诗,《满江红·思家》、《唐多令·思归》词述志。

乾隆十七年壬申(1752),六十岁

潍县诸绅修城隍庙,板桥主其事,五月作《城隍庙碑记》。

秋,作《兰竹石图》并题识。十月二十五日,自作六十寿联。

是年底,卸任。

乾隆十八年癸酉(1753),六十一岁

正月,作《隶书扇面》以言志。

春,板桥离潍去官日,百姓痛哭挽留。板桥别潍县绅士民,为作竹图并题识。

三月十五日,作《雨后新篁图屏风》并题识,志其作画得其自然之妙蕴。

乾隆十九年甲戌(1754),六十二岁

是年春,游杭州。又应乌程知县孙扩图邀至湖州匝月。复过钱塘,至会稽,探禹穴,游兰亭,往来山阴道上,自云为平生快事。五月,返兴化。有《与墨弟书》、《赠济宁乌程知县孙扩图》二首。

六月十八日,作《竹石图》并题识。重九日,作《竹石图轴》并题识,提出画之意在"活"。秋,与汪仲升堂、药根上人等集百尺楼,分韵赋诗。十月,作《墨兰图轴》并题识,表明自己画兰不拘泥于某一家。

乾隆二十年乙亥(1755),六十三岁

是年,与李复堂、李方膺合作《岁寒三友图》,板桥题诗。

乾隆二十一年丙子(1756),六十四岁

二月三日,与程绵庄等九人聚饮扬州,并作《九畹芳兰图》以纪其盛。四月十四日,作《兰竹石轴》于移情书屋,并题识。秋,作《六分半书五言诗轴》。

是年,作《露竹新晴图轴》并题识,阐发画竹之意蕴。

乾隆二十二年丁丑(1757),六十五岁

三月三日,卢见曾主持红桥修禊盛事,板桥参与其会,有《和雅雨山人红桥修禊》诗四首、《再和卢雅雨》四首以纪其盛。

是年,与阔别二十多年的友人织文在高邮相会,流连之余,作《行书赠织文轴》以志其意。

乾隆二十三年戊寅(1758),六十六岁

正月二十九日,作《与柳斋书》。二月,为高凤翰题写墓碑。三月二日,为友人肃公作《双松图轴》并题识。四月,作《竹图》并题识。五月,友人慎郡王辛。

是年,作词《西村感旧》调寄《贺新郎》,有《真州八首并及左右江县》、《真州八首属和纷纷皆可喜不辞老丑再叠前韵》诸诗。

乾隆二十四年己卯(1759),六十七岁

从拙公和尚议,自定书画润格,开一先例。

撰《兴化城北平望铺自在庵记》。

乾隆二十五年庚辰(1760),六十八岁

五月,客居通州,寓于保培基之井谷园。五月十三日,为李方膺《墨梅卷》作题,表达自己对画梅的看法。七月七日,与汪之衍诸人共度七夕于汪氏之文园。秋,撰《板桥自序》及《刘柳村册子》于扬州汪氏之文园,叙己之生平志趣颇详。

乾隆二十六年辛巳(1761),六十九岁

四月二十日,与江春、杭世骏诸人游扬州铁佛寺,各得字分赋。四月,作《兰竹石图册页》并题识。七月七日,作《墨竹通屏》并题识。

是年,题高凤翰画册。

乾隆二十七年壬午(1762),七十岁

春日,于扬州寓斋写赠同学兄六源《兰竹石图轴》,以见己志。初夏,作《墨竹四条屏》并题识。

是年,作《墨竹图轴》、《竹石堂幅》、《兰竹石图轴》、《兰竹石四条屏》并题识。

乾隆二十八年癸未(1763),七十一岁

三月三日,举行红桥修禊,板桥与袁枚相晤于卢雅雨席上,互有诗句赠答。

八月,为尚宾老人作《论书法横幅》。

乾隆二十九年甲申(1764),七十二岁

为人题画册,有萱猫、八哥、鹌鹑、鹭鸶、菊花、芙蓉等六诗。

乾隆三十年乙酉(1765),七十三岁

春,书十一言对联。

四月,作《竹石图横幅》,以志晚景自得自乐之情状。五月三日,作《修竹新篁图轴》并题识。十二月十二日,于兴化溘然长逝,享年七十有三,葬于兴化县城东管阮庄。

是年,乾隆帝第四次南巡。

附注:本《年谱》主要采集陈书良先生所著《郑板桥评传》(巴蜀书社1989年版)附录的年谱,并参照《郑板桥集》(吴泽顺编注,岳麓书社2002年版)附录的年谱,目的只为方便读者参考,实不敢掠美,在此谨致由衷的感谢。

郑板桥著作主要版本

1. 板桥集,六卷,(清)郑燮著,清乾隆年间刻本。
2. 板桥全集六编,(清)郑燮著,民国初年铸记书局石印本东吴鐶园藏本。
3. 板桥笔记小说,四卷,(清)郑燮著,上海大德书局民国年间版本。
4. 郑板桥集,(清)郑燮撰,兴化郑板桥纪念馆1983年版。
5. 郑板桥全集(详注),(清)郑燮撰,雷瑨注释,上海扫叶书房1926年版。
6. 板桥词钞,一卷,(清)郑燮撰,清刻本。
7. 板桥家书,(清)郑燮著,木刻本。

郑板桥研究重要著述

著作部分

1.《郑板桥》,潘茂著,上海人民美术出版社1980年版。
2.《板桥诗词撷英》,陈书良注评,广西人民出版社1983年版。
3.《郑板桥全集》,卞孝萱编,齐鲁书社1985年版。
4.《郑板桥集详注》,王锡荣注,吉林文史出版社1986年版。
5.《板桥对联〔故事·赏析〕》,任祖镛编,山西人民出版社1990年版。
6.《板桥家书译注》,华耀祥、顾黄初译注,人民文学出版社1994年版。
7.《郑板桥文集》,吴可校点,巴蜀书社1997年版。
8.《郑板桥评传》,陈书良著,巴蜀书社1998年版。
9.《郑板桥与佛教禅宗》,金实秋著,宗教文化出版社2001年版。
10.《板桥家书——糊涂成功大全》,唐汉译注,中国对外翻译出版公司2001年版。
11.《郑板桥文集》,刘光乾、郭振英编注,安徽人民出版社2002年版。
12.《郑板桥集》,吴泽顺编注,岳麓书社2002年版。
13.《郑板桥的狂"怪"人生》,刘中建、林存阳著,北京古籍出版社2002年版。

14.《板桥家书》,木子译注,学林出版社 2002 年版。

15.《板桥家书》,童小畅译注,中国书籍出版社 2004 年版。

16.《郑板桥家书评点》,陈书良、周柳燕评点,岳麓书社 2004 年版。

17.《难得糊涂——郑板桥和他的书法艺术》,张锡庚著,上海书画出版社 2005 年版。

18.《郑板桥画传》,孙霞著,中国文联出版社 2005 年版。

论文部分

1. 赵丽华:《郑板桥题画诗文的美学价值》,《西南民族学院学报》1992 年第 3 期。

2. 钱荣贵:《郑板桥文艺思想论略》,《南通师范学院学报》1999 年 9 月。

3. 罗坚:《郑板桥的文艺思想和创作实践》,《广西社会科学》1999 年第 1 期。

4. 邓乔彬:《论郑板桥的绘画思想》,《山东工业大学学报》1999 年第 6 期、2000 年第 1 期。

5. 贺信民:《跌宕牢骚生奇气——从〈恨〉词看郑板桥的文化人格》,《商洛师范专科学校学报》1999 年 9 月。

6. 赵杏根:《论诗人郑板桥》,《扬州大学学报》2000 年 11 月。

7. 杜庆元:《析郑板桥写意艺术化相的创作方法》,《淮北煤炭师院学报》2000 年 11 月。

8. 韩晓光:《丹青题咏,妙处相资——题画诗艺术表现手法浅论》,《景德镇高专学报》2001 年 3 月。

9. 何卫平:《启蒙境域中的"板桥魂"——读〈郑板桥的诗与画〉》,《武汉大学学报》2001 年 3 月。

10. 王玉秀:《试论"癫狂"人生的多架构层次——郑板桥心态浅析》,《山东教育学院学报》2001 年第 2 期。

11. 刘毅青:《郑板桥画论的美学意义》,《惠州大学学报》2001 年 6 月。

12. 杨春鼎:《郑板桥诗词中的山水园林美》,《淮南师范学院学报》2001 年第 3 期。

13. 姜耕玉:《"画到生时是熟时"——艺术辩证法札记之一》,《艺术百家》2002 年第 1 期。

14. 尹文:《板桥道情综论》,《东南大学学报》2002 年 11 月。

15. 卞孝萱:《论郑板桥的民本思想》,《淮阴师范学院学报》2002 年 4 月。

16. 朱天曙:《也论郑板桥的民本思想》,《淮阴师范学院学报》2002 年 4 月。

17. 张宝石:《一代怪杰对传统的亲和与疏离——郑板桥艺术思想新探》

年6月。

18. 安占海：《郑板桥"怪"因初探》，《甘肃教育学院学报》2002年第18卷。

19. 卜庆安：《郑板桥的女性观》，《南通师范学院学报》2002年6月。

20. 郝文杰、朱天曙：《郑板桥审美创作论探微》，《扬州大学学报》2002年7月。

21. 林柏峰：《论郑板桥绘画题跋》，《运城学院学报》2003年4月。

22. 王侠：《禅宗影响下郑板桥的诗歌理论及创作》，《焦作师范高等专科学校学报》2003年3月。

23. 张郁明、张岚蓓：《试述郑板桥诗歌中的人格魅力》，《扬州教育学院学报》2003年6月。

24. 姚文放：《郑板桥民本思想的哲学基础和美学升华》，《艺术百家》2003年第3期。

25. 谭玉良：《论郑板桥的"怪"与"绝"及其文化心态》，《康定民族师范高等专科学校学报》2003年9月。

26. 林柏峰：《论郑板桥的胸无成竹》，《阜阳师范学院学报》2004年第1期。

27. 秦金根：《郑板桥书论思想初探》，《重庆三峡学院学报》2004年第4期。

28. 吴建华：《郑板桥与徽州考述》，《清史研究》2004年11月。

29. 李丹：《"真气、真意、真趣"——试论郑板桥诗中的"真"》，《广西师范学院学报》2005年4月。

30. 冯舒奕：《郑板桥的"写竹三段论"新释》，《江苏广播电视大学学报》2005年2月。

31. 魏中林、蒋国林：《郑板桥诗论浅析》，《佛山科学技术学院学报》2005年7月。

32. 米江霞：《〈板桥家书〉的伦理价值及现实意义》，《河西学院学报》2005年第1期。

33. 刘红、黄明锋：《郑板桥"难得糊涂"新探》，《泰州职业技术学院学报》2005年4月。

34. 张晓红：《郑板桥词题材内容简论》，《甘肃联合大学学报》2005年10月。

35. 王念选：《郑板桥画竹题记理趣初探》，《安阳师范学院学报》2005年第6期。

36. 孟桢：《郑板桥的矛盾人格》，《船山学刊》2006年第1期。

37. 张晓红：《郑板桥词艺术简论》，《社科纵横》2006年2月。

38. 张靖：《郑板桥的艺术观》，《怀化学院学报》2006年1月。

《郑板桥集》名言警句

△看月不妨人去尽,对花只恨酒来迟。(《自遣》)(第003页)
△英雄何必读书史,直摅血性为文章。(《偶然作》)(第006页)
△云揉山欲活,潮横雨如奔。(《寄许生雪江三首》)(第011页)
△江南大好秋蔬菜,紫笋红姜煮鲫鱼。(《闲居》)(第012页)
△数枝芦荻撑烟霜,一水明霞静楼阁。(《淮阴边寿民苇间书屋》)(第019页)
△一径烟云蒸日出,满船新绿买秧归。(《喜雨》)(第028页)
△一径晚烟篱菊瘦,几家黄叶豆棚秋。(《别梅鉴上人》)(第035页)
△寂寂柴门秋水阔,乱鸦揉碎夕阳天。(《小廊》)(第041页)
△明朝买棹清江上,却在君家图画间。(《题团冠霞画山楼》)(第052页)
△读书数万卷,胸中无适主,便如暴富儿,颇为用钱苦。(《赠国子学正侯嘉璠弟》)(第054页)
△不烧铅汞不逃禅,不爱乌纱不要钱。(《燕京杂诗》)(第055页)
△夜深更饮秋潭水,带月连星舀一瓢。(《访青崖和尚,和壁间晴岚学士虚亭侍读原韵》其二)(第059页)
△新竹倚屋檐,绿沁窗纸昏。(《雨中》)(第065页)
△落落漠漠何所迎,萧萧澹澹自为情。(《范县呈姚太守》)(第069页)
△银沙万里无来迹,犬吠一声村落闲。(《山中卧雪呈青崖老人》)(第081页)
△最爱一窗晴日照,老夫衙署冷于冰。(《署中无纸书状尾数十与佛上人》)(第103页)
△写来竹柏无颜色,卖与东风不合时。(《和学使者于殿元枉赠之作》)(第104页)
△而今究竟无知己,打破乌盆更入山。(《题破盆兰花图》)(第107页)
△横涂竖抹千千幅,墨点无多泪点多。(《题屈翁山诗札,石涛石溪、八大山人山水小幅并白丁墨兰,共一卷》)(第108页)
△咬定青山不放松,立根原在破岩中;千磨万击还坚劲,任尔东西南北风。(《竹石》)(第116页)
△些小吾曹州县吏,一枝一叶总关情。(《淮县署中画竹呈年伯包大中丞括》)(第118页)
△乌纱掷去不为官,囊橐萧萧两袖寒;写取一枝清瘦竹,秋风江上作渔竿。(《予告归里,画竹别潍县绅士民》)(第118页)
△屈宋文章草木高,千秋兰谱压风骚。如何烂贱从人卖,十字街头论担挑!(《兰》)(第119页)
△流水远天波似乳,断烟飞上斜阳去。([蝶恋花]"一片青山临古渡")(第122页)

△墨沈余香剩,扫长笺狂花扑水,破云堆岭。(〔贺新郎〕"墨沈余香剩")(第125页)
△相约明年春事早,嚼花心红蕊相思汁。共染得,肝肠赤。(〔贺新郎〕"旧作吴陵客")(第129页)
△十年盖破黄绸被,尽历遍,官滋味。(〔青玉案〕"十年盖破黄绸被")(第133页)
△花亦无知,月亦无聊,酒亦无灵。把夭桃斫断,煞他风景;鹦哥煮熟,佐我杯羹。焚砚烧书,椎琴裂画,毁尽文章抹尽名。(〔沁园春〕"花亦无知")(第135页)
△分明一见怕销魂,却愁不到销魂处。(〔踏莎行〕"中婊姻亲")(第138页)
△管领春风陪舞燕,带露含凄惜别。(〔念奴娇〕"桥低红板")(第141页)

图书在版编目（CIP）数据

郑板桥集／（清）郑燮著；毛妍君解评．—1版．—太原：三晋出版社，2008.8
（中国家庭基本藏书·名家选集卷）
ISBN 978-7-80598-893-1

Ⅰ.郑… Ⅱ.①郑…②毛… Ⅲ.①古典诗歌—作品集—中国—清代②古典散文—作品集—中国—清代 Ⅳ.I 214.92

中国版本图书馆CIP数据核字（2008）第111977号

郑板桥集

著　　者：	（清）郑板桥	解评者：	毛妍君
责任编辑：	吕文玲	审订者：	孟绍勇
封面设计：	敬人工作室	版式设计：	敬人工作室
责任校对：	吕文玲	责任印制：	李佳音

出版发行：山西出版集团·三晋出版社（原山西古籍出版社）
地　　址：太原市建设南路21号
电　　话：（0351）4956036（咨询）　　4922268（邮购）
传　　真：（0351）4922102
网　　址：http://sjs.sxpmg.com
邮　　编：030012
E-mail：sj@sxpmg.com

印刷装订：山西出版集团·山西新华印业有限公司
（本书如有破损、缺页、装订错误，请与承印厂联系调换　0351-4120948）

开　　本：787mm×960mm　　1/16
字　　数：255千字
印　　张：14.5
版　　次：2008年8月第1版
印　　次：2011年6月第2次印刷
印　　数：5001-10000册
书　　号：ISBN 978-7-80598-893-1
定　　价：20.00元

版权所有，翻印必究。本书图文未经书面授权，不得以任何方式转载或公开发表。